Antje Szillat
Sommerstürme

Antje Szillat

Sommerstürme

Arena

FSC
www.fsc.org
MIX
Papier aus verantwortungsvollen Quellen
FSC® C110508

1. Auflage 2017

Dieses Werk wurde vermittelt durch die Literarische Agentur
Thomas Schlück GmbH, 30827 Garbsen
Covergestaltung: Frauke Schneider, unter Verwendung von
Bildern von © Shutterstock
Gesamtherstellung: Westermann Druck Zwickau GmbH
ISBN 978-3-401-60348-3

Besuche uns unter:
www.arena-verlag.de
www.twitter.com/arenaverlag
www.facebook.com/arenaverlagfans

Man sollte nicht an dem zweifeln, was man tut, sondern darüber nachdenken, was man will. Ohne Angst zu haben, was daraus werden könnte!

Prolog

Zehn Tage zuvor

Kira zupft ungeduldig an meinem Ärmel herum. »Aber warum darf ich denn den Hund nicht streicheln? Er sieht doch tooootal lieb aus.« Sie schenkt mir das schönste Lächeln, das eine Siebenjährige mit riesiger Zahnlücke zu bieten hat.

»Weil du keine fremden Hunde anfassen sollst«, erkläre ich ihr geduldig und füge mit gesenkter Stimme hinzu: »Außerdem finde ich nicht, dass er besonders freundlich aussieht.«

»Aber ich finde schon!« Trotzig schiebt Kira die Unterlippe vor. »Und ich kenne mich viel besser mit Hunden aus als du! Tausendmal besser sogar!«

Bevor ich etwas erwidern kann, öffnet sich die Tür des Behandlungszimmers und die blonde Tierarzthelferin erscheint auf der Bildfläche. Zu meiner Erleichterung ruft sie den wirklich kein bisschen freundlich aussehenden Drahthaarterrier samt seines ebenso muffeligen Herrchen in den Behandlungsraum.

»Menno, jetzt ist er weg«, beschwert sich Kira. »Jetzt kann ich mich gar nicht mehr mit ihm anfreunden.«

»Aber hast noch alle zehn Finger, Schätzchen.« Ich grinse sie an. »Stell dir mal vor, wie Mama guckt, wenn wir nach

Hause kommen, und dir fehlt die Hälfte deines Zeigefingers?«

Kira verschränkt die Arme vor der Brust. »Is' doch egal«, brummt sie. »Hauptsache, Bonni hat keine Bauchschmerzen mehr.«

Bonni ist Kiras Hamster, wegen dem wir überhaupt hier sind und dem nun wieder Kiras ungeteilte Aufmerksamkeit gehört.

Allerdings nur einen kurzen Moment. Dann öffnet sich schwungvoll die Eingangstür der Kleintierpraxis und herein kommt ein mittelgroßer brauner Hund, der so viel Fell hat, dass man im ersten Moment gar nicht erkennen kann, wo bei ihm vorne oder hinten ist. Er hüpft wie ein strubbeliger Flummi durchs Wartezimmer, und zwar direkt auf meine kleine Schwester zu. Mit einem verzückten Schrei rutscht Kira von ihrem Stuhl auf die Knie und ich weiß, dass meine Hundevorsicht übertrieben ist, nur weil mich in ihrem Alter mal ein riesiger Rüde ins Knie gezwackt hat, aber ehe ich auch nur: Nein! Nicht anfassen, Kira!, denken kann, hält sie das Wollknäuel schon mit einem glückseligen Lächeln im Arm.

»Jack, hey, was soll das denn?«, erklingt eine männliche Stimme. Nicht besorgt oder gar schuldbewusst, sondern ziemlich amüsiert.

Ich wende mich dem mutmaßlichen Besitzer zu und will ihm deutlich zu verstehen geben, dass ich es echt nicht toll finde, dass er seinen Hund einfach so ins Wartezimmer stürmen lässt. Zumal er nun auch noch meiner Schwester begeistert quer durchs Gesicht schleckt, was Kira zum Kaputtlachen toll findet.

»Also wirklich …«, beginne ich – und verstumme abrupt.

»Hi«, sagt er und lächelt mich entschuldigend an. »Jack ist einfach nicht zu halten, wenn er Kinder sieht.«

Ich nicke nur, mehr nicht. Kein Wort. Einfach, weil ...

Der gut aussehende Typ lässt sich auf einen Stuhl mir gegenüber sinken. »Er mag dich«, sagt er zu Kira.

»Jack ist sooo, sooo süß«, zwitschert meine kleine Schwester und drückt ihr Gesicht in das Hundefell.

Ich sollte sie davon abhalten. Auch wenn der Typ mir gegenüber offenbar ganz relaxt ist. Wir kennen Jack nicht. Wir kennen den Typen nicht. Wer weiß schon, was Jack alles einfällt! Kindern in die Nase zu beißen, oder so?!

Aber ... aber ... ich kriege einfach keinen Ton heraus. Seit Jacks Herrchen das Wartezimmer betreten hat, scheint die Luft zum Zerschneiden dick, sie flirrt über unseren Köpfen. Und ich kann diesen Typen auf keinen Fall angucken. Ich weiß auch nicht, was mit mir los ist. Ich gucke stattdessen angestrengt an ihm vorbei.

Und dann hebt er den Kopf und schaut mich an. Unsere Blicke treffen sich irgendwo in der Mitte des Wartezimmers. Er lächelt. Seine Augen funkeln, irgendwie herausfordernd, als hätte er mich durchschaut. Sie sind braun. Und er schaut mich so offen aus ihnen an, dass ich jetzt doch am liebsten etwas sagen würde. Aber ich kann nicht. Mir wird heiß, mir wird kalt, mir wird heiß-kalt.

Ein Gefühl überkommt mich, als würde es nichts anderes mehr geben. Als wäre die Welt für einen Moment stehen geblieben, hätte aufgehört, sich zu drehen. Alles ist zur Ruhe gekommen, nur damit dieser Blick und dieses Lächeln mich bis in mein Herz und bis auf den tiefsten Grund meiner Seele hinein berührt.

Und ich weiß nur, dass plötzlich alles ganz anders ist.

1

Jana zieht sich immer auf dem Weg zur Schule an. Oder anders: Sie verwandelt sich, bevor wir die Schule erreichen. Von der unauffälligen 17-Jährigen, die in dem locker fallenden hellgrauen T-Shirt, der Jeans und den Sneakers als nettes Mädchen von nebenan durchgeht, in eines der auffälligsten It-Girls des Kranich-Gymnasiums.

Heute zum Beispiel trägt sie ein hellblaues Tanktop, das genauso kurz und eng ist wie der Pencil-Skirt, dazu trendige Riemchensandalen mit Keilabsatz, die so hoch sind, dass mir allein vom Anblick schwindelig wird.

Jana praktiziert das schon fast so lange, wie wir zusammen zur Schule gehen, also seit der sechsten Klasse. Da wir Nachbarinnen sind, teilten wir seitdem nicht nur den Schulweg – sondern auch Janas großes Geheimnis. Wegen ihrer Pastoreneltern, die garantiert alles andere als happy wären, wenn sie ihrer Tochter zufällig so über den Weg laufen würden. Wobei ich mir nicht einmal sicher bin, ob sie sie überhaupt erkennen würden. Nach der klamottenmäßigen Verwandlung folgen nämlich Haare und Make-up. Der Unterschied ist so krass, das selbst ich, die das Schauspiel ja nun Tag für Tag live miterlebt, immer wieder erstaunt bin.

»Wie lange willst du das eigentlich noch so machen?«, frage ich sie.

»So lange, wie ich muss«, erwidert Jana, während sie Lippenstift aufträgt. »Wenn ich 18 bin, schlüpfe ich aus meinem Kokon, breite die Arme zur Seite aus und rufe: Voilà, Mama, Papa, das bin übrigens ich, Jana. Also, die *echte* Jana.«

»Hauptsache, du bist danach nicht Vollwaise«, erwidere ich mit hochgezogenen Augenbrauen. Janas Sinn für Theatralik ist legendär. »Könnte nämlich gut sein, dass deine Eltern synchron der Schlag trifft.«

Jana lacht. »Die doch nicht. Nee, da mache ich mir echt keine Sorgen. Zumal sie doch 'nen direkten Draht zum lieben Gott haben und garantiert mit dem da oben ein langes und missionsreiches Leben auf Erden vereinbart haben.«

Ich steige in ihr Lachen ein. Natürlich ist es echt heftig, wie Jana über ihre Eltern redet. Aber ich möchte wirklich nicht in ihrer Haut stecken. Janas Vater ist Pastor. Das an sich wäre ja eigentlich kein Problem, denn heutzutage sind Pastoren in der Regel ganz normale Menschen. Doch Janas Vater scheint leider irgendwie in der Zeit stecken geblieben zu sein. Irgendwo im vorletzten Jahrhundert, als eine Frau ihrem Mann noch artig zu Diensten sein musste und weder eine eigene Meinung haben noch eigenes Geld verdienen durfte. Dementsprechend angepasst ist Janas Mutter, die all ihre erzieherische Energie darauf verwendet, aus ihrer Tochter ein jüngeres, biederes Abbild ihrer selbst zu formen.

Na ja, sie *verschwendet* ihre Energie darauf, das trifft es eher, denn Jana ist das komplette Gegenteil ihrer Mutter.

Janas Eltern sind wirklich megaanstrengend, was letztendlich auch der Grund dafür ist, dass sich zwischen uns in all den Jahren keine richtige Freundschaft entwickeln konnte. Auch wenn Jana es nie offen ausgesprochen hat, so weiß ich doch, dass ihre Eltern mich nicht besonders mögen. Keine Ahnung, warum – vielleicht, weil meine Familie und ich keine Kirchengänger sind.

Seite an Seite betreten wir die Schule. Während Jana sich direkt aufs Mädchenklo verzieht, um ihren Kajalstrich vorm großen Spiegel zu perfektionieren, schlendere ich rüber zur Infotafel, wo ich Pauli und Lea sehe.

Doch weit komme ich nicht. Eine Hand legt sich von hinten auf meine Schulter, und als ich mich umdrehe, blicke ich direkt in Simons strahlend blaue Augen.

Er küsst mich flüchtig auf den Mund, um mir anschließend fast ein wenig vorwurfsvoll mitzuteilen: »Ich hab dich gestern Abend ziemlich vermisst, Süße. Nicht dass diese Sache mit den Mädelsabenden zur Gewohnheit wird.« Simon wackelt mit den Augenbrauen und lässt mir keine Chance, darauf etwas zu erwidern. Denn schon hat er mich rüber zum Schulkiosk gezogen, der jetzt noch geschlossen ist, um seinem flüchtigen Kuss einen wesentlich intensiveren folgen zu lassen.

»Simon, bitte nicht hierömppf...«

Doch Simon ist anderer Meinung, was das Küssen vor acht Uhr morgens und in aller Öffentlichkeit angeht, und legt sich noch mehr ins Zeug. Seine Zungenspitze bahnt sich ihren Weg zu meiner, während seine Hände über meinen Nacken den Rücken hinuntergleiten.

Küssen kann Simon, das muss man ihm lassen. Und zwar mit vollem Körpereinsatz. Nur finde ich, ist dies weder der geeignete Zeitpunkt noch der Ort, an dem ich leidenschaftlich mit meinem Freund herumknutschen möchte.

Also klopfte ihm erst sacht, dann aber etwas nachdrücklicher auf die Schultern. »Hör aufgrumpf...«

Endlich scheint er es zu kapieren und gibt meinen Mund frei.

Atemlos schnappe ich nach Luft. »Simon, jetzt lass das doch …«

Er mimt den Unschuldigen. »Hey, darf ich meine Freundin etwa nicht küssen?«

Ich schüttele den Kopf. Dann nicke ich. »Natürlich darfst du das. Aber nicht so und schon gar nicht hier.«

Er grinst mich herausfordernd an. »Wie, *so?«* Schon hat er die Hand erneut nach mir ausgestreckt. »Was ist denn an *so* verkehrt, Süße?« Er kommt mit seinem Gesicht ganz nah an meins. Doch bevor sich seine Lippen erneut auf meine legen, erklingt Janas Stimme neben uns.

»Habt ihr kein Zuhause oder warum müsst ihr euch mal wieder in aller Öffentlichkeit abknutschen?«

Für einen Moment ist Simon abgelenkt. Ich nutze ihn, um auf Abstand zu ihm zu gehen und mich flugs bei Jana unterzuhaken. »Wir sehen uns später, Simon«, erkläre ich und ziehe Jana fast schon im Laufschritt mit mir durch die Halle rüber zum Treppenhaus, wo ich immer zwei Stufen auf einmal nehmend in die erste Etage hetze.

»Kann es sein, dass du gerade vor deinem Freund geflüchtet bist?«, fragt mich Jana, als wir kurz darauf vor Raum 12 stehen, in dem gleich unser Französischkurs stattfinden wird.

Ich schüttele den Kopf. »Blödsinn!« So eng bin ich mit Jana nicht, als dass Simon und ich sie etwas angingen.

Jana zuckt mit den Achseln. »Kam mir nur so vor. Simon auch. Der hat ganz schön blöd aus der Wäsche geguckt, als du eben so durchgestartet bist.«

Ich hole tief Luft. »Sah es wirklich nach Flucht aus?« Meine Stimme ist eher ein Flüstern.

Prompt legt sich Janas Stirn in Falten. »Oha«, macht sie. »Das klingt jetzt irgendwie nach Sturm im Paradies. Was ist los? Habt ihr Stress?«

Abwehrend hebe ich die Hände und bin froh, als sich die Tür öffnet und Claas und Luca aus dem Raum schlendern.

»Wo wollt ihr hin?«, fragt Jana.

»Der Gruber ist krank. Franze-LK fällt aus«, erklärt Claas knapp.

»Hä?«, wundert sich Jana. »Steht das an der Infotafel?«

Claas hebt die Schultern. »Kein Plan. Hat Pauli gerade gemeint.« Damit eilen die beiden den Gang hinunter. Nach einigen Schritten dreht sich Luca noch einmal zu uns um und ruft: »Wir gehen rüber zu Davus. Kommt ihr mit?«

Jana guckt mich fragend an. »Wollen wir?«

Unentschlossen hebe ich die Schultern. »Weiß nicht.«

»Eventuell kommen wir nach«, entscheidet Jana. Dann legt sie mir die Hand auf den Unterarm und sagt: »Dir ist wohl mehr danach, in Ruhe zu quatschen. Oder irre ich mich? Also ich kann gut zuhören. Echt!«

»Worüber ... ich meine, wie kommst du darauf?« Ich sehe sie fragend an. Janas Kajalstrich umrahmt ihr Auge so dick wie mit Edding gemalt, stelle ich dabei fest, aber anscheinend gefällt es ihr so.

»Du kannst vielleicht Simon etwas vormachen, Kim«, meint sie. »Aber bestimmt keinem Mädel, das Augen im Kopf hat.« Sie klimpert mit den Wimpern, die aussehen wie Fliegenbeine.

Keine zehn Minuten später sitzen wir ganz hinten bei

dem Klettergerüst auf einer der drei braunen Bänke. Hier toben normalerweise nur die Kleinen in den Pausen auf dem Klettergerüst herum und das Beste ist, erklärt mir Jana, hier schaut auch kein Lehrer vorbei, sodass sie hier in den Pausen ungestört rauchen kann. Typisch Jana, denke ich: Wenn schon bad girl, dann richtig. Und damit sind wir beide so grundverschieden, dass es mich fast wundert, als Jana meine linke Hand umfasst und mir prüfend in die Augen blickt, als wären wir viel vertrauter als Schulweg-Partnerinnen und Nachbarinnen.

»Haben sich die Schmetterlinge etwa ausgeflattert? Ist bei der größten Lovestory, die das Kranich-Gymnasium je erleben durfte, langsam die Luft raus?« Sie schaut mich von unten her an.

Ruckartig entziehe ich ihr meine Hand und schüttele den Kopf. »Quatsch! Bestimmt nicht. Ich bin nach wie vor glücklich mit Simon ... absolut ...«

»... aber?«, bohrt sie nach.

Erneut schüttele ich den Kopf. Diesmal nicht so vehement. »Kein Aber«, behaupte ich.

Jana lacht auf. »Kim, Geheimnisse? Die rieche ich auf drei Meilen gegen den Wind! Ich hab das schon 'ne ganze Weile im Blick.« Sie nickt nachdenklich. »Und eben? Da bist du deutlich, sehr, sehr deutlich zu Simon auf Abstand gegangen.«

Ich atme tief durch und sehe ein, dass es sinnlos ist, Jana wird eh keine Ruhe geben. Wenn ihre Neugierde erst einmal geweckt ist, kann sie ziemlich hartnäckig sein. Ein tiefer Seufzer noch, dann erkläre ich leise: »Es ist wirklich nicht so, dass ich Simon nicht mehr ... liebe.«

Jana fällt mir ins Wort. »Okay, aber du merkst hoffentlich

selbst, wie schwer dir gerade das Wort *liebe* über die Lippen gekommen ist, oder?«

So klipp und klar, wie sie es formuliert, klingt es falsch. Ich winke ab und versuche mich an einer Erklärung, die sich richtig anfühlt für die widersprüchlichen Gefühle in mir. »Nein! Jana, jetzt übertreibst du. Ich glaube schon, dass ich Simon noch gernhabe. Aber ich mag es einfach nicht, dass er mich immer so für sich in Beschlag nimmt. Er entscheidet alles für uns. Angefangen vom Film, den wir uns im Kino ansehen, bis hin zu meinem Berufsweg. Und bin ich nicht seiner Meinung, dann ist er gleich bockig oder er setzt mich irgendwie unter Druck.« Ich halte kurz inne, um erneut zu seufzen. »Aber noch ... na ja, schlimmer ist Simons Planerei. Sie ... sie macht mir irgendwie Angst. Wir sind 18, okay, er fast 19, aber trotzdem können wir doch nicht schon unser ganzes Leben durchplanen! Studieren, wann heiraten, wie viele Kinder, wo wir wohnen, welches Auto ...« Jana sieht mich abwartend an, als ich innehalte. »Wenn ich Simon nicht hin und wieder ausbremse, dann bestellt er schon die Stiefmütterchen, die wir später in unseren Vorgarten pflanzen.« Ich lache auf. Es soll belustigt klingen, aber es fällt bitter aus. Und ja, auch ein wenig verzweifelt. »Wir sind doch noch viel zu jung, um jetzt schon so weit im Voraus zu planen! Oder? Wer weiß schon, was noch so alles passiert ...«

»Das ist krass«, findet Jana. »Der spinnt, der Gute! Und zwar ganz gewaltig!«

Automatisch nehme ich Simon in Schutz. »Er meint es ja nicht böse. Bestimmt nicht. Außerdem macht Simon alles für mich.«

»Ja, ja«, fährt Jana fort und verzieht ihren Mund. »Und

dann sieht er dazu auch noch so oberaffengeil aus und hat rein zufällig stinkendreiche Eltern. Wenn man euch so zusammen sieht, dann denkt man, da hat sich doch ganz logisch das zusammengefunden, was zusammen sein muss. Welcome Mister Dreamtyp und sein Dreamgirl.«

Getroffen von ihrem so offen zur Schau getragenen Spott rücke ich ein Stück von ihr ab. War es ein Fehler, mich ihr anzuvertrauen? »Was soll das? Machst du mir etwa Vorwürfe, dass ich mich nur in Simons Geld verknallt habe?«

Jana hebt die linke Schulter. »Es klingt halt so, als hättest du vor lauter paradiesischen Zuständen die Bodenhaftung verloren ...«

»Jana? Geht's noch?!«, blaffe ich sie an. »Willst du mir unterstellen, ich meckere auf hohem Niveau?« Ich mache Anstalten, mich von der Bank zu erheben.

Doch Jana hält mich am Unterarm fest. Sie sieht richtig geknickt aus. »Sorry, Kim, echt, das wollte ich gar nicht sagen. Ich weiß auch nicht, warum ich dich gerade so angegiftet habe.« Sie hebt die Hände, lässt sie wieder fallen und räumt schließlich ein: »Vielleicht bin ich nur neidisch. Ihr seid toll zusammen, finde ich. Zumindest von außen betrachtet. Und ich ... na ja, du weißt ja, wie meine Eltern drauf sind. Es ist einfach so, dass du alles hast, was ich nicht tun und haben darf.« Sie schaut mich flehend an. »Ist echt scheiße von mir, sorry, ich weiß. Nimm's mir bitte nicht übel, Kim.«

Ich sinke langsam auf die Bank zurück. Jana atmet auf. Dann schüttelt sie den Kopf. »Ich fasse es nicht. Da fordere ich dich auf, mit mir über deine Probleme zu quatschen, und was mache ich: Ich heule dir die Ohren mit meinem Scheiß voll.«

»Kein Problem«, sage ich und zucke mit den Schultern. »Du hast es ja auch echt nicht leicht. Ich halte alles, was ich habe, vielleicht wirklich für zu selbstverständlich. Da hast du ja irgendwie recht«, lenke ich ein. »Ich denke, es ist an der Zeit, Simon das einfach mal klipp und klar zu sagen und nicht im Stillen rumzuheulen. Schließlich ist er ja alles andere als schwer von Begriff.« Ich gebe mir Mühe, meine Stimme heiter und zuversichtlich klingen zu lassen. Jana hat schon Kummer genug. Zumindest bis sie achtzehn Jahre alt ist – aber wer weiß schon, was dann kommt? Ob sie sie machen lassen? Oder rausschmeißen?

Wenn ich darüber nachdenke, dann sind meine Probleme mit Simon absolute Peanuts im Vergleich zu Janas ständigem Stress mit ihren Eltern.

Kaum zu Ende gedacht, läutet es zur Pause und Jana und ich müssen uns vor den heranstürmenden Fünftklässlern in Sicherheit bringen. Sie erobern das Klettergerüst – eine wehmütige Erinnerung an die Schulzeit flackert in mir auf, an die echte Kindheit, die für mich irgendwie langsam, aber sicher zu Ende geht.

2

Als ich die kleine Holztür zum Vorgarten aufschiebe, jätet meine Mutter gerade Unkraut. Das Knarren der Pforte lässt sie aufblicken.

»Oh, hallo, Kim.« Sie streicht sich mit dem Handrücken eine braune Haarsträhne aus dem verschwitzten Gesicht. Dann sieht sie sich suchend um. »Wo ist denn Simon? Hat er dich heute gar nicht mit dem Auto gebracht?«

Ich zucke mit den Schultern. »Sieht ganz so aus.«

»Was soll das heißen?«, fragt sie stirnrunzelnd zurück.

»Dass er etwas Besseres vorhat«, sage ich achselzuckend, was allerdings eine glatte Lüge ist. Doch wie meine Mutter mich schon wieder löchert! Wie jeder zu meinen scheint, dass ich ohne Simon keinen Schritt mehr machen kann! Als wären wir siamesische Zwillinge. Es ist zum Aus-der-Haut-Fahren.

Ohne einen weiteren Kommentar will ich an ihr vorbei zur Haustür gehen, doch sie hält mich am Arm fest. »Ist etwas passiert, Kim? Habt ihr euch gestritten?«

»Nein, Mama, haben wir nicht. Bist du jetzt zufrieden?«

Sie mustert mich perplex und fährt dann mit sanfter Stimme fort: »Sag mal, Kim, was ist denn los? Warum bist du denn so gereizt? Du kommst mir schon seit einiger Zeit irgendwie verändert vor.«

Mit einem weiteren Schulterzucken schüttele ich ihre Hand ab und verschwinde im Haus, bevor sie mich mit noch mehr Fragen bombardieren kann.

Tief durchatmend lasse ich meine Tasche neben den Garderobenschrank sinken und marschiere in die Küche. Dort nehme ich mir einen Apfel aus der Obstschale und beiße hinein. Doch ich stelle sofort fest, dass er mir nicht schmeckt, und werfe ihn in den Abfalleimer, bevor ich hinauf in mein Zimmer laufe.

Mein Handy klingelt. Der Anrufer wird mir auf dem Display als *Unbekannt* angezeigt. In den letzten neun Tagen hat er immer wieder versucht, mich zu erreichen, dieser Unbekannte, der in Wahrheit kein Unbekannter für mich ist. Einen Moment lang betrachte ich das Handy, ringe mit mir, möchte einerseits wirklich gerne drangehen und weiß doch, dass es nicht richtig wäre – und das verdammt noch mal nicht fair ist!

Irgendwann verstummt der Klingelton. Ich halte das Telefon noch immer in der Hand, starre auf das Display, mein Herz ist ganz schwer, mein Magen flau. Schließlich lege ich es auf meinen Schreibtisch. Einen Moment lang bleibe ich unentschlossen mitten im Zimmer stehen, dann nehme ich mein Handy erneut in die Hand, um endlich auf Simons WhatsApp-Nachrichten zu antworten.

Muss fürs Vorabi lernen. Komme aber später zu dir. Ein Kussmund-Smiley und dann ein tiefes Seufzen. Wann habe ich mir eigentlich dieses ständige Seufzen angewöhnt? Das ist ja schrecklich – wie so eine alte Oma oder, nein, wie Janas Mutter. OMG!

Da klingelt es erneut. Doch diesmal ist es nicht der *unbekannte Anrufer*, sondern Simon und ich spüre Ärger in mir aufsteigen. Ich habe ihm doch geschrieben, dass ich lernen muss! Warum kann er sich nicht einfach mal damit zufriedengeben?

»Hey, meine Süße, wo bist du denn nach der Schule so plötzlich abgeblieben? Ich habe mir Sorgen gemacht!«

»Musst du aber nicht!« Meine Stimme klingt schroffer, als ich es beabsichtigt habe. Ich weiß ja selbst nicht, welche Laus mir über die Leber gelaufen ist ... und das tut mir leid. Er macht alles für mich – und genau das fühlt sich zu viel an. Ich seufze. Schon wieder. Aber wie soll ich Simon erklären, dass ich ja wohl alt genug bin, um auch mal alleine den Weg vom Gymnasium zurück nach Hause zu finden – ohne ihn zu verletzen?

»Auweia.« Simon schnalzt mit der Zunge. »Habe ich irgendetwas angestellt?« Er hört sich schuldbewusst an und plötzlich komme ich mir albern vor. Und auch irgendwie mies. Mein Herumgezicke ist total übertrieben.

Was soll das Theater? Warum empfinde ich es plötzlich als Bevormundung, nur weil mein Freund mich wie seit knapp einem Jahr nach der Schule nach Hause fährt?

»Es tut mir leid«, räume ich schließlich kleinlaut ein. »Ich weiß auch nicht ... ich wollte dich gar nicht so doof anmachen, wirklich nicht.«

Simon lacht leise ins Telefon und gurrt dann: »Hm, Süße, gegen *anmachen* hab ich gar nichts einzuwenden.«

»Du bist unmöglich«, erwidere ich und muss unwillkürlich lachen. Simon schafft es immer, mich zum Lachen zu bringen. Das mag ich so an ihm. Egal wie mies ich drauf bin, zwei, drei Sätze von ihm und schon weiß ich gar nicht mehr, warum ich eigentlich wütend war.

»Deshalb liebst du mich ja auch so.«

»Stimmt!«, erwidere ich und ja, irgendwie hat er recht. Und dass er nun mal meint, schon unser ganzes Leben durchplanen zu müssen, ist ja auch irgendwie total süß von ihm, richtig romantisch sogar. Simon kann sich eben vorstellen, den Rest seines Lebens mit mir zu verbringen, und das ist im Grunde genommen die schönste Liebeserklärung, die es gibt.

»Alles wieder gut?«, fragt er leise.

»Ja.«

»Zum Glück.« Er klingt erleichtert und ich schäme mich, weil ich so verunsichert bin, so in Gedanken nicht bei ihm, sondern bei ... Schluss jetzt damit!, befehle ich mir selbst.

»Ich hab's mir gerade anders überlegt«, verkünde ich entschlossen. »Lernen kann ich auch noch später. Ich komme zu dir. Passt es dir in einer halben Stunde?«

»Ich freue mich. Aber soll ich dich nicht abholen?«

»Nein. Ein paar Schritte zu Fuß tun mir ganz gut«, entgegne ich.

»Okay«, gibt er zögerlich nach. »Dann bis gleich, und wenn du es dir noch anders überlegst, ich bin ...«

»Bis gleich«, sage ich schnell und lege einfach auf.

***

Als ich eine halbe Stunde später in Simons lächelndes Gesicht schaue, überkommt mich das schlechte Gewissen wie eine Flutwelle. Er zieht mich überschwänglich in seine Arme und küsst mich auf den Mund, als hätten wir uns tage-, nein wochenlang nicht gesehen. Dann aber hält er mich ein wenig auf Abstand und mustert mich nachdenklich. »Ich werde das Gefühl nicht los, dass ich dir manchmal ziemlich auf den Geist gehe. Stimmt's?«

»Ein wenig«, entschließe ich mich, halbwegs ehrlich zu ihm zu sein, und löse mich seufzend aus seiner Umarmung. »Ich finde nur, es muss doch auch mal möglich sein, dass wir getrennt voneinander etwas unternehmen. Manchmal habe ich einfach auch mal Lust, einen Abend mit meinen Mädels zu verbringen.«

Simon streckt seine Hand nach mir aus und streicht mir mit einer unendlich zärtlichen Geste eine lange braune Haarsträhne aus dem Gesicht, die sich aus meinem Pferdeschwanz gelöst hat. »Ich weiß, Kim, ich weiß. Ich hab es mal wieder ein bisschen übertrieben mit meiner Eifersucht und ...«

»Eifersucht?«, falle ich ihm erschrocken ins Wort. Ahnt er etwas? »Aber warum denn das?«

Simon grinst mich schief an. »Wegen gestern Abend. Im Allgemeinen bin ich auf jeden eifersüchtig, der Zeit mit dir verbringt, die eigentlich ich mit dir verbringen möchte. Aber keine Angst, zukünftig reiße ich mich zusammen und führe mich nicht wie ein kompletter Vollidiot auf, wenn du dich mit anderen triffst ... also mit weiblichen. Keine anderen Typen oder so.«

Ich atme erleichtert auf und verwuschele ihm dann sein perfekt gestyltes Haar. »Wenn Jana und Pauli wüssten, dass du eifersüchtig auf sie bist.« Ich grinse. »Die würden dich so dermaßen damit aufziehen!«

Er beißt sich auf die Unterlippe und schaut mich süß von unten her an.

Dann füge ich hinzu: »Nur zur Info: Du spinnst, mein Lieber. Aber gut, dass du es jetzt wenigstens einsiehst.« Ich strecke den Arm aus, um ihm noch mehr die Frisur zu zerstören, da packt er meinen Arm.

»Hey, du nennst mich einen Spinner, na warte, meine Rache wird grausam über dich kommen!«

Simon umfasst blitzschnell meine Taille und lässt seine Finger auf Wanderschaft gehen. Da ich unglaublich kitzelig bin, kriege ich vor lauter Kichern und Kreischen bald keine Luft mehr und bin Simons Händen an meinem Bauch und dann seinen Lippen an meinem Hals hilflos ausgeliefert. Ich will ihn wegschubsen, aber Simon lacht nur und ich steige schließlich in sein Lachen ein. Vor lauter Grübelei hatte ich schon fast vergessen, wie viel Spaß ich immer mit Simon habe.

»Wie die kleinen Kinder«, findet er, als er von mir ablässt, und dem habe ich nichts hinzuzufügen. Nur, dass ich ihn an mich ziehe, die Arme um seinen Nacken lege und ihm einen langen Kuss gebe.

Danach verändert sich sein Gesichtsausdruck. Er beugt sich leicht zu mir vor, wickelt eine meiner Haarsträhnen um den Finger und raunt mir mit vielsagendem Blick zu: »Wie soll ich Ihre Zeichen deuten, Mylady? Hat Ihnen meine grausame Rache etwa gefallen?«

Ich weiche einen Schritt von ihm zurück. »Aber Mylord, wie kommen Sie denn darauf?«, erkläre ich mit gespielter Empörung, aber gleichzeitig hoffe ich, dass seine Mutter nicht plötzlich auftaucht. Meine roten Wangen und Simons verstrubbelte Haare sprechen wahrscheinlich Bände. Und wir stehen schließlich noch immer in der imposanten Eingangshalle der Villa seiner Eltern herum.

Als hätte Simon meine Gedanken gelesen, ruft er: »Darf ich Ihnen meine persönlichen Gemächer zeigen, Mylady?« Damit stürmt er ganz und gar nicht Mylord-mäßig an mir vorbei, sprintet die breite Marmortreppe hinauf in die erste

Etage und ruft mir von oben zu: »Ich warte auf Sie in meinem Zimmer!«

Kopfschüttelnd folge ich ihm. Als ich kurz darauf den Raum betrete, liegt er schon ausgestreckt auf seinem Bett und grinst mir entgegen. »Mylady, schmeißen Sie sich an meine breite Brust!«

Ich zeige ihm einen Vogel. »Simon, du hast eindeutig 'nen Knall!«

Er verzieht die Augen zu schmalen Schlitzen und macht einen albernen Schmollmund, während er mit der Hand auf die Tagesdecke neben sich klopft.

In Erinnerung daran, dass seine Mutter schon zwei Mal schlechtes Timing bewiesen hat, während Simon und ich in seinem Zimmer rumgemacht hatten, gebe ich zaghaft zu bedenken: »Deine Mutter ist doch bestimmt irgendwo im Haus und ...«

»Auweia!«, fällt mir Simon ins Wort und schlägt sich übertrieben theatralisch die Hand auf den Mund. »Wenn sie mitbekommt, wie die Freundin ihres einzigen Sohnes ihren kleinen Liebling verführt, ich schätze, dann trifft sie glatt der Schlag. Davon erholt sie sich bestimmt nie mehr.«

»Spinner!«, sage ich und lasse mich neben ihm aufs Bett sinken.

»Deshalb passe ich ja so perfekt zu dir«, raunt Simon mir ins Ohr, bevor er anfängt, daran herumzuknabbern, und dann flüstert: »Ich liebe dich, Süße.«

Ich kann nichts erwidern, weil Simons Lippen inzwischen zu meinen gewandert sind und mich daran hindern zu sprechen. Anders als heute in der Schule lasse ich den Kuss geschehen. Simon ist witzig, ich mag, wie er mich zum Lachen bringt. Und er ist mein Freund und so soll es auch bleiben. Dass ich seit Neuestem an jemand anderen denken muss, hat nur damit zu tun, dass Simon mich manchmal mit seiner Eifersucht und Bevormundung erdrückt. Aber er hat ja versprochen, an sich zu arbeiten, und dann wird bestimmt alles gut.

Etwas später liegen wir zusammengekuschelt nebeneinander und ich betrachte Simon von der Seite. Meine Gedanken haben sich erneut woandershin verirrt, nämlich zu Jana, die mir auf der Bank bei den Klettergerüsten noch gesteckt hat, dass ihre Eltern sie nicht mit zur Surffreizeit lassen wollen. Es ist echt unfassbar, wie die drauf sind.

»Was ist?«, fragt mich Simon. »Du bist so still.«

»Ach.« Ich schüttele den Kopf. »Ich habe nur gerade an Jana gedacht.«

Simon dreht sich auf die Seite und stützt seinen Kopf auf dem Ellbogen ab. »Du denkst also an Jana, während wir in meinem Zimmer alleine sind? Das riecht nach Rache ...« Er will sich auf mich stürzen, doch ich rolle mich blitzschnell zur Seite.

»Nein, Simon, jetzt lass das mal. Ich mache mir wirklich ihretwegen Gedanken ...«

Er verharrt in der Bewegung. »Ist es mal wieder wegen ihren Eltern?«

»Ja!« Ich hole tief Luft. »Die haben echt den Schuss nicht mehr gehört, Pfarrer hin oder her. Die setzen sie total unter Druck. Das färbt voll auf Jana ab, denn heute Morgen war sie richtig ätzend zu mir, fast schon gehässig. So kenne ich sie gar nicht.«

Simon verzieht den Mund. »Inwiefern?«

Ich winke ab, als ich merke, dass ich mich verplappert habe. Ich will Simon auf keinen Fall auf die Nase binden, dass ich mich bei Jana über ihn ausgeheult habe. Gerade jetzt, wo alles wieder okay ist bei uns. »Ach, ist egal. Auf jeden Fall haben sie ihr verboten, nächste Woche mit nach Sylt in die Surffreizeit zu kommen.«

Simon setzt sich im Bett auf. »Echt? Dazu ist es doch jetzt wohl eindeutig zu spät. Montag geht's los. So kurzfristig können die doch keinen Rückzieher mehr machen.«

Ich zucke mit den Schultern. »Ich weiß es auch nicht so genau. Bin ja nicht so dicke mit ihr«, winke ich ab. Doch nach einer kurzen Pause füge ich hinzu: »Ich finde es nur einfach krass, was für einen verrückten Plan sie geschmiedet hat, um mit nach Sylt kommen zu können, und wie ihre Eltern ihr dann doch wieder alles versaut haben. Als hätten sie 'nen siebten Sinn dafür, wenn Jana sie hinters Licht führen will.«

»Plan?«

Erneut zucke ich mit den Schultern. »Wenn ich ihr morgendliches Gerede richtig verstanden habe, dann hat sie sich zur Surffreizeit angemeldet, sogar das Geld dafür aus eigener Tasche bezahlt, aber ihren Eltern kein Wort davon gesagt.«

»Wie bescheuert ist das denn?« Simon schüttelt verständnislos den Kopf. »Und wann wollte sie es ihnen sagen? Beim Kofferpacken? Kurz bevor der Bus Richtung Sylt abfährt?«

Ich richte mich ebenfalls auf und fahre mir mit der Hand durch die Haare, schüttele sie aus und binde meinen Pferdeschwanz neu. »Keine Ahnung. Ich sag ja, sie hat es mir nebenbei auf dem Schulweg gesteckt. Ihre Eltern denken wohl, dass sie im Tischtennis-Kurs ist und die Fahrt irgendwo ins Sauerland in ein biederes Sportlandschulheim geht.«

Simon nickt. »Tja, und jetzt haben sie mitgekriegt, dass ihr braves Töchterchen auf dem Surfbrett die Sylter Küste unsicher machen will. Samt anwesender Surfertypen, versteht sich.«

»So muss es wohl gewesen sein. Aber so richtig habe ich nicht kapiert, wie Janas Eltern nun hinter ihren Plan gekommen sind. Auch wenn Jana irre anstrengend sein kann und mich manchmal etwas nervt, aber ihre Eltern sind schon krass drauf und verbieten ihr wirklich alles, was Spaß macht und meiner Meinung nach auch völlig okay ist. Ich meine, was bitte schön ist schlimm daran, nach Sylt in die Surffreizeit zu fahren?« Verständnislos schüttele ich den Kopf. »Ich muss da immer wieder dran denken. Wie bescheuert ihre Eltern sind und ... na ja, auf jeden Fall tut mir Jana wirklich leid. Total!«

Simon beugt sich vor, gibt mir einen schnellen Kuss auf den Mund und springt dann aus dem Bett.

»Ich hab eine Idee! Lass uns doch Jana mal anrufen und überlegen, ob uns vielleicht gemeinsam eine Lösung einfällt.«

Ich bin baff. »Simon ...« Ich wundere mich wirklich, dass er sich so für Janas Probleme interessiert. Außerdem bin ich bestimmt die Letzte, von denen Janas Eltern sich in irgendeiner Weise beschwatzen lassen würden. Ich schnappe nach Luft, um Simon das auch so zu sagen. Doch dazu kommt es nicht. Es klopft an Simons Tür und im nächsten Moment steht seine Mutter im Zimmer.

»Oh, Entschuldigung, ihr zwei. Ich konnte ja nicht ahnen, dass du auch hier bist ... Hallo, Kim«, sagt sie schmunzelnd und lässt offen, was sie nicht *ahnen* konnte. Sie wirft ihr honigblondes langes Haar zurück. »Keine Panik, ihr beiden, ich warte draußen«, erklärt sie und verlässt das Zimmer.

Ich bin immer wieder überwältigt, wie wahnsinnig jung Simons Mutter aussieht. Simon hat sein gutes Aussehen zu hundert Prozent von ihr vererbt bekommen. Die gleichen honigblonden Haare, die strahlend blauen Augen mit den beneidenswert langen Wimpern, die gerade Nase, der sinnlich geschwungene Mund und eine Figur ohne jeglichen Makel. Okay, Simon ist wesentlich muskulöser als seine Mutter und auch ein gutes Stück größer, aber ansonsten sehen sie sich auffallend ähnlich. Sein dunkelhaariger, sehr großer und breit geratener Vater hingegen hat sich gentechnisch bei Simon kaum durchsetzen können.

»Wie du guckst«, amüsiert Simon sich. »Wie ein verschrecktes Kaninchen.«

Ich funkele ihn finster an. »Und was findest du daran so lustig?«

Simon hebt unschuldig die Schultern. »Nichts! Du bist nur so unglaublich süß, wenn du verlegen bist.«

»Blödmann!«, rufe ich lachend und schleudere ein Kopfkissen in seine Richtung.

3

Ich habe nicht die geringste Ahnung, wie Jana es doch noch hinbekommen hat. Als Simon und ich am Montagmorgen um 6:00 Uhr am Busbahnhof des Schulzentrums ankommen, steht sie schon breit grinsend neben dem Reisebus namens Sausewind, der unseren Surfkurs in circa einer halben Stunde Richtung Sylt fahren wird.

Von ihren Eltern ist keine Spur zu sehen, was mich vermuten lässt, dass sie einfach abgehauen ist.

»Jana!« Ich starre sie verblüfft an. »Was machst du denn hier? Ich dachte, deine Eltern hätten es dir verboten?«

Lässig winkt Jana ab. »Was kümmert mich das Geschwätz von gestern«, erklärt sie und wendet sich von mir ab.

Ich bin wirklich baff. Erst recht, als ich mitkriege, dass Jana und Simon vielsagende Blicke untereinander austauschen.

Ich rempele meinem Freund leicht den Ellbogen in die Seite und raune ihm zu: »Verstehst du das?«

»Süße«, sagt er gönnerhaft. »Manche Dinge muss man nicht verstehen, sich einfach nur freuen, dass sie so sind.«

Ich kann ihn nun anstarren. Was soll dieser Spruch denn jetzt? Und bilde ich es mir ein oder hat Jana eben tatsächlich spöttisch aufgelacht?

»Jana, warum grinst du so?«, blaffe ich sie heftiger als geplant an.

Prompt wandern ihre dunkel nachgezogenen Augenbrauen spöttisch in die Höhe. »Oha, Kimilein passte es wohl nicht, dass sie mal ausnahmsweise nicht alles weiß, was?!«

»Wie bitte?« Ich trau meinen Ohren wohl nicht! Was soll dieser Spruch denn jetzt? Und warum klingt sie so überheblich?

Erneut wende ich mich an Simon, der einfach nur dasteht und noch immer so sonderbar grinst. »Kannst du mir vielleicht mal sagen, was hier los ist?«, fordere ich ihn vorwurfsvoll auf.

Doch er beugt sich rasch zu mir vor, küsst meine Nasenspitze und erklärt: »Ich geh mal besser zu Alex. Klärt ihr das mal schön unter euch.« Damit schnappt er seine Reisetasche und schlendert zu seinem Kumpel rüber, der in fünf, sechs Metern Entfernung von uns steht und mit zwei Mitschülerinnen herumblödelt.

Ich sage nichts. Kein Wort. Starre Jana nur an, bis sie endlich die Güte hat, ihre Aufmerksamkeit auf mich zu richten.

»Okay«, beginnt sie und klingt genervt dabei. »Du wirst ja wohl keine Ruhe geben. Simon war gestern Abend bei meinen Eltern und hat mit ihnen geredet.«

»Was?« Ich kann sie nur verständnislos anstarren. »Er war bei euch? Wann denn? Und ... warum?«

Ich weiß wirklich nicht, wann das gewesen sein soll. Wir haben den kompletten Sonntag zusammen bei ihm verbracht. Okay, gegen 18 Uhr hat Simon mich kurz zu mir nach Hause gefahren, damit ich meine Sachen packen konnte. Da sein Vater uns am nächsten Morgen zum Busbahnhof bringen wollte, habe ich bei Simon übernachtet. Demnach hätte er in der knappen Stunde, bevor er mich wieder abgeholt hat, zum Pfarrhaus fahren können.

Rein logistisch war das also schon möglich, nur frage ich mich noch immer, warum? Aus welchem Grund soll Simon das getan haben? Ich verstehe es nicht. Stehe komplett auf dem Schlauch. Jana hingegen scheint meine Ahnungslosigkeit mehr als zu genießen. Sie fischt ihren Lippenstift aus der Jackentasche und zieht ihre eh schon blutroten Lippen noch kräftiger nach.

»Simon hat meinen Eltern versprochen, ja, er hat ihnen sogar sein *Ehrenwort* gegeben, dass er ein Auge auf mich hat und ich unversehrt aus der Surffreizeit zurück nach Hause kommen werde. Das Ganze verbunden mit einem herzlichen Gruß seiner Mutter, die ja immer sehr viel Gutes für die Kirchengemeinde tut, und schon haben ihm meine Eltern aus der Hand gefressen und gemeint, wenn er sich so für mich einsetzt, dann können sie ja nicht länger bei ihrem Nein bleiben.«

»Nicht dein Ernst?!«, kann ich nur ungläubig hauchen.

Doch Jana erwidert nur lässig: »Würde ich sonst hier vor dir stehen?!«

Unschlüssig hebe ich die Schultern. »Kein Plan.«

Und so ist es auch. Ich verstehe nicht, warum mir keiner von ihnen auch nur ein Wort davon erzählt hat. Dass Simon bestimmt großen Eindruck bei Janas Eltern hinterlassen hat, das hingegen glaube ich sofort. Vor einiger Zeit hat Jana mir mal morgens auf dem Schulweg mit einem verlegenem Grinsen gesteckt, dass ihre Eltern sich so einen Jungen wie Simon für sie wünschen würden. Aus richtig gutem Hause stammend. Der Vater ein angesehener Unternehmer, die Mutter engagiert sich ehrenamtlich in diversen sozialen Projekten, allesamt sehr kirchennah. Oh ja, damit wären der Herr Pastor und seine biedere Gattin einverstanden.

Damals habe ich nur gelacht und gemeint: »Wenn die wüssten. Simon tut nur immer so brav. In Wirklichkeit ist er ganz anders.«

Und Jana hat in mein Lachen eingestimmt und gemeint: »Stell dir das mal vor, Simon und ich ...«

»Oha, sonderbare Vorstellung«, habe ich gefunden.

»Können wir das Thema jetzt als erledigt abhaken?«, reißt sie mich plötzlich aus meinen Gedanken.

Ich nickte schnell. »Ja, klar doch. Ich war halt nur erstaunt ...«

Obwohl sie gerade selbst darum gebeten hat, das Thema zu wechseln, macht sie nun doch damit weiter. »Erstaunt, weil dir Simon etwas verheimlicht hat? Nämlich, dass er sich für mich eingesetzt hat? Passt dir das nicht?«, bohrt sie nach und so langsam, aber sicher reicht es mir.

»Jana, pass auf. Ich freue mich für dich, dass du nun doch mitkommen kannst. Aber ich schätze, du bildest dir gerade etwas zu viel darauf ein, dass es ausgerechnet Simon war, der dafür gesorgt hat. Ich habe erwähnt, dass du mir leidtust ... Womöglich wollte er mir einen Gefallen tun.«

Ihre Augen weiten sich. »Äh ... hab ich etwas anderes behauptet? Und was soll das eigentlich? Hast du Angst, ich könnte dir deinen Superlover ausspannen?«

Ich erspare mir eine Antwort. Das Ganze ist mir jetzt einfach zu blöd. Außerdem kommen gerade Anna, Pauli und Lea angetrabt. Die drei sehen so aus, als gäbe es sensationelle Neuigkeiten.

»Habt ihr schon gehört?«, fragt Lea verschwörerisch grinsend. »Der Gruber hat sich verletzt und kann nicht mit nach Sylt kommen.«

»Aha«, sage ich. Ich habe keine Ahnung, was daran so aufregend ist, dass die drei uns dermaßen anstrahlen. Unser Kursleiter Herr Gruber ist total nett, locker drauf und ein astreiner Surflehrer. Zumindest was das Surfen auf dem heimischen Baggersee betrifft. Wenn er sich nun verletzt hat, dann finde ich das gar nicht so toll.

Jana scheint sich auch zu wundern. »Und was ist daran so super? Der Gruber ist doch echt okay. Außerdem fehlt jetzt ein Lehrer, der die Surffreizeit begleitet.«

»Falsch, *fehlte«*, verbessert Pauline sie und schüttelt ihre blonden Locken. »Es ist schon für Ersatz gesorgt.«

»Und dieser *Ersatz«*, übernimmt nun Anna und verdreht dabei vielsagend die Augen. »... hat es in sich. Ich sag's euch, der absolute Traumtyp! Unfassbar, dass der schon Lehrer ist. Und so schade noch dazu.« Sie kichert.

»Ist er ja gar nicht«, weiß Pauline. »Zumindest noch nicht so richtig. Er hat gerade sein Referendariat begonnen. So wie ich das verstanden habe, war er bis Freitag noch an einer anderen Schule und heute ist quasi sein erster Arbeitstag am Kranich-Gymnasium.«

»Was für ein Glückspilz«, findet Lea. »Kaum an der neuen Schule, schon darf er mit nach Sylt zum Surfen. Kann auch wesentlich schlechter losgehen.«

»Wo ist er denn?«, will nun Jana wissen und stellt sich Ausschau haltend auf die Zehenspitzen.

Lea deutet auf eine Gruppe von Schülern, die sich um Frau Hammerkern, die als Lehrerin ebenfalls die Surffreizeit begleitet, und den Gruber-Ersatz versammelt haben.

»Er steht direkt neben der Hammerkern. Der mit den dunklen Haaren und dem grauen T-Shirt.«

Jana reckt sich und plötzlich beginnt sie zu grinsen. »Holla, die Waldfee, das ist ja mal ein leckeres Referendarchen.«

Ich schaue ebenfalls zu der Gruppe rüber. Auch wenn ich es alleine wegen Janas offensichtlicher Begeisterung nicht tun möchte. Doch bevor ich einen Blick auf den angeblichen Traumtyp von einem zukünftigen Lehrer erhaschen kann, drängt sich Simon in mein Sichtfeld.

»Hey, du starrst doch wohl nicht zu dem Frischling«, sagt er mit spöttischer Stimme. Es soll wie ein Scherz klingen, locker und witzig. Doch ich erkenne an seinem Blick, dass es ernst gemeint ist. Er ist offensichtlich genervt von diesem neuen Unbekannten.

»Frischling?«, wird er prompt von Pauli angemotzt. »Hast du 'n Rad ab?«

Simon lacht überheblich. »Oh, Entschuldigung, ich wusste ja nicht, dass ich deine hormonverblendeten Gefühle verletze.«

Pauli schnaubt auf und Simon redet sofort weiter: »Aber jetzt mal ohne Scheiß, der ist doch kaum älter als ich. So einen kann ich doch gar nicht ernst nehmen.«

Ich gucke Simon von der Seite an und wundere mich über seine giftige Art. Warum regt er sich so auf? Aber noch mehr wundere ich mich erneut über Jana. Sie stimmt Simon nämlich wild nickend zu. »Sehe ich ganz genauso. Zumal ich finde, dass er mehr nach Surfertyp als nach zukünftiger Lehrer aussieht.«

Pauline bedenkt Jana mit einem amüsierten Blick und zieht eine Augenbraue hoch. »Na, umso besser, oder?! Falls du es vergessen hast, Jana, wir sind gerade auf dem Weg nach Sylt, wo wir in erster Linie surfen wollen.«

»Wie muss denn eurer Meinung nach ein Lehrer aussehen, damit ihr ihn ernst nehmen könnt?«, möchte nun Lea von Jana und auch Simon erfahren. Sie klingt ein wenig schnippisch. »Graue Haare, Brille, Hemd und Krawatte? Ist er euch zu lässig gekleidet? Zu durchtrainiert? Seine Haare zu lang? Wo ist euer Problem?«

Ich mag die angespannte Stimmung, die plötzlich aufkommt, nicht. Wir sind doch noch nicht mal losgefahren und schon gibt es Knatsch? Ich bin dankbar, als Simon abwinkt. »Ey, mir ist das im Prinzip absolut wumpe. Ab Oktober geht's mit dem Vorabi los und in spätestens sieben Monaten sind das Gymi und all seine Lehrer, Referendare und Möchtegern-Lehrer eh Geschichte für mich.« Er greift nach meiner Hand und sagt: »Lass uns jetzt mal die Taschen verstauen und dann zusehen, dass wir einen guten Platz bekommen. Ich will möglichst weit hinten sitzen.«

»Ich dachte, wir Mädels sitzen zusammen, Kim?« Pauli klingt enttäuscht.

»Vergiss es!«, antwortet Simon für mich, bevor ich auch nur *Piep* sagen kann. »Schlimm genug, dass wir nachts getrennt sind, weil es in dieser lächerlichen Jugendherberge tatsächlich nur Mehrbettzimmer gibt, die brav nach Männlein und Weiblein getrennt sind.«

»Simon«, zische ich ihm zu. »Jetzt lass das doch mal. Ich will ...«

Da höre ich Anna an Pauli und Lea gewandt raunen: »Kims Herr und Meister hat gesprochen. Widerspruch zwecklos.«

Die drei lachen und ich fühle mich ätzend. Einfach nur ätzend und bevormundet und genervt. Denn sie haben ja recht. Simon zerrt mich hinter sich her, meine Reisetasche hängt über seiner linken Schulter, seine über der rechten, und ich hänge an der Hand wie ein willenloses Kleinkind. Ich würde mich gerne losreißen. Aber mir sind die Blicke der anderen bewusst, die eh schon auf uns haften, weil wir nun mal DAS Traumpaar der gesamten Jahrgangsstufe sind. Auf einen Streit vor Publikum kann ich gut verzichten.

Verdammt, diese ganze Syltgeschichte fängt schon so richtig bekloppt an. Erst Janas sonderbare Show, dann spielt sich Simon wegen dieses Referendars auf und bestimmt meine Entscheidungen, dass ich ihm am liebsten vor versammelter Mannschaft Kontra geben würde, und zwar so richtig. Ich dachte, er hätte kapiert, dass ich nicht sein Eigentum bin. Wenn er das nicht endlich akzeptiert ... diesen Gedanken wage ich nicht zu Ende zu denken.

Als wir die Taschen mithilfe des Busfahrers unten im Bus verstaut haben, gelingt es mir, Simon zur anderen Seite des Busses zu ziehen und seine Hand abzuschütteln.

»Simon, hast du mich eigentlich mal gefragt?«, frage ich leise, aber ernst.

Er guckt mich völlig perplex an. »Was habe ich denn jetzt schon wieder falsch gemacht?«

Ich hole tief Luft und kann es nicht fassen. Es ist total verrückt, aber Simon merkt überhaupt nicht, dass er mich wie seine Leibeigene behandelt. Es ist ihm tatsächlich nicht bewusst, dass er ständig über meinen Kopf für mich mitentscheidet.

»Kim, Süße, jetzt starr mich doch nicht so böse an. Lass

uns lieber einen guten Platz im Bus sichern.« Er streckt die Hand nach mir aus, doch ich mache einen Schritt zurück und verschränke abwehrend die Arme vor der Brust.

»Ich will …«, setze ich an, da erklingt plötzlich eine Männerstimme hinter mir: »Alles okay hier bei euch?«

Ich fahre herum und gehe eigentlich davon aus, in das Gesicht des Fahrers zu blicken. Gleichzeitig wird mir bewusst, dass sich dessen Stimme vorhin längst nicht so jung angehört hat. Nein, es ist der Referendar, der wirklich jung für einen angehenden Lehrer aussieht. Und gut noch dazu. Und: der mir nicht *unbekannt* ist.

Mein Herz klopft mir bis zum Hals. Es ist ER. Andre. Aus dem Wartezimmer beim Tierarzt, wo Kira sich spontan in seinen Hund Jack verliebt hat und ich … ich bekomme keine Luft mehr.

Ich bekomme weiche Knie und starre Andre jetzt sicher schon unverschämt lange mit ein stummer Fisch an, denn sofort habe ich die Szene beim Tierarzt wieder vor Augen. Wie wir uns gegenübergesessen, geredet, gelacht haben und dabei nicht eine Sekunde die Blicke voneinander lösen konnten. Und kurz bevor wir ins Behandlungszimmer gerufen wurden, da hat er mich nach meiner Handynummer gefragt, die ich ihm mit wild trommelnden Herzen gegeben habe. Ohne nachzudenken, ohne irgendwas zu denken, denn ich war eh nicht mehr ganz bei Sinnen, eben voll vernebelt und irgendwie auf den ersten Blick …

Ich verbiete mir weiterzudenken. Denn als ich zusammen mit Kira und Bonni das Tierklinikgelände verlassen habe, hat das schlechte Gewissen mich regelrecht überfallen. Wie konnte ich nur? Was habe ich mir dabei gedacht? Ich bin doch mit Simon zusammen!!

Die Tage danach hat er dann tatsächlich mehrfach versucht, mich zu erreichen, aber ich habe seine Anrufe weggedrückt – obwohl die Verlockung wahnsinnig groß war. Seitdem habe ich das Bild von Andres Gesicht im Wartezimmer, den Blick, den er mir zum Abschied zugeworfen hat, sein leises »Ich würde dich gerne wiedersehen« – all das habe ich nicht mehr aus dem Kopf bekommen.

Und nun steht er vor mir, schaut mich wieder so ... so intensiv an, aber es ist alles anders. Er ist Referendar an meiner Schule und ich möchte mich am liebsten in Luft auflösen, denn so enttäuscht und begreifend, wie er mich ansieht, weil er kapiert, warum ich nicht ans Handy gegangen bin, fühle ich mich einfach nur elend und habe gleichzeitig Angst, Simon könnte irgendetwas mitkriegen.

Doch Andres Blick währt nur kurz. Er ist bemüht, sich nichts anmerken zu lassen, und tut so, als ob wir uns das erste Mal begegnen. Oder erinnert er sich tatsächlich nicht an mich?

Ich weiß gar nicht, was ich fühlen soll, so gefangen bin ich zwischen Scham wegen meines Totstellens, Sorge wegen Simon und meiner Freude, Andre wiederzusehen. Nein, Blödsinn, natürlich erinnert er sich, zwischen uns hat so die Luft geflirrt, ein bisschen wie gerade eben in der ersten Sekunde, als wir uns in die Augen geschaut haben. Und damals beim Tierarzt? Selbst meine siebenjährige Schwester hat auf dem Nachhauseweg zu mir gesagt: »Du, Kim, ich glaube, der Andre hat sich gerade schockverliebt in dich!«

Ich habe ihr lachend einen Vogel gezeigt, einmal um all das weit von mir zu weisen, zum anderen wegen ihres momentanen Lieblingsworts *Schock,* das sie quasi überall, wo es möglich und auch unmöglich ist, davorklemmt. Schockhunger. Schocklangeweile. Schockhausaufgaben. Schockverliebt ... Die Liste ist lang.

»Was sollte hier nicht okay sein?«, herrscht Simon ihn an und reißt mich aus meinen aufgewühlten Gedanken zurück ins Hier und Jetzt.

Obwohl Simon alles andere als respektvoll ist, bleibt Andre ganz ruhig und fragt mich: »Ist das so?«

Ich merke, dass Simon die Fäuste ballt, und lege ihm beschwichtigend die Hand auf den Arm. »Ja, es ist alles in Ordnung. Wirklich!«

Andre blickt mir in die Augen. So tief, als könnte er sich so vergewissern, ob ich ihm die Wahrheit gesagt habe. Ein prickelnder Schauer läuft mir über den Rücken. Sein warmer, intensiver Blick ist mir unangenehm – besonders vor Simon – und dennoch kann ich nicht weggucken.

Erst als Simon genervt neben mir schnauft, gelingt es mir, mich Andres dunklen Augen zu entziehen. Ohne ihn weiter zu beachten, hake ich mich bei Simon unter und ziehe ihn mit mir um den Bus herum.

»Sag mal«, knurrt Simon, »hab ich das gerade geträumt oder hat der Typ dich angebaggert?«

Wir haben uns zwar schon ein paar Schritte von Andre entfernt, aber nicht so weit, dass er Simons Worte nicht mitbekommen hat.

»Simon«, zische ich ihm zu, während mir die Röte ins Gesicht steigt. »Was redest du denn bloß für einen Stuss?!«

Er funkelt mich von der Seite an. »Stuss? Das sehe ich aber ganz anders. Der hat dich angestarrt, als ob er jeden Moment über dich herfallen will.«

Ich bekomme kaum noch Luft, so peinlich sind mir plötzlich Simon und seine Worte, denn mit tausendprozentiger Sicherheit hat Andre auch das mitbekommen. Ich schlucke meinen Ärger runter, den ich ganz sicher nicht vor allen anderen Simon an den Kopf knallen will, und muss mich sehr zusammenreißen zu flüstern: »Hör jetzt damit auf. Er ist ein Referendar. Ein zukünftiger Lehrer. Du blamierst uns gerade beide bis auf die Knochen.«

Simon schnappt ärgerlich nach Luft. »Wenn sich hier einer blamiert, dann ein Typ, der Lehrer werden will und nichts Besseres zu tun hat, als eine Schülerin gierig anzustarren!«

Mir reicht es. Ich gebe auf! Simon spinnt, nein, er ist sogar total bescheuert! Andre hat mich bestimmt nicht *gierig angestarrt*. In diesem Moment habe ich genug von Simon und seinem besitzergreifenden Ton, was mich angeht. Simon kann einfach nie lockerlassen, muss auf Dingen beharren, die er sich in unserer Beziehung einbildet, er vereinnahmt mich für sich, ohne mich zu fragen, macht eine Szene nach der anderen, zieht mich mit rein, wenn er einen Konflikt aufbauscht ... ich habe genug, und zwar so was von!

Ich ziehe meine Hand von Simons Arm und stürme in den Bus, bevor Simon auch nur ein Wort sagen kann. Mit einem Blick in den halb besetzten Bus sehe ich, dass der Platz neben Pauli frei ist. Neben ihr, auf der anderen Seite des Ganges, sitzen Lea und Anna. Zwei Reihen dahinter Jana. Der Sitz neben ihr ist ebenfalls noch frei. Ich lasse mich neben Pauli sinken.

»Ist das okay?«, krächze ich. »Oder hältst du den für jemand anderen frei?«

Sie lächelt mich an. »Das ist absolut okay.«

Simon kommt jetzt auch in den Bus gestürmt. Sein Gesicht ist käseweiß. Als er mich neben Pauli sitzen sieht, entgleiten ihm die Gesichtszüge noch mehr. Man kann förmlich sehen, wie er mit aller Macht einen Wutanfall unterdrückt, so sehr zucken seine Kieferknochen. Ich blicke demonstrativ zur Seite, als er an uns vorbeistampft.

»Er hat sich neben Jana gesetzt«, flüstert mir Pauli zu.

Ich nicke erleichtert. »Soll er doch ...«

Langsam füllt sich der Bus, und nachdem Frau Hammerkern die Anwesenheitsliste abgehakt hat, stellt sie offiziell den Ersatz für Herrn Gruber vor.

»So leid es mir tut, dass Herr Gruber nun leider nicht mitkommen kann ... dass uns Herr Salm spontan zugesagt hat, ist wiederum ein echter Glücksfall. Er ist nicht nur leidenschaftlicher Surfer, sondern auf Sylt geboren und hat seine Kindheit und halbe Jugend dort verbracht.«

Frau Hammerkern strahlt ihren jungen Kollegen so begeistert an, dass Pauli mir zutuschelt: »Die schmachtet den regelrecht an. Ich sag's dir, die steht auf den. Die kriegt sich ja kaum noch ein ...«

Ich murmele leise. »Quatsch, sie könnte seine Mutter sein.«

»Auf jeden Fall sieht er tatsächlich irre jung aus. Hat der sein Abi mit zwölf gemacht?« Sie hebt vielsagend die Augenbrauen und fügt hinzu: »Und irre gut noch dazu.«

Wir schauen wieder nach vorne, wo Andre Salm sich lächelnd bei seiner Kollegin bedankt und sich dann an uns wendet. »Okay, dann stelle ich mich am besten auch noch mal persönlich vor. Mein Name ist Andre Salm und ich bin tatsächlich erst seit heute Referendar am Kranich-Gymnasium. Meine Fächer sind Mathe und Sport. Außerdem bin ich ein Fan von offenen Worten. Da ich mitbekommen habe, dass es hier und da zu Rätselraten bezüglich meines Alters gekommen ist, möchte ich das Geheimnis sofort lüften. Ich habe mit 17 mein Abi gemacht, dann zum erstmöglichen Semesterbeginn angefangen zu studieren und nun mit dem Referendariat begonnen. Demnächst werde ich 24 und ich gebe es offen zu, ich bin wohl in Schule und Studium so etwas wie ein Streber gewesen. Auch wenn man mir es vielleicht nicht so ansieht.« Im Bus bricht Gelächter aus. Andre grinste schelmisch in die Runde und ich muss lächeln. Er hat mit seiner saloppen »Rede« sämtliche Anwesenden für sich gewonnen. Das ist ziemlich eindeutig. Außer vielleicht Simon. Als ich mich kurz zu ihm umwende, ist sein Gesicht zu einer starren Maske eingefroren. Sein sonst so schön geformter Mund ist nur noch ein dünner Strich und der Blick, den er mir zuwirft, ist alles andere als liebevoll.

»Dieser Andre Salm ist einfach nur geil, so muss ein Lehrkörper aussehen, wenn du mich fragst!«, kommt es von Pauline, als ich mich wieder nach vorne wende, und sie grinst.

Ich nicke automatisch und lächele, bin aber in Gedanken bei Simon und der Frage, wann das eigentlich angefangen hat, dass er mich dermaßen vereinnahmen will, dass es mir manchmal fast die Luft zum Atmen raubt. Und vor allem, warum er plötzlich so bescheuert eifersüchtig ist. Wo kommt das her? Ich habe ihm nie einen Grund dafür gegeben, oder? Okay, vielleicht vor ein paar Tagen beim Tierarzt, als ich Andre begegnet war. Aber erstens weiß Simon davon nichts und zweitens ist darüber hinaus nichts zwischen Andre und mir passiert.

Endlich fährt der Bus los. Irgendjemand ruft: »Auf geht's! Sylt, wir kommen!«

Es wird gelacht und geredet, die Stimmung ist ausgelassen. Alle freuen sich auf Sylt, aufs Surfen, Sonne, Strand, Meer, das kann man regelrecht spüren.

Neben uns in der Sitzbank raschelt Papier. »Ey, Anna, wir sind erst seit fünf Minuten unterwegs und du packst schon dein Brot aus.« Lea schüttelt grinsend den Kopf.

»Na und«, verteidigt sich Anna. »Was kann ich denn dafür, dass ich tierischen Hunger bekomme, sobald es losgeht?!«

Ich werfe einen Blick nach vorne und sehe, wie Andre sich neben Frau Hammerkern in die erste Reihe setzt. Schnell lasse ich mich tiefer in den Sitz fallen, damit mein Starren nicht so auffällig ist. Pauline hingegen macht sich gar nicht die Mühe, unauffällig einen Blick auf den neuen »Lehrkörper« zu werfen.

Wieso spielt sich Simon plötzlich so auf, nur weil da ein neuer Referendar mitfährt, der zufällig jung ist und gut aussieht? Ich muss seufzen.

»Kim?« Pauli interpretiert meinen Seufzer wohl falsch und legt mir die Hand auf meinen Unterarm. »Soll ich mit Simon den Platz tauschen? Möchtest du doch lieber neben ihm sitzen?«

»Nein!«, antworte ich viel zu schnell und anscheinend zu heftig, denn prompt schnellen Paulis Augenbrauen in die Höhe.

»Hm ... Simon und du, es läuft wohl gerade nicht so gut zwischen euch, was?«

Ich atme tief durch. »Ich weiß nicht ... vielleicht. Auf jeden Fall ist es gerade kompliziert.«

Sie nickt. »Na ja, ich stelle mir das eh ziemlich anstrengend vor, wenn man DAS Paar der Schule ist. Da gucken doch alle immer extrakritisch, ob grad trouble in paradise ist.« Sie senkt ihre Stimme und fährt mit einem Zwinkern fort: »Noch dazu, wenn man mit dem so ziemlich heißesten Typen der Schule zusammen ist. Ich sag nur: Traumtypen hast du selten für dich allein. Auch wenn ihr perfekt zusammenpasst, bei so einem wie Simon kann man sich eigentlich sicher sein, dass er ...«

Ich falle ihr ins Wort. »Doch, da bin ich mir sogar sehr sicher.«

Pauline möchte etwas erwidern, aber ich komme ihr zuvor. »Pauli, bitte, lass uns das Thema wechseln. Zwischen mir und Simon ist alles okay oder zumindest wird das schon wieder. Wir sind jetzt seit einem Jahr zusammen, da kann es nicht nur immer *super* sein.« Ich atme tief durch und lächele Pauli betont fröhlich an. »So, genug davon. Ich möchte mich jetzt einfach nur auf Sylt freuen. Warst du eigentlich schon mal dort? Ich noch nie.«

Sie nickt. »Ja, ich war schon einige Male mit meinen Eltern da. Aber nie in Westerland. Wir haben immer in Hörnum gewohnt. Meinen Eltern ist Westerland zu touristisch. Sie sagen immer, wenn Sylt, dann bitte das ursprüngliche, das dörfliche. Rambazamba und Massentourismus können sie überall haben.«

»Okay«, sage ich gedehnt. »Da bin ich jetzt gleich noch mehr auf Westerland gespannt. Rambazamba hört sich jetzt nämlich in meinen Ohren gar nicht mal so schlecht an.« Ich grinse.

Pauli lacht. »So sehe ich das auch. Westerland hat echt die coolste Surferszene überhaupt. Aber na ja, meine Eltern kommen hier ja nicht zum Surfen her.«

Einen Moment lang sagt keine von uns etwas. Im Bus wird laut gequatscht und gelacht. Irgendjemand hat auf seinem Smartphone Musik angemacht. Mein Blick verirrt sich nach vorne, wo Andre sitzt. Er hat sich halb zu Frau Hammerkern umgewandt, die auf dem Einzelsitz ganz vorne neben dem Busfahrer hockt.

»Wie findest du ihn eigentlich?«, fragt mich Pauli plötzlich.

»Wen?« Dabei weiß ich genau, wen sie meint.

Sie grinst. »Na ja, den du die ganze Zeit so anstarrst.«

Ich schüttele den Kopf und stoße ihr spielerisch meinen Ellenbogen in die Seite. »Ich? Starre doch gar nicht!«

Bedeutungsvoll verzieht Pauli den Mund. »Das kannst du auch schön vergessen. Du hast dir schon den schärfsten Schüler des Gymnasiums geschnappt. Nicht auch noch den schärfsten Referendar – der ist meiner!«

Ich gucke sie fassungslos an. Spinnt die und kann sie das Thema nicht mal fallen lassen? Und soll das denn die ganze Freizeit lang so weitergehen?

Pauli scheint das Thema jedenfalls nicht mehr loszulassen – so männerverrückt habe ich sie noch nie erlebt! Wobei, so gut kennen wir uns eigentlich nicht: Sie und ich haben einige Kurse zusammen, aber so richtig befreundet sind wir nicht. Was schade ist, denn ich mag sie. Sie ist nicht auf den Mund gefallen, schäkert gerne rum und ist total spontan und aufgeschlossen.

Aber diese Männerverrücktheit wegen Andre und der Gedanke, dass sie sich an ihn ranmachen könnte, versetzen mir einen Stich ... aber nein, den Gedanken verdränge ich sofort.

Ich will gerade erwidern, dass Pauli ihre rosarote Brille

lieber wieder einpacken soll, da sehe ich das Funkeln in ihren Augen und kapiere, dass sie mich verarschen will. Das kann ich auch. »Klar doch«, erwidere ich deshalb lässig. »Andre Salm passt genau in mein Beuteschema – schade nur, dass so ein zukünftiger Lehrer ja leider komplett tabu ist.«

Sie knufft mir den Ellbogen in die Seite und grinst schief. Doch dann wird sie plötzlich ernst. »Du, Kim, wie gut bist du eigentlich mit Jana befreundet?«

Ich schaue sie fragend an und zucke mit den Schultern. »Na ja, wir kennen uns halt schon ewig ...«, gebe ich unbestimmt zurück.

Sie räuspert sich und sieht verstohlen nach hinten. Dann sagte sie leise: »Na ja, ich will da jetzt auch kein Gerücht in die Welt setzen oder so. Aber ... pass auf mit der. Echt.«

»Warum?« Ich weiß wirklich nicht, worauf sie hinauswill.

Pauli schluckt. Ich kann es ihr regelrecht ansehen, sie ringt mit sich, ob sie weiterreden soll.

»Jetzt sag schon«, fordere ich sie auf.

Pauli deutet mit einer Kopfbewegung nach hinten. »Hast du mal Jana und deinen Freund beobachtet?«

Ich hebe ahnungslos die Schultern. »Nö ... also nicht bewusst.«

»Das solltest du!«

Ich drehe mich unauffällig weiter um, strecke mich ein wenig, damit ich über die Sitze hinweg einen Blick auf Jana und Simon werfen kann. Doch ich kann nicht erkennen, was mich an dem Bild, was sich mir da bietet, beunruhigen sollte: Jana scheint Simon irgendetwas zu erzählen, was ihn nicht großartig interessiert. Ich kenne diesen Gesichtsausdruck – höflich, aber unverbindlich. Wahrscheinlich hört er ihr nicht mal richtig zu. Jana hat hingegen ein Dauergrinsen aufgelegt und ihre Wangen stehen in Flammen, aber ich bin mir sicher, dass sie einfach nur happy ist, nun doch mit nach Sylt fahren zu dürfen.

Ich wende mich wieder nach vorne um und sage zu Pauli: »Na ja, Jana redet, Simon tut so, als würde er zuhören, hat aber seine Ohren auf Durchzug gestellt. Nix, was ich nicht kenne.« Ich lächele und zucke mit den Schultern. »Sie wird ihm höchstwahrscheinlich tausend Storys von ihren unmöglichen Eltern erzählen und davon, was sie alles Unglaubliches tun will, wenn sie endlich 18 ist.«

Pauline kratzt sich am Kinn. »Vielleicht willst du es nicht sehen, aber ... es ist ein offenes Geheimnis, dass Jana in Simon verknallt ist. Das macht schon seit Anfang der Zwölften die Runde am Gymi. Ich wette mit dir, sollte sie auch nur den Hauch einer Chance bei ihm wittern, dann ...!«

Mir bleibt die Spucke weg. »Wie-was ...«, krächze ich. »Das ist-ist doch Blödsinn! Außerdem gehören da ja immer noch zwei dazu und Simon ... würde das niemals tun.« Dass Simon Janas Style als too much bezeichnet und kaum ein gutes Haar an ihr lässt, behalte ich für mich. Was Simon mir im Vertrauen erzählt, muss ich niemandem auf die Nase binden. Und Jana? Ist sie nicht mit jedem so aufgedreht und offenherzig, auch mit den anderen Jungs? Und auch wenn sie mir manchmal mit ihrem ganzen Aufgestyle und ihrer »großen Freiheit mit 18« auf den Wecker geht, so bin ich mir sicher, dass an Paulis Vermutungen nichts dran sein kann. Nichts dran sein darf!

4

Nach knapp vier Stunden Fahrt erklingt Frau Hammerkerns Stimme aus den Lautsprechern des Busses. »Alle mal herhören! Wir sind jetzt gleich beim Autozug angekommen. Hier endet unsere Reise im Bus und es geht mit dem Zug rüber nach Sylt. Wir steigen an der Endhaltestelle in Westerland aus und gehen dann von dort aus zu Fuß in die Jugendherberge.«

»Zu Fuß?«, ruft irgendwer aus den hinteren Sitzreihen. »Aber das ist doch voll weit!«

»Etwas mehr als vier Kilometer!«, erwidert Frau Hammerkern mit einen süffisanten Lächeln. »Das sollte ja wohl zu schaffen sein.«

Aus dem Gemurmel entwickelt sich ein lautes Stimmengewirr. Die meisten haben keine Lust, ihr Gepäck durch Westerland zu schleppen. Irgendwer fragt, ob wir nicht vom Bahnhof aus in den Linienbus steigen könnten.

Doch Frau Hammerkern winkt ab. »Wir brauchen überhaupt nicht zu diskutieren, alle gehen zu Fuß. Ohne Ausnahme. Also, genießt gleich die Fahrt im Zug, es ist nämlich immer wieder ein Erlebnis, finde ich, wenn man übers Meer fährt.« Sie legt das Mikrofon zur Seite und wendet sich an Andre Salm, der sich köstlich über das Gemurre im Bus zu amüsieren scheint.

Als wir kurz danach am Autozug angekommen sind und aus dem Bus steigen, ist Simon an meiner Seite. Er legt mir sacht die Hand auf die Schulter und sagt: »Bist du noch böse auf mich?«

Aus dem Augenwinkel sehe ich, dass Jana schon die Ohren gespitzt hat. Auch wenn ich Paulines Warnung nicht ernst genommen habe, beschließe ich spontan, die Fronten – zumindest die Richtung Jana – zu klären. Mit einem versöhnlichen Lächeln wende ich mich Simon zu, verschränke meine Hände in seinem Nacken und stelle mich leicht auf die Zehenspitzen, um ihn auf den Mund zu küssen.

Er umschlingt mich fest mit seinen Armen und erwidert meinen Kuss mit spürbarer Erleichterung.

»Boah, das ist ja widerlich. Habt ihr kein Zuhause?«, ätzt Jana und drängt sich an uns vorbei zum Gepäck.

Simon verdreht die Augen und ich tue es ihm nach. Jana und Simon? Das ist einfach nur lächerlich!

Während der Zugfahrt sitze ich neben Simon. In den Reihen neben uns haben sich Simons Kumpel Alex, Pauli, Lea und Anna niedergelassen, die sich inzwischen die Nasen an der Scheibe platt drücken, um aufs Watt hinauszuschauen. Simon und ich sind mit uns selbst beschäftigt. Er hat den Arm um mich gelegt und ich schmiege mich an seine Schulter. Schluss mit den finsteren Jana-Gedanken, Schluss mit den heimlichen Andre-Salm-Blicken. Er ist in vielerlei Hinsicht tabu für mich.

»Ich hasse es, wenn wir streiten«, sage ich leise.

Simon küsst mich sanft auf die Schläfe. »Ich auch.« Er holt tief Luft. »Meine Reaktion vorhin war total drüber. Sorry, das weiß ich jetzt. Aber dafür habe ich auch prompt büßen müssen: Jana hat echt geredet und geredet, mir tun die Ohren weh ...« Mich durchflutet eine Welle der Erleichterung. Paulis Warnung geht mir leider noch immer durch den Kopf, aber ich nehme mir vor, Jana und ihre vermeintlichen Avancen gegenüber meinem Freund genau zu beäugen. »Na ja, Jana halt. Das mit dem Achtzehnwerden ist ja auch gigantisch – bis es dann so weit ist. Ich habe auch gedacht, mit 18 ist alles ganz anders, und dann war es doch nur so wie jeden Tag.«

Er schaut mich überrascht an. »Wie jeden Tag? Ey! Ich habe mir die größte Mühe gegeben, dir diesen Tag so genial und unvergesslich wie nur möglich zu gestalten!« Er schiebt gespielt empört die Unterlippe vor, aber in seinem Blick sehe ich genau, dass ihn meine Worte getroffen haben.

Oha, schon wieder das Falsche gesagt, ärgere ich mich über mich selbst. Irgendwie scheint im Moment der Wurm bei uns drin zu sein. Wir reden ständig aneinander vorbei. Jedes Wort ist falsch, und auch wenn Simon eben nur gespielt böse geguckt hat, ist mir trotzdem klar, dass er ehrlich enttäuscht ist. Genauso wie an meinem 18. Geburtstag vor knapp einem halben Jahr, als er mir kurz nach Mitternacht DAS Geschenk überreicht hat, über das wir seitdem kein Wort mehr verloren haben. Mit geröteten Wangen, gespanntem Blick und spürbarer Nervosität, jede meiner Regungen beobachtend, hatte Simon mir dabei zugeschaut, wie ich eine kleine Schmuckschatulle geöffnet habe. Darin: ein bildschöner silberner Ring, über den ich mich irre gefreut hatte. Zumindest so lange, bis er mir mit einem sonderbaren Lächeln beichtete, dass er den gleichen, nur etwas breiter, für sich gekauft hätte. »Wie wir das für uns deuten wollen, das überlasse ich dir, Kim ...«, lauteten seine hoffnungsvollen Worte dazu.

Mir zogen sie jedoch den Boden unter den Füßen weg. Plötzlich hatte der Ring einen ganz anderen Beigeschmack für mich bekommen. Ich hatte mich nicht getraut, ihn zu fragen, ob er das ernst meinte. Stattdessen hatte ich weiterhin so getan, als würde ich mich freuen. Doch sehr glaubhaft hatte ich dabei scheinbar nicht auf Simon gewirkt.

Auf jeden Fall war er so geknickt gewesen, dass er sich kurzerhand in sein Auto gesetzt hatte, um bei sich zu Hause zu schlafen. Um neun hatte er dann allerdings wieder vor meiner Tür gestanden, um mich zum Frühstücken abzuholen und mir tatsächlich einen wunderschönen Geburtstagstag zu bereiten. Über die Ringe hatten wir seitdem nie wieder gesprochen und keiner von uns trug sie.

»So habe ich das nicht gemeint«, erkläre ich entschuldigend. »Und natürlich hast du recht, der Tag war klasse. Unvergesslich.« Ich hauche ihm einen Kuss auf die Wange und hoffe, dass es damit gut ist – und nicht schon wieder angespannt zwischen uns wird oder anstrengend.

Doch Simon ist heute einfach nicht nach Harmonie. Er will es wissen, kann nicht aufhören mit seinen Spitzfindigkeiten. »Was ist eigentlich aus dem Ring geworden? Hast du ihn noch?«

Ich nicke.

»Aha«, macht er. »Und willst du ihn noch immer nicht tragen?«

»Ach, Simon ...« Ich blicke demonstrativ zum Fenster hinaus, wo der Zug das Festland verlassen hat und wir nun quasi auf Schienen übers Meer fahren. Ziemlich beeindruckend. In der Ferne kann man schon die grünen Ausläufer von Sylt erkennen. Kühe, stecknadelgroß, aber dennoch auszumachen, grasen auf weitläufigen Weiden.

»Kim?« Simon umfasst mein Kinn und dreht mein Gesicht zu ihm. »Warum weichst du mir aus? Ständig.«

Seine schönen blauen Augen sind leicht gerötet. Ich verstehe es nicht, warum kann er es nicht einfach mal gut sein lassen?

»Simon, bitte, lass uns jetzt nicht schon wieder streiten«, beschwöre ich ihn. »Schau lieber mal aus dem Fenster, ist das nicht ein total irrer Anblick?«

Ich versuche, mich von ihm wegzudrehen, während ich mit dem Zeigefinger gegen das kalte Fensterglas tippe.

»Ja«, höre ich ihn murmeln. »Total schön.« Es klingt bissig, aber ich bin festen Willens, nicht darauf einzugehen. Ich habe mich auf die Surffreizeit auf Sylt gefreut und werde mich nicht länger von Simons Muffellaune anstecken lassen, beschließe ich.

Als er seine Hand von meinem Kinn löst, drücke ich die Stirn ans Fenster und entdecke eine Schafherde auf dem Deich.

Die Sonne scheint, erste Häuser werden sichtbar und ich versuche, alles Doofe einfach auszublenden. Zum Glück hat Simon es kapiert, denn er gibt keinen Ton mehr von sich. Dennoch frage ich mich, ob die Syltfreizeit jetzt zu einem Spießrutenlauf um jedes falsche Wort herum wird. So habe ich mir das nicht vorgestellt und eigentlich möchte ich mir die Vorfreude auch nicht von Simon vermiesen lassen.

Es dauert dann noch eine Weile, bis der Zug in Westerland ankommt und wir mit unseren Taschen und Koffern bepackt aussteigen.

Der Bahnhof ist klein und nicht gerade glamourös. Eben ein stinknormaler Kleinstadtbahnhof und im Grunde auch völlig okay, aber irgendwie habe ich von Sylt etwas anderes erwartet – alles etwas nobler, beeindruckender, edler. Doch als gegenüber auf dem anderen Gleis der Autozug einfährt, sind jede Menge Edelkarossen darauf zu sehen, was mein Bild, das ich eigentlich immer von Sylt hatte, dann doch wieder bestätigt.

Simon grollt immer noch vor sich hin, aber ich bleibe bei meinem Entschluss, mir die Vorfreude von ihm nicht vermiesen zu lassen. Das Wetter stimmt und ich bin das erste Mal auf Sylt, ich freue mich aufs Surfen und werde die Zeit hier in vollen Zügen genießen. Und wenn Simon eben beleidigt sein will, dann kann ich es auch nicht ändern, das muss er schon selbst tun. Basta!

Ich schleppe meine große und die etwas kleinere Tasche rüber zu der Gruppe meiner Mitschüler, die sich bereits um Frau Hammerkern und Andre versammelt haben. Ob Simon mir folgt, weiß ich nicht, denn ich schaue nicht zurück. Pauli grinst mich an, als ich mir die schwere Reisetasche keuchend von der Schulter gleiten lasse. Zum Glück hat sie Rollen, sodass ich sie gleich auf dem Weg zur Jugendherberge hinterherziehen kann. »Ganz schön warm, was?!«, meint Pauli.

Ich nicke. »Hoffentlich haben wir überhaupt vernünftigen Wind!«

»Hundertpro!«, beruhigt sie mich. »Am Wasser ist es eh ganz anders als hier am Bahnhof, hier stehen ja viele Häuser, die die frische Brise abhalten. Du wirst schon sehen, an Wind wird es uns bestimmt nicht mangeln!«

»Pauli hat recht«, erklärt Simon und legt seinen Kopf auf meine linke Schulter. Er haucht mir einen Kuss auf die Wange, und als ich mich zu ihm umwende, lächelt er. »Unten am Meer wird sich dir ein völlig anderes Sylt bieten.«

Der Ärger von eben ist aus seinem Gesicht verschwunden und ich bin froh, dass sich Simon anscheinend wieder eingekriegt hat.

Da ertönt Frau Hammerkerns Stimme: »Mal alle herhören!« Sie klatscht in die Hände und ich fühle mich prompt in die dritte Klasse zurückversetzt – diese Zeit des Kinder-Seins liegt hinter uns und die Zukunft vor uns. Ich fühle mich auf einmal total stark und frei und voller Vorfreude auf die kommende Woche. Unwillkürlich muss ich lächeln und stelle erstaunt fest, dass Andre Salm, der neben Frau Hammerkern steht, ebenfalls lächelt – mich anlächelt? Quatsch! Das bilde ich mir ein. Er muss doch stocksauer auf mich sein, weil ich ihm Simon verschwiegen habe, oder?

Er hebt die Hand und fährt sich durch die dunklen Haare, was zur Folge hat, dass sein graues T-Shirt etwas hochrutscht. Ich halte den Atem an und versuche gleichzeitig, mir vor Simon nicht anmerken zu lassen, wohin mein Blick gerade gewandert ist.

»Wie in so 'ner Coca-Cola-Werbung«, wispert Pauli mir ins Ohr. »Ich sag dir, ich freue mich jetzt noch mehr auf den Strand.« Sie grinst mich an und ich kann nur schmunzelnd die Augen verdrehen. Oh Mann, Pauli!

Ich wende schnell den Blick von Andre ab, in der Hoffnung, dass Simon nicht mitbekommen hat, was Pauli eben gesagt hat. Womöglich unterstellt er mir dann gleich wieder, ich sei auf Andre scharf. Doch zu meiner Erleichterung ist er schon zu Alex weitergegangen und unterhält sich mit seinem Kumpel.

Lea hakt sich bei Pauli unter und säuselt: »Jetzt hör mal auf zu sabbern. Der Salm guckt schon ganz irritiert zu uns rüber.«

Doch Pauli denkt überhaupt nicht daran. Sie wirft ihre lange hellblonde Lockenmähne über die Schulter und zwitschert: »Du hast recht, er guckt tatsächlich ständig zu uns rüber. Erst dachte ich, ich bilde es mir nur ein ...«

»Pauli, jetzt lass das doch«, bitte ich sie. »Das ist langsam echt peinlich. Der Salm will Lehrer werden und interessiert sich bestimmt nicht für alberne Schülerinnen, die ihn die ganze Zeit anglotzen, als wäre er 'ne Sahneschnitte.«

»Noch ist er kein Lehrer und daher umso mehr eine Sahneschnitte!«, stellt Pauline mit einem herausfordernden Grinsen klar. *»Noch* kann er sich unsterblich in mich verknallen und einen anderen Berufsweg einschlagen. Ich meine, ganz ehrlich, wer hat schon Lust, sich mit den Kids von heute herumzuschlagen? Ich schwöre euch, am Ende ist er mir noch dankbar, dass ich ihn davor bewahrt habe.«

Lachend zeigt Lea ihr einen Vogel. »Du spinnst, Pauli. Und wie!«

»Kann schon sein, aber der Anblick ist halt einfach zu verlockend«, meint Pauli und lächelt verschwörerisch. Lea und ich wechseln einen amüsierten Blick und schauen zu Andre herüber. Der scheint gerade irgendetwas Witziges gesagt zu haben, denn Frau Hammerkern wirft lachend den Kopf in den Nacken.

»Jedenfalls bist du nicht die Einzige, die seinem Anblick nicht widerstehen kann«, gebe ich zu bedenken, auch um zu überspielen, dass ich bei Paulis Schwärmereien für ihn einen spitzen Stich mitten ins Herz spüre. Und das darf ich nicht!

Ich bin regelrecht froh, als Frau Hammerkern endlich ihre Ansprache fortsetzt und damit die Aufmerksamkeit auf sich lenkt.

»Also, meine Herrschaften, wenn wir jetzt vollzählig sind, keiner mehr dringend auf die Toilette oder sich am Kiosk Proviant kaufen muss, dann machen wir uns jetzt auf den Weg zur Jugendherberge. Wie gesagt, ein schöner Fußmarsch von etwas über vier Kilometern, aber bei diesem herrlichen Wetter ist das ja ein Vergnügen.«

Es folgt einheitliches Gestöhne und Gejammer, doch die Lehrer ignorieren es und setzen sich in Bewegung.

Als ich meine kleinere Tasche vom Boden aufnehme und mir über die Schulter hänge, ist Simon plötzlich neben mir. »Gib mir dein Gepäck, Kim«, fordert er mich auf.

Ich schüttele den Kopf. »Blödsinn! Du kannst wohl kaum auch noch meine Taschen bis zur Jugendherberge schleppen«, gebe ich zurück. »Außerdem hat die große doch Rollen. Das geht schon ...«

Simon grinst schelmisch. »Das habe ich auch nicht vor. Aber ich trag sie dir gerne zum Taxi, das ich gerade gerufen habe.«

Ich starre ihn überrascht an. »Aber-aber ... Simon, das geht nicht. Die Hammerkern hat eindeutig gesagt, dass *alle* zu Fuß gehen.«

Simon schnaubt auf. »Sind wir alle? Bestimmt nicht! Stört doch keinen, wenn wir ein bisschen eher da sind.«

Er will mir die Tasche abnehmen, doch ich halte sie fest. »Ich fahre nicht mit dem Taxi!«, sage ich klipp und klar und blicke ihn herausfordernd an. »Wenn einer der Lehrer das mitbekommt! Wer weiß, dann kannst du wahrscheinlich auf direktem Weg zurück nach Hause fahren?!«

Nachdenklich kratzt sich Simon am Kinn. »Lass mal überlegen: Die Hammerkern kriegt eh nichts mit. Die ist damit beschäftigt, den neuen Referendar anzuschmachten.

Wer also sollte auf die Idee kommen, uns nach Hause zu schicken, hm? Komm, stell dich nicht so an, ist doch praktisch!«

Ich hole tief Luft. Langsam wird es mir echt zu doof. »Und was ist mit Herrn Salm?«

Simon lacht so laut und verächtlich auf, dass sich einige Mitschüler zu uns umdrehen. »Was? Die Flachtüte? Kim, ehrlich, der ist doch echt kaum älter als wir. Wie soll man den denn ernst nehmen?«

»Immerhin ist er hier unser Lehrer und wir sollten tun, was er sagt«, erinnere ich ihn. »Und außerdem habe ich keine Lust, mich mit ihm oder den anderen beiden anzulegen.«

»Musst du nicht. Denn die kriegen es eh nicht mit. Es sei denn, du veranstaltest hier noch länger so ein Theater.« Inzwischen guckt er regelrecht ungeduldig, so als wäre ich die Unvernünftige von uns beiden.

»Nein, Simon.« Ich zerre mit aller Kraft an meiner Tasche, wende mich um und renne hinter Pauli, Lea und Anna her, die sich den anderen längst angeschlossen haben.

»Kim!«, höre ich Simon mit einer Mischung aus Ärger und Verblüffung rufen. »Spinnst du? Bleib gefälligst hier!«

Ich schaue über meine Schulter zurück, hoffe so sehr, dass er es sich doch noch mal anders überlegt, da entdecke ich plötzlich Jana. Sie geht auf Simon zu, streckt ihm lächelnd ihren Koffer entgegen. Was sie zu ihm sagt, kann ich nicht verstehen, aber die Geste ist deutlich. Wenn die spießige Kim nicht will, *ich* fahre gerne mit dir im Taxi.

Ich fasse es nicht. Was fällt der eigentlich ein? Am liebsten möchte ich auf dem Absatz kehrtmachen und den beiden so richtig meine Meinung sagen.

In meinem Kopf rauscht es, mein Herz überschlägt sich fast. Was soll ich tun – Konfrontation hier, vor allen anderen? Oder hoffen, dass sich alles von alleine wieder einrenkt?

Mit ausholenden Schritten laufe ich weiter und pralle plötzlich in etwas Weiches. »Huch, Kim?« Erschrocken zucke ich zusammen. Schaue auf und da steht Andre direkt neben mir. »Kim ist doch richtig, oder?«

Okay, er will weiterhin so tun, als ob wir uns heute das erste Mal begegnen, schießt es mir zugleich erleichtert und enttäuscht durch den Kopf.

»Ja ... oh, sorry ... Herr Salm.« Mir brennen förmlich die Wangen und ich schaffe es nicht, meinen Blick zu heben. Stattdessen setzt mein Herz einen Schlag aus, denn aus dem Augenwinkel sehe ich, wie Simon auf uns zugestampft kommt. Ich kann ihn schon von Weitem schnaufen hören und schicke ein Stoßgebet Richtung Himmel, dass er seine Klappe hält. Nicht noch einmal den Unsinn von vorhin wiederholt, Andre Salm brüskiert und uns beide noch mal blamiert.

Andre Salm scheint Simon und Jana nun auch entdeckt zu haben. »Oh, da kommen ja noch zwei Nachzügler, die eine Extraeinladung benötigen«, meint er gelassen.

Simon knallt seine Tasche auf den Boden und klappt den Mund auf, aber ich bin schneller und schmeiße mich ihm regelrecht an den Hals. Bevor auch nur ein peinlicher Laut über seine Lippen kommt, habe ich ihn schon geküsst.

Zunächst spüre ich Abwehr. Doch schließlich drängt seine Zunge in meinen Mund und er erwidert den Kuss. Jetzt wo ich einmal aus der Not heraus damit angefangen habe, will er das Ganze offenbar in wilde Leidenschaft ausufern lassen. Seine Hände gleiten über meinen Körper, seine Zunge wird immer aktiver, mein Rücken versteift sich. Das hier ist längst kein Kuss mehr für die Öffentlichkeit und erst recht nicht mit Andre als Zuschauer. Ich versuche, mich etwas von ihm zu lösen. Doch Simon hat nichts Besseres zu tun, als mir mit der Hand unters Shirt und über den Rücken zu fahren.

Ich klopfe ihm sacht auf die Schulter. Keine Reaktion. Er legt sich eher noch mehr ins Zeug.

Ich höre Andre sagen: »Wenn ihr dann fertig seid, wäre ich dankbar, wenn ihr euch auf den Weg zur Jugendherberge machen könntet.« Seine Stimme klingt irgendwie amüsiert.

Simon lässt den Kuss abrupt enden. Er löst sich von mir und macht einen Schritt auf Andre Salm zu, lächelt ihn charmant an und sagt mit vor Spott triefender Stimme: »Aber sicher, Herr Referendar. Jetzt sind wir fertig!«

Andre mustert ihn abschätzig, geht aber ansonsten auf seine Provokation nicht ein. »Sehr schön. Dann mal los ...«

»So«, zische ich Simon zu, »und jetzt hör auf damit, hier dauernd einen auf dicke Hose zu machen und irgendwem was beweisen zu wollen, okay?«

Er sieht mich an und nickt langsam. Dann bückt er sich nach seiner Tasche, dreht sich zu Jana um und ruft: »Hopp, hopp, Jana, wir sind jung und gut zu Fuß!«

Jana kommt hinter uns hergerannt, ihre hohen Absätze klackern auf dem Asphalt. Ich frage mich, wie sie die vier Kilometer auf den Teilen schaffen will, ohne sich Blasen zu laufen. Aber das ist ja zum Glück nicht mein Problem. *Mein Problem* geht neben mir her und schaut Andre herablassend hinterher, der weiter nach vorne zu Frau Hammerkern läuft. Ich möchte mir gar nicht vorstellen, was er inzwischen von mir hält. Wahrscheinlich ganz und gar nichts, so peinlich und übertrieben war dieser Kuss mit Simon eben. Aber wer weiß, was Simon sonst eingefallen wäre, wenn ich ihn nicht gestoppt hätte?

Ich zermartre mir das Hirn, ob ich noch mal ganz in Ruhe mit Simon reden sollte, ihm klarmachen, dass ich sein Verhalten mir gegenüber schrecklich finde. Dass er sich so nicht vor einem Lehrer aufspielen darf. Doch dann gesellt sich Jana an unsere Seite und ich verspüre nicht die geringste Lust, unsere Beziehungsprobleme vor ihr auszudiskutieren. Nicht noch mal.

Ich beschließe, dass ich einfach nur froh darüber bin, dass Simon die Sache mit dem Taxi nicht durchgezogen hat. Und gleichzeitig ärgere ich mich über mich selbst, dass mir eben keine bessere Idee gekommen ist, um Simon zu stoppen, als ihn vor Andres Augen zu küssen.

5

In Westerland ist die Hölle los. Es wimmelt nur so von Touristen. Und das, obwohl in den meisten Bundesländern die Sommerferien bereits zu Ende sind. Während wir an der Innenstadt von Westerland vorbeimarschieren, dann von der Maybachstraße schließlich auf die Süderstraße gelangen, frage ich mich, warum alle von Sylt so schwärmen. Der Ort kommt mir wie eine ganz normale Kleinstadt vor, mit vielen Geschäften, die es auch bei uns gibt. Von Strand und Meer nichts zu sehen. Ich ahne, dass irgendwo am anderen Ende der langen Fußgängerzonen das Meer liegt, zumindest weisen die Schilder allesamt in diese Richtung.

Nach knapp einem Kilometer tun mir die Ohren weh, weil Jana unentwegt über ihre Schuhe flucht. Simon hingegen möchte anscheinend sein selbst auferlegtes Schweigegelübde nicht brechen und so marschieren wir als ungleiches Trio voran. Ich wünsche mich zu Pauli, Lea und Anna, die ein paar Meter vor uns gehen und mächtig viel Spaß zu haben scheinen.

Eine halbe Stunde später haben wir endlich die Jugendherberge erreicht. Sie befindet sich mitten in den Dünen, ein niedriges, lang gezogenes Gebäude mit grauer Fassade, einem hellem Dach und weißen Fensterrahmen. Frau Hammerkern und Andre Salm verschwinden durch die große Glastür im Inneren. Wir Schüler warten draußen vor der Jugendherberge, während sie mit den Herbergsbetreibern, bei denen es sich laut Frau Hammerkern um Ur-Sylter handelt, die dazu noch gute Freunde von Andre Salm sind, die Formalitäten regeln.

Ich bin fix und fertig, verschwitzt, meine linke Schulter schmerzt. Den anderen geht es nicht viel besser. Pauli und Lea haben sich wie einige andere auf den schmalen Grünstreifen vorm Eingang sinken lassen. Sie liegen nebeneinander auf dem Rücken, alle viere von sich gestreckt.

Pauli stöhnt: »Ich stehe nie wieder auf. Nie wieder. Das schwöre ich!«

Ich setze mich im Schneidersitz neben Lea, die erschöpft keucht, und schaue mich um. Es ist schön hier, richtig schön sogar. Und endlich riecht es nach Meer, denn es sind nur 200 Meter von unserer Unterkunft zum Strand, hat Frau Hammerkern gemeint. Vielleicht kann man vom oberen Stockwerk aus das Meer sehen? Das wäre natürlich der Superknaller. Es gibt nichts Schöneres, als morgens aufzuwachen und direkt aufs Meer zu schauen.

Ich höre Möwen kreischen, Wellen rauschen und dazwischen viele Stimmen und ausgelassenes Lachen. Überhaupt scheint hier ordentlich was los zu sein. Eine Horde von sieben, acht Jungen spielt auf der Wiese links neben dem Hauptgebäude Fußball. Rechts davon entdecke ich zwei Familien, die auf der großen Holzsitzbank-Gruppe sitzen und Kekse, Kaffee und Limonade in der Sonne genießen.

Am Rande des Spielplatzes steht ein junges Ehepaar, das seinen Kleinkindern beim Sandkuchenbacken zuschaut. Es war natürlich klar, dass unser Kurs nicht alleine in der Herberge ist, außerdem schließt sich dem Gebäude ein recht großer Jugendzeltplatz an.

»Guck mal«, meint Lea plötzlich und deutet Richtung Hauptstraße, von der wir gerade auf das Grundstück der Jugendherberge abgebogen sind. »Da ist ja direkt eine Bushaltestelle. Ich fasse es nicht!«

Simon lehnt sich gegen einen der halbhohen Holzpfeiler mit weißem Rand und einer geschnitzten Holzmöwe obendrauf, die den Brettersteg bis zum Haupteingang der Herberge säumen, und sieht Lea nickend an. »Logo! Stand sogar in unseren Reiseunterlagen: Die Jugendherberge ist mit dem Bus Linie 2 Richtung Rantum/Hörnum ideal zu erreichen. Deshalb schnall ich ja auch nicht, warum die uns zu Fuß hierherrennen lassen haben.«

»Na ja, vielleicht gleich mal als lockere Aufwärmübung für die nächsten Tage«, vermutet Pauli und grinst. »Der Salm sieht auf jeden Fall nach heftig viel Sport und Kondition aus. Ich schätze, der steht auf so lange Gewaltmärsche und darauf, den Körper an die Grenzen treiben und so.«

»Pöh«, macht Simon verächtlich. »Wer's braucht ...«

Ich hole tief Luft, spüre die Sonne auf der Haut und habe die Strapazen des Fußmarsches längst vergessen. Es ist so schön hier, so frei und irgendwie auch ursprünglich. Ich bin froh, dass wir dem Trubel der Westerländer Innenstadt entkommen sind, dass die Herberge etwas außerhalb liegt und verborgen in den Dünen. Ich bin zufrieden, endlich hier sein zu können.

Als ich zu Simon aufschaue, sehe ich, dass er mich anlächelt und mit den Lippen ein tonloses *Alles wieder gut?* formt. Ich erwidere sein Lächeln und antworte ebenso tonlos: *Ja.* – denn jetzt hier in diesem Moment ist es das.

***

Unser Zimmer befindet sich im ersten Stock, hat sechs Betten und ist eigentlich ganz nett eingerichtet mit drei Etagenbetten aus Holz, ebenso vielen dazu passenden zweitürigen Kleiderschränken und dem runden Tisch mit sechs Stühlen direkt neben dem Fenster. Jeder hat zusätzlich eine kleine Kommode für sich und das Allerbeste: Wir haben ein eigenes Badezimmer mit Wanne und Dusche, das direkt von unserem Zimmer abgeht. Einziger Wermutstropfen ist die Tatsache, dass man von hier aus das Meer leider doch nicht sieht, die Dünen versperren die Sicht darauf.

Wir Mädels haben uns bei der Zimmeraufteilung recht schnell gefunden: Pauli, Lea, Anna, Michelle, Jana und ich teilen uns eines der beiden Mädels-Sechserzimmer. Mit Pauli bin ich mir schnell einig, dass ich unten und sie oben liegt, während Jana und Lea ewig herumdiskutieren und schließlich darum losen. Anna teilt sich ihr Etagenbett mit der rothaarigen Michelle, die sich sofort nach unten einquartieren lässt. Michelle ist ein eher schüchterner Typ, was man von Jana nicht behaupten kann. Sie hat gerade das Los um das obere Bett verloren und beschwert sich nun lauthals, dass Lea geschummelt hätte.

»Mensch, Jana, jetzt halt einfach die Klappe und leg dich nach unten«, motzt Pauli sie genervt an. »Du wirst es wohl überleben.«

Jana verengt die Augen zu Schlitzen, während sie Pauli mustert und schließlich am V-Ausschnitt ihres Shirts hängen bleibt, der durch das Bettenbeziehen etwas weit nach unten verrutscht ist und den Ansatz ihres Busens freigibt.

»Pass du lieber auf, dass dir nicht gleich deine Möpse

herausḧüpfen, und mach dir keinen Kopf darüber, wie und ob ich die nächsten zehn Tage hier überlebe«, faucht sie Pauli an.

Ich sehe sofort, dass Pauli Jana ihre Meinung sagen will, und schreite ein. Kaum zehn Minuten im Sechserzimmer und schon Stress, das kann ja heiter werden!

»Jana, Pauli, hört bitte auf damit. Sonst verziehe ich mich in irgendein Zelt.«

Pauli murmelt: »Nee, das geht natürlich gar nicht. Sonst kommt der *böse* Simon auch noch auf die Idee, ins Zelt umzuziehen.« Sie wirft Jana einen provokanten Blick zu, woraufhin Jana ohne ein weiteres Wort das Zimmer verlässt.

»Okay«, sagt Lea gedehnt. »Und was hat die jetzt? Ich dachte, die kann mit Paulis Sprüchen locker umgehen? Sie hat schließlich eben ordentlich ausgeteilt!«

Pauli zuckt gleichgültig mit den Schultern. »Keine Ahnung. Aber wenn du mich fragst, Kim, dann hat sie ein Problem mit Simon und dass er dein Simon ist.« Sie wirft mir einen vielsagenden Blick zu, den ich versuche zu ignorieren. Ich will mir Jana einfach nicht als eifersüchtige Rivalin vorstellen. Das macht doch alles nur höllisch kompliziert, wenn wir uns ein Zimmer teilen sollen! Was eindeutig klar geworden ist, ist die Tatsache, dass aus Pauli und Jana in der kommenden Woche keine Freundinnen werden. Ich bin hin- und hergerissen, ob ich dennoch zu vermitteln versuchen sollte. Schließlich teilen wir uns die nächsten Tage dasselbe Zimmer. Auf Zickenkrieg habe ich absolut keine Lust!

»Ich geh mal nach Jana sehen«, erkläre ich schließlich und entschwinde durch die Tür.

Der mit hellen Fliesen belegte Flur ist leer. Logisch, alle anderen sind damit beschäftigt, ihre Zimmer zu beziehen. Als ich das Ende des Ganges erreicht habe, in der Annahme, dass Jana nach unten gegangen ist, fällt mein Blick in das letzte Zimmer auf der rechten Seite. Die Tür steht halb offen, sodass ich ins Innere sehen kann. Zwei Betten – und ich traue meinen Augen nicht: Jana sitzt mit Simon auf dem einen, den Kopf an seine Schulter gelegt, seine Hand auf ihren Haaren. Von Simons Zimmergenossen Alex weit und breit keine Spur.

Ich stoße die Tür ein Stück weiter auf, bleibe allerdings im Türrahmen stehen. Die Köpfe der beiden fliegen zu mir herum. Simon lächelt und Jana verzieht den Mund.

»Hier bist du also«, sage ich so ungerührt, wie es mir eben möglich ist, weil ich das Gefühl habe, dass mir gerade von einer eiskalten Hand die Luft abgeschnürt wird. »Ich schätze, Jana, dass Alex sein Bett mit dir nicht tauschen wird. Aber du bist ja anscheinend eh direkt auf das Bett von Simon aus.«

Mein Herz rast, ich könnte Jana eine scheuern. Tickt die noch ganz richtig? Simon klappt den Mund auf, doch eigentlich will ich gar nichts von ihm hören. Ich mache auf dem Absatz kehrt und knalle die Tür hinter mir zu. In der nächsten Sekunde bin ich im Treppenhaus nach unten verschwunden. Alles in mir kribbelt vor Unruhe und Enttäuschung. Ich bereue den Syltaufenthalt schon jetzt aufs Bitterste. Hatte Pauli etwa wirklich recht mit ihren Simon-und-Jana-Verschwörungstheorien? Und wenn es zwischen ihm und mir so schwierig war in letzter Zeit, warum verdammt kann mir das nicht egal sein?

Scheißinsel, schießt es mir durch den Kopf und renne immer weiter. Bisher kann ich nichts Schönes an dir finden. Nur Unmengen an Komplikationen für meinen Verstand, aber vor allem für mein Herz.

Das Treppenhaus hat einen Ausgang zur Empfangshalle, in der sich auch die Rezeption befindet, und einen nach hinten. Ich verlasse das Gebäude durch die Hintertür. Zu meiner rechten Seite liegt der Speisesaal, ein etwas flacheres Gebäude als das Haupthaus, aber im selben Stil gebaut. Im Innenhof sind ein paar vereinzelte kleinere Zelte aufgebaut, daneben führt ein festgetretener Sandweg direkt in die Dünen. Ich bin mir sicher, hier geht es zum Meer, und schlage ihn ein.

Ich bin nicht eifersüchtig, denn ich weiß, dass Simon mich liebt und mich ganz bestimmt nicht betrügen würde – erst recht nicht mit Jana. Ich bin einfach nur so wahnsinnig enttäuscht von ihm – und von ihr. Wir kennen uns schon so lange und ich verstehe deshalb nicht, warum sie sich so offensichtlich an Simon ranschmeißt! Und warum Simon auch noch bereitwillig dafür herhält, wenn Jana sich »trösten« lassen will.

Ich stampfe durch die Dünen, der Zorn treibt mich voran. Ich spüre von Schritt zu Schritt die Wut auf Jana immer größer werden und dann – wow, liegt das Meer vor mir. Der weiße Sandstrand ist hier relativ viel besucht, aber längst nicht so überfüllt, wie ich es nach dem Trubel in Westerland befürchtet hatte.

Ich atme die salzige Luft tief ein, lasse meinen Blick übers Meer schweifen und merke, wie ich automatisch ruhiger werde. Stimmt es also, was ich mal gelesen habe: Einmal tief die Meeresluft einatmen und schon ist die Welt wieder in Ordnung?

Na ja, ein bisschen schon. Das weite Meer, darüber der weite blaue Himmel, der leichte Wind in meinen Haaren, die warme Sonne auf meiner Haut – und plötzlich erscheinen mir meine Probleme geradezu bedeutungslos. Ich atme und werde ruhig, ich atme und werde ruhiger … und irgendwann ist da nur noch ein Gedanke: Wow, ist das schön hier.

Nach einer Weile werfe ich einen Blick auf die Uhr. Um 18 Uhr treffen sich alle zum Abendessen, hat die Hammerkern vorhin noch verkündet, bis dahin haben wir frei. Hinter mir erklingen Stimmen. Einige aus meinem Kurs hat es wohl auch nicht länger in ihren Zimmern gehalten, wenn auch sicherlich aus einem anderen Grund. Sie kommen den schmalen Sandweg durch die Dünen entlanggelaufen, Badesachen unter den Arm geklemmt, ausgelassen, fröhlich, und wollen ab in die Fluten.

Mir ist nicht nach Gesellschaft, außerdem befürchte ich, dass Simon nach mir sucht. Doch auf ein erneutes *Gespräch* mit ihm habe ich absolut keine Lust. Ich streife meine weißen Leinensneaker ab, bücke mich, verknote die Schnürsenkel und hänge mir die Schuhe über die Schultern, bevor ich durch den tiefen Sand runter zum Meer laufe.

Das Wasser ist warm und dennoch erfrischend, der Boden unter meinen Füßen weich und gleichzeitig griffig. Ich liebe das Gefühl unter den Fußsohlen, ich liebe das Meer so, so sehr.

Ich schließe die Augen und versuche, alles in mir aufzunehmen: das Rauschen der Wellen, das Rufen der Möwen, der feste nasse Sand unter meinen Füßen, das Wasser, das meine Knöchel umspült, der Wind, die Sonne – warum kann es nicht immer so sein, so ruhig um mich herum und in mir? Das Geschrei und den Lärm der anderen Strandbesucher dränge ich ganz weit fort. Ich öffne die Augen, gerade noch rechtzeitig, um nach rechts zur Seite auszuweichen, weil mich sonst drei Jungs, schätzungsweise elf, zwölf Jahre alt, mit ihrem Bodyboard umgerannt hätten.

Doch die drei nehmen mich gar nicht wahr, haben einfach nur Spaß, sind ausgelassen und fröhlich. Ich schaue mich um: Nach rechts ist der Strand voll, fast übervoll. Klar, dahinter befindet sich die Innenstadt von Westerland und somit tummeln sich dort auch die meisten Strandbesucher. Zur linken Seite bietet sich mir ein ganz anderes Bild: wesentlich leerer, weitläufiger, nur noch vereinzelte Strandkörbe, bald überhaupt keine mehr. Also entscheide ich mich für links und marschiere los.

Eigentlich möchte ich nur das Meer, den Wind und die Sonne genießen, mich auf die Natur konzentrieren und mir ordentlich den Kopf freipusten lassen, doch schon nach wenigen Metern drängen sich die Bilder des bisherigen Tages wie ein Film in mein Bewusstsein. Immer wieder, immer von vorne, immer endend mit der letzten Szene: Simon und Jana auf seinem Bett, ihr Kopf an seiner Schulter, seine Hand auf ihrem Haar.

Ich könnte kotzen!

Keine Ahnung, wie lange ich schon laufe. Ich halte den Blick dabei stur auf meine Füße gerichtet, und was um mich herum passiert, nehme ich nicht wahr. Ich bin allein mit meinen Gedanken. Und plötzlich sind da Füße vor meinen, fast schon Zehenspitze an Zehenspitze. Abrupt bleibe ich stehen, fahre zusammen und blicke auf.

»Oh, sorry«, sage ich automatisch, hebe entschuldigend die Hand und schaue unvermittelt in dunkelbraune Augen. Andre!

Wir sehen uns für den Bruchteil einer Sekunde an, bevor er sich räuspert und genauso einfallslos wie ich sagt: »Kim!«

Ich nicke wie mechanisch und er lächelt mich an. »So in Gedanken versunken?«

Erneut kann ich nur nicken. Andre, wie er dort steht, mit windzerzausten Haaren, die ihm etwas Jungenhaftes, Schelmisches verleihen, und die Tatsache, dass er mir plötzlich so nahe ist, haut mich fast um. Andre sieht hier am Strand so richtig aus, als wäre er zu Hause. Hier gehört er hin, so viel wird mir klar.

Zehn Tage Surfen mit Andre, erst jetzt wird mir das Ausmaß dieses Zufalls bewusst. Eben noch hatte ich Andre aus meinen ohnehin schon komplizierten Gedanken verdrängt ...! Und kaum ist mir das gelungen, fällt er mir fast vor die Füße. Als würde mir mein Schicksal sagen wollen: Noch mehr Gefühlsschlamassel gefällig?

Andre macht einen Schritt zu Seite, als wollte er mir den Weg freigeben. Nur leider bin ich noch immer so überrumpelt, dass ich mich nicht bewegen kann. Ich stehe einfach nur da und starre ihn an – oh verdammt, ich starre ihn tatsächlich an! Schnell lasse ich den Blick übers Meer schweifen, ringe innerlich mit mir, was ich jetzt nur Unverbindliches sagen könnte. Bestimmt denkt er, ich wäre *schockverliebt* in ihn, so wie ich ihn gerade angestarrt habe und weil ich nun auch noch– VERDAMMT! – garantiert knallrot anlaufe. Ich fasse es nicht, ich fasse *mich* und meine Gefühle nicht.

»Dann geht es dir wohl wie mir, was?«, höre ich ihn sagen und denke: Er hat eine schöne Stimme. Wie schon vor ein paar Tagen beim Tierarzt klingt sie zugleich irgendwie tief, aber warm und lebendig, einfach wohlklingend männlich.

HÖR! SOFORT! DAMIT! AUF! KIM!

»Wie-wie bitte?«, stammele ich. »Was meinst du ... ähm, Sie?«

Er lacht. »Du musst ja wirklich sehr tief in Gedanken gewesen sein«, stellt er fest und ich bin heilfroh, dass er mein peinliches Verhalten anscheinend darauf zurückführt. »Und ja, ich schätze, es ist wohl besser, wenn wir uns offiziell erst seit heute kennen.« Er schaut mir in die Augen und ich bin nicht in der Lage wegzusehen.

Schließlich räuspert er sich. »Was ich eben meinte, ist, dass es mich auch immer sofort runter zum Strand zieht, sobald ich hier bin. Ich muss es sehen, hören, schmecken ... es ist mein Zuhause.« Er macht eine kleine Pause und fügt schließlich hinzu: »Klingt ganz schön kitschig, was?« Er lacht. »Aber bei dir ist es wohl ähnlich.«

Ich lächele zurück und überlege, was ich ihm antworten soll. Dass es mich in erster Linie hierhergetrieben hat, weil eine falsche Freundin sich derart schamlos an meinen Freund ranmacht, dass ich vor Ärger fast geplatzt wäre? Aber ist Andre, ausgerechnet er, der richtige Zuhörer, derjenige, dem ich mich in so einer beschissenen Gefühlslage anvertrauen möchte? NEIN! Peinlicher ginge es ja nicht, als ihn hier mit meinen Teenieproblemen vollzutexten.

»Ja«, murmele ich. »Mir geht es genauso. Ich muss immer zuerst ein paar Meter am Meer entlanglaufen, damit ich auch wirklich glaube, dass es da ist ... also, das Meer.« Ich hoffe einfach mal, dass das einigermaßen souverän klingt. Unverbindlich, dennoch freundlich und auch total nachvollziehbar. In dem Moment, wo ich es sage, fällt mir ein, dass es wirklich so ist, so magisch fühlt es sich für mich an, am Meer zu sein.

»Ich weiß, was du meinst. Das geht immer am besten ganz allein, also ohne den Trubel und ohne Wettlauf in die Wellen, wie die anderen das zelebrieren, oder?« Er neigt den Kopf etwas zur Seite, seine dunklen Haare sind vom Wind zerzaust, sein Kinn von Bartstoppeln überzogen, die braunen Augen blitzen vergnügt. Er sieht irgendwie verwegen aus ... und irgendwie perfekt in seiner hochgekrempelten, leicht verwaschenen Jeans und dem grauen T-Shirt. Die Turnschuhe hat er wie ich über die Schulter geworfen.

Simon hat vorhin gemeint, dass er ihn als zukünftigen Lehrer nicht wirklich ernst nehmen könnte, weil er kaum älter als er ist. Doch auch wenn Andre nicht viel älter wirkt, so doch um einiges reifer. Irgendwie erwachsener – ja, auch ernst zu nehmender.

Ich nicke.

Andre mustert mich immer noch, und das so intensiv, wahrscheinlich weil ich immer noch kein weiteres Wort über die Lippen bringe. »Okay, dann hab noch einen schönen Strandspaziergang. Ich muss erst mal zurück in die Jugendherberge, meine Sachen auspacken und nach den anderen sehen. Wir treffen uns ja nachher beim Essen«, entreißt mich Andre meinen Gedanken.

Ich beeile mich, ebenso lässig zu erwidern: »Ja, bis ... später dann.« Na ja, immerhin glühe ich nicht mehr wie eine Tomate und endlich kann ich meine Beine wieder bewegen.

Langsam setze ich meinen Spaziergang fort, wobei die Verlockung, mich umzudrehen, ihm hinterherzuschauen groß ist. Aber verdammt, das wäre ein Fehler. Der Andre Salm, den ich heute als neuen Referendar kennengelernt habe, ist nicht der charmante und lustige Typ, dem ich im Wartezimmer begegnet bin. Das darf er nicht sein, so darf ich ihn nicht finden. Schon allein wegen Simon, aber auch weil er hier sozusagen mein Lehrer ist! Dieser sonderbare Zauber, die leicht elektrisch aufgeladene Stimmung zwischen uns, eben war nichts davon zu spüren. Jede Leichtigkeit im Umgang mit ihm fühlt sich falsch an und daher passt das auch: Wie wir voreinander gestanden, uns unterhalten haben, aufs Meer hinausgeblickt, nein, da war eindeutig nichts Magisches zwischen uns. Magisch – wie albern das schon klingt! Schlag dir das bloß aus dem Kopf, Kim, dass da jemals was sein könnte oder gewesen ist!

Unwillkürlich werfe ich einen Blick über meine Schulter. Andre hat sich ebenfalls umgedreht und sieht mich an. Er lächelt – verdammt! – und mein Herz beginnt zu rasen wie verrückt.

»Wie geht es Bonni?«, ruft er mir zu und plötzlich ist es wieder anders, auf einmal sind wir im Wartezimmer und können verrückterweise die Augen nicht voneinander lassen.

»Besser. Meerschweinchenmägen sind zarte, komplizierte Wesen von einem anderen Stern, aber die Tropfen haben anscheinend gewirkt«, erkläre ich grinsend. »Und was macht Jack? Hat er die Impfung gut überstanden?«

Diesmal nickt er nur. Und während er nun tatsächlich weitergeht, stehe ich da und fühle, wie das, was ich mir einreden wollte, in sich zusammenbricht.

Warum nur habe ich mich umgedreht?

6

Als ich durch den Hintereingang die Jugendherberge betrete, kommt Simon gerade zum Vordereingang hereingestürmt. Sein Gesicht ist bleich, seine Augen dunkel. Noch hat er mich nicht gesehen. Ich überlege, ob ich einfach wieder nach hinten zur Tür hinaus verschwinden soll, doch irgendwann muss ich ihm ja gegenübertreten. Besser hier, wo wir gerade recht ungestört sind, als nachher vor versammelter Mannschaft im Speisesaal.

»Simon«, mache ich ihn auf mich aufmerksam. Als er mich entdeckt, entweicht ihm ein tiefes Aufatmen, ich kann es hören. Mit wenigen Schritten ist er bei mir und zieht mich in seine Arme.

»Kim, Süße, da bist du ja«, keucht er erleichtert. Er küsst meine Haare, meine Schläfen, meine Stirn. Seine Hand gleitet über meine Schultern, die andere liegt auf meinem unteren Rücken, presst mich fest an ihn ran. »Ich habe dich überall gesucht, bin fast durchgedreht vor Sorge«, raunt er mir ins Haar, küsst erneut meine Schläfe, wandert zu meinem Mund hinunter.

Doch ich drehe mein Gesicht zur Seite, sodass seine Lippen nur meine Wange streifen.

Schon rückt er ein Stück von mir ab und schaut mir fragend ins Gesicht.

»Du glaubst doch wohl nicht im Ernst, dass da vorhin zwischen Jana und mir was war?«

Ich atme tief durch, will ihm gerade antworten, da öffnet sich die vordere Eingangstür und eine Horde von Kindern strömt lachend, schwatzend, sich herumschubsend herein.

Ich werfe einen Blick auf die Wanduhr, die direkt in der Halle über der Anmeldung hängt. Es ist kurz vor halb sechs.

»Lass uns rausgehen«, schlage ich vor und ziehe ihn mit mir durch den Hinterausgang. Im Hof ist einiges los, doch wir halten uns rechts und verschwinden in den Dünen, wo wir ungestört reden können. Als wir eine etwas tiefer gelegene Kuhle gefunden haben, sinken wir Seite an Seite in den Sand.

Simon will mir den Arm um die Schulter legen, doch ich rücke ein bisschen von ihm ab. Ich möchte nicht, dass er meint, mich streichelnd und küssend besänftigen zu können, ich möchte reden – und zwar ohne Körperkontakt.

»Ich bin am Strand gewesen, musste mir die Beine vertreten«, fange ich an und blicke ihm dabei fest in die Augen. »Und nein, ich glaube nicht, dass du mich mit Jana betrogen hast oder auch nur den Gedanken hattest. Ich frage mich aber schon, ob du das gar nicht merkst, dass sie sich an dich ranschmeißt? Und warum lässt du das zu, wenn du sie gar nicht besonders leiden kannst?«

Simon lässt mich nicht ausreden. Er greift nach meiner Hand, und als ich erneut zur Seite rutsche, verdunkeln sich seine Gesichtszüge. »Wenn du mir traust, warum gehst du dann so auf Abstand zu mir?«, fragte er mich. »Warum bist du nicht vorhin ins Zimmer gekommen, hast Jana gesagt, sie soll sich verziehen? Wenn du mir wirklich vertraust, warum bist du stattdessen weggelaufen und jetzt so ätzend zu mir?«

Ich zähle innerlich rückwärts bis zehn, versuche, ruhig zu bleiben. Ich will keinen neuen Streit mit Simon. Aber wie er mich jetzt anguckt. Als hätte er mich mit einem anderen Typen erwischt und nicht ich ihn mit Jana. Er dreht den Spieß um, will aus mir die Angeklagte machen und mir ein schlechtes Gewissen einreden. Hat er sie noch alle? Aber das Schlimmste ist, ich habe tatsächlich ein schlechtes Gewissen, weil ich zugelassen habe, dass Andre durch meinen Kopf schwirrt und mir mein Herz dabei bis zum Hals klopft.

»Ich bin in erster Linie auf Jana sauer«, erwidere ich bemüht sachlich. »Wobei, sauer ist nicht der richtige Ausdruck«, verbessere ich mich. »Ich bin eher enttäuscht. Auch darüber, dass du mich jetzt schon wieder so anblaffst, Simon. Ich weiß im Moment einfach nicht, was in dir vorgeht. Du bist immer sofort auf hundertachtzig, wenn ich mal nicht nach deiner Pfeife tanze.« Ich hole tief Luft. »Und dann sehe ich dich mit Jana, und selbst wenn ich weiß, dass sie sich an dich rangeschmissen hat, frage ich mich, warum dann deine Hand auf ihrem Kopf liegt und du es überhaupt zugelassen hast.«

Simon schluckt schwer. »Hab ich nicht«, sagt er leise und seine Stimme klingt rau. »Das war eine Sekundenaufnahme, sie kam heulend ins Zimmer gerannt, hat gemeint, keiner versteht sie, und sich dann regelrecht an mich geworfen. Ich hab ihr kurz den Kopf getätschelt, war aber schon im Begriff, sie wieder von mir zu schieben, da standst du plötzlich im Zimmer. Verstehst du, ich konnte gar nicht so schnell reagieren ...«

Ich schließe einen Moment die Augen. Ich glaube Simon.

Aber dennoch ist da etwas in mir irgendwie ... irgendwie – kaputtgegangen.

Als ich die Augen wieder öffne, ist Simons Gesicht ganz nah vor meinem. Ich blicke in seine hellblauen Augen, sein Gesicht, das ich so mag, das ich so gerne anschaue, auf seine Lippen, sein Grübchenlächeln, das so anziehend ist. Er will mit mir zusammen sein, das macht er so deutlich, und ich, ich will eigentlich nur mit Simon glücklich sein. Simon würde alles für mich tun. Ach was, Simon *tut* alles für mich. Er liebt mich. Ich bin seine Traumfrau, hat er mir schon tausend Mal gesagt. Er liebt meine langen braunen Haare, meine grünen Augen, sogar die Sommersprossen, die ich ziemlich überflüssig finde. Simon findet, ich bin perfekt. Er hat es mir so oft gesagt, immer wieder, weil ich es oftmals eben nicht fand. Ich habe ewig nicht verstehen können, warum der Traumtyp des Gymnasiums gerade nach mir so verrückt ist – was Simon in mir sieht.

Und deswegen beuge ich mich etwas vor und hauche ihm einen zarten Kuss auf die Lippen.

»Simon, ich vertraue dir, aber bitte vertrau du mir auch. Es gibt keinen Grund für dich, aufbrausend zu sein, mich zu vereinnahmen oder zu denken, ich entferne mich von dir, nur weil ich mal mein eigenes Ding machen will«, wünsche ich mir von ihm, denn auch wenn ich in Gedanken immer wieder bei Andre bin, so beschließe ich, nein, ich befehle es mir in diesem Moment regelrecht, dass mein Herz bei Simon bleibt.

Er umfasst meine Schultern, drückt meinen Oberkörper sanft runter in den Sand und rollte sich auf die Seite. Sein Gesicht ist noch immer ganz nah über meinem. Er lächelt mich an. Ganz lieb, ganz verliebt.

»Kim, ich liebe dich so sehr.« Dann sinken seine Lippen auf meine. Erst ist der Kuss sanft, zärtlich. Doch dann nimmt er an Intensität zu. Simons rechte Hand streicht über meinen Kopf, die linke schiebt sich unter mein T-Shirt, wandert über meinen nackten Bauch und ich muss kichern, so kitzelig bin ich. Simon aber ist voll bei der Sache und reagiert nicht, als ich ihn wegschieben will.

»Simon«, murmele ich unter seinen Lippen und schiebe ihn sanft von mir. »Hier kann jeden Moment jemand vorbeikommen!«

Simon schaut mich flehend an, als ob ich ihm gerade gesagt hätte, dass ich ihn nicht mehr liebe. Es zerreißt mir fast das Herz, ihn so zu sehen – so verletzt, so zurückgewiesen. Ich möchte ihm erklären, warum ich ihn weggeschubst habe, da spüre ich Tränen.

»Weinst du?«, keucht er.

»Es ... es ist ...« Ich schniefe. Ich wollte ihn nicht verletzen, aber ich wollte auch nicht, dass er weitermacht. Ich weiß selbst nicht, was los ist mit mir. Aber das ständige Hin und Her zwischen uns ist anstrengend und jede Versöhnung, nach der wir uns wieder nahekommen, macht er durch körperliche Avancen irgendwie gleich wieder kaputt. Zumindest fühlt es sich für mich so an.

Langsam rappelt Simon sich auf. Er zieht sein Shirt zurecht, fährt sich mit gespreizten Fingern durchs Haar und kommt auf mich zu. Dann legt er ganz behutsam den Arm um mich und sagt leise: »Es tut mir leid, Kim.«

Ich nicke. So bleiben wir einen Moment stehen, jeder in Gedanken versunken. Bis Simon sich etwas von mir löst, mir eine Haarsträhne aus dem Gesicht streicht und mich nachdenklich ansieht.

»Kim, ich …«

Ich lege ihm den Zeigefinger auf den Mund. »Schon gut, Simon, lass uns nicht mehr darüber reden.« Denn wie soll ich ihm erklären, dass es mir zu schnell geht – obwohl ich ihn doch liebe?

Er nickt und küsst mich dann sanft auf die Nasenspitze. »Du kannst wie ein Engel lächeln und genauso verschreckt gucken. Irgendwie habe ich immer das Gefühl, dich beschützen zu müssen. Manchmal sogar vor mir«, sagt er leise und meine Knie werden weich.

»Ich wollte dich nicht verletzen, Simon«, sage ich ebenso leise. »Aber im Moment ist es so … so schwierig, ich verstehe dich manchmal einfach nicht«, gebe ich offen zu. »Wenn wir reden, dann streiten wir uns fast nur noch, findest du nicht? Es vergeht doch kaum ein Tag, an dem wir uns mal nicht wegen irgendetwas missverstehen.«

Simon nickt nachdenklich, sagen tut er nichts. Dann nimmt er plötzlich meine Hand. »Vielleicht sollten wir langsam mal in den Speisesaal gehen. Es gibt gleich Essen.«

Okay, er möchte genau wie ich das Thema abhaken. Oder hat er einfach nur Angst, es könnte in die falsche Richtung gehen? In eine, die er sich nicht eingestehen will – und ich auch nicht? Ich hätte nie gedacht, dass unsere Beziehung mal so kompliziert sein würde!

Während wir Seite an Seite durch die Dünen zurück zur Jugendherberge laufen, hoffe ich inständig, dass sich unser Verhältnis nun langsam wieder etwas entspannt, dass wir nicht bei jeder Kleinigkeit in Streit geraten, dass es wieder so wird, wie es zu Beginn unserer Beziehung war. Sollte Liebe nicht leicht und schön sein und nicht nur noch anstrengend und voller Missverständnisse? Als ich Simon kurz von der Seite betrachte, seine angespannten Kiefermuskeln, da überkommt mich die eiskalte Vermutung, dass es nie wieder so wird. Dass die guten Zeiten vorbei sind und dieser Gedanke tut wirklich weh.

Ein paar Schritte vorm Speisesaal trennen wir uns kurz voneinander, weil Simon noch mal schnell zur Toilette verschwinden möchte.

»Soll ich warten?«, frage ich ihn.

Simon schüttelt den Kopf. »Quatsch. Geh ruhig. Aber halt mir einen Platz frei.« Er lächelt und ich nicke.

Schwungvoll ziehe ich die Tür auf und schrecke zurück, denn direkt vor mir steht Jana. Sie starrt mich wie ein verschrecktes Kaninchen an. Ihre Augen sind verheult. Statt des Tops trägt sie ein Sweatshirt, das ihr zwei Nummern zu groß ist, die blonden Haare hat sie zu einem Dutt am Hinterkopf zusammengedreht.

»Kim«, wispert sie. »Du hast da vorhin etwas total falsch verstanden ...«

Ich schaue sie an. Abschätzend. Äußerlich bin ich ruhig, aber mein Herz rast. Ich kann jetzt nicht noch so ein Gespräch führen. »Später!«, zische ich ihr zu und lasse sie stehen.

An einem der ersten Tische entdecke ich die Mädels aus meinem Zimmer, Alex sitzt auch bei ihnen. Pauli bedeutet mir, dass der Platz neben ihr noch frei ist. Erleichtert sinke ich auf den Stuhl und bitte Alex, den Platz neben sich für Simon frei zu halten, der in diesem Moment den Saal betritt.

Bevor er bei uns am Tisch angekommen ist, flüstert Pauli mir zu: »Ich hab es dir doch gesagt, Jana ist falsch.« Sie greift nach meiner Hand und ich bin froh, dass sie zu mir hält. Auch Lea und Anna nicken mir aufmunternd zu. Gleichzeitig schnürt es mir den Hals zu, denn das bedeutet, dass die Freizeit im Grunde für mich gelaufen ist. Simons und meine Beziehungskrise hat schon die Runde gemacht.

7

Nach dem Abendessen versammeln wir uns alle draußen im Innenhof. Wir sitzen an den Holztischgruppen und lauschen Andres Worten, die sich endlich darum drehen, weshalb wir überhaupt nach Sylt gekommen sind: ums Surfen.

Während er spricht, versuche ich, ihn einfach nur neutral zu beobachten, wie er lässig mit den Händen gestikuliert, als er die Vorzüge von Sylts Surferszene aufzählt. Ich schaffe es, ihm zuzuhören und alles andere, was mich bei seinem Anblick an sonderbaren Empfindungen überkommt, auszuschalten, gar nicht erst zuzulassen. Da ist der Referendar Andre Salm, ohne Zweifel ein unfassbar guter Typ, aber da ist auch Simon, mein Freund. Auch wenn wir zurzeit alles andere als ein Traumpaar sind, so ist es gut, dass er mein Freund ist, und so soll es bitte schön auch bleiben.

»Wir haben das Glück, dass wir direkt von dem Strandabschnitt, der zur Jugendherberge gehört, aufs Wasser gehen können. Allerdings nur die ersten zwei, drei Tage«, erklärt Andre mit einem Augenzwinkern. »Danach solltet ihr alle so weit sein, dass wir unseren kompletten Kurs nach Rantum verlegen können, wo ein weitaus frischerer Wind fegt.«

»Können wir nicht gleich in Rantum aufs Wasser gehen?«, möchte Alex erfahren, der zwischen Simon und mir sitzt. »Ich meine, wir sind schließlich seit April einmal in der Woche auf dem Pille-Palle-Baggersee herumgeschippert, wo kaum ein Lüftchen weht, und jetzt haben wir einfach alle so richtig Bock auf 'ne krasse Steigerung.«

Einige stimmen ihm zu, aber die meisten sind anderer Meinung und möchten es lieber langsam angehen lassen.

Andre Salm kann beide Seiten gut verstehen und will dann wissen: »Ist irgendeiner von euch zuvor schon mal an der Nord- oder Ostsee zum Surfen gewesen und hat Erfahrungen mit dem Surfen auf dem Meer?«

Sieben Hände gehen hoch, aber nur einer sagt etwas, Simon. Und wie er es sagt, lässt mich schon wieder rot werden, so überheblich klingt er gegenüber unserem Referendar. »Zählt die Ostküste des Golfs von Suez auch als Erfahrung auf dem Meer? Oder die spanische Atlantikküste? Die Küste Venezuelas? Wie sieht es aus mit der Dominikanischen Republik, nahe Cabarete, direkt an der Nordküste? Florida? Die Atlantikküste Frankreichs? Dort bin ich schon überall gesurft.«

»Wir haben's kapiert, du Angeber: Du bist der Größte, Simon«, spricht Pauli das aus, was mir durch den Kopf schießt, und stößt Simon kopfschüttelnd gegen die Schulter.

Simon grinst sie frech an. »Nur kein Neid, Pauline, nur kein Neid.«

»Träum weiter!«, kontert Pauli und zwinkert ihm dann kumpelhaft zu.

So ist das mit Simon, fällt mir plötzlich ein. Keiner traut sich, ihm wirklich mal Paroli zu bieten, niemand möchte sich mit Simon anlegen, es sich mit ihm verderben. Selbst die sonst so coole und selbstbewusste Pauli, die selten ein Blatt vor den Mund nimmt – nicht mal den Lehrern gegenüber –, bei Simon will sie nichts riskieren. Genauso wenig wie Janas sonst so biedere und strenge Eltern. Kaum taucht Simon bei ihnen auf, mit einem herzlichen Gruß seiner Mutter, schon darf Jana mit auf die Surffreizeit nach Sylt.

Eigentlich unfassbar, wie viel Einfluss seine Familie hat, und diesen gerne mal für eigene Vorteile nutzt. Simon verströmt förmlich diese Selbstverständlichkeit, alles zu bekommen, was er sich in den Kopf setzt. Ich fand das mal selbstbewusst und anziehend – jetzt merke ich, dass es ihn durchaus arrogant macht.

Meine Gedanken verselbstständigen sich, sodass ich gar nicht mehr höre, was Andre auf Simons Einwurf erwidert. Ich denke auf einmal: Wenn Simon und ich uns trennen würden, wäre ich dann ohne ihn die Außenseiterin schlechthin? Ist es tatsächlich so, dass ich dann quasi für alle anderen gestorben sein werde? Ich schäme mich für den Gedanken und schiebe ihn auch gleich als Blödsinn zur Seite. Wie komme ich eigentlich darauf, mir Gedanken über eine Trennung von Simon zu machen? So ein Blödsinn!

»Kim?« Lea stupst mich von der Seite an. »Hast du mir zugehört?«

Ich starre sie perplex an. »Ähm ... was?«

Lea lacht, dann senkt sie die Stimme. »Hey, hey, Kim, schmachten ja, aber bitte nicht so auffällig. Keine Sorge, keiner hat's gesehen.« Sie zwinkert mir zu, während ich mir mal wieder in den Arsch beißen könnte. Ich verbiete mir ab sofort, mich in Gedanken zu verlieren, wenn Andre in der Nähe ist!

Lea redet weiter: »Ich habe dich gefragt, ob du mit mir ein Team bilden möchtest, weil wir ja zu der Anfänger-truppe gehören, die nur Baggersee-Erfahrungen haben? Pauli und Anna sind beide im Fortgeschrittenen-Team und ich schätze ja wohl, dass Simon und Alex auch nicht bei der Anfänger-Truppe dabei sind. Was Jana betrifft, bisher dachte ich, sie sei ebenfalls Anfängerin. Aber da sie ja nun behauptet hat, dass sie auf jeden Fall beim ›Profi-Team‹ dabei sein könnte, habe ich mich in dieser Sache wohl getäuscht.«

Ich schaue sie perplex an. Von der ganzen Gruppenbildung samt Janas falscher Behauptung habe ich tatsächlich nichts mitbekommen. Oha, kann man tatsächlich so tief in Gedanken sein? Muss ja.

Aber dass Lea für mich mitgedacht hat, ist auf jeden Fall gut. Und was Jana betrifft, soll sie sich doch vor den anderen blamieren, wenn sie es unbedingt so will.

Dankbar lächele ich Lea an und sage ihr, dass wir gerne ein Team bilden können. Wir geben uns ein High-Five, das wird sicher nett mit ihr!

»Ich werde mich also um die Anfänger kümmern«, verkündet Andre da gerade und so allmählich komme ich wieder komplett im Hier und Jetzt an. »Wir beschäftigen uns mit dem Anfahren und Fahren auf Halbwindkurs, der halben Drehung und Wende und natürlich bekommt ihr auch noch mal sämtliche theoretischen Kenntnisse von mir vermittelt.«

»Und die Fortgeschrittenen?«, möchte Pauli erfahren. Ich sehe ihr an, dass sie megaenttäuscht ist, da sie eine gute

Surferin ist und deshalb nicht in den Genuss kommt, von Andre unterrichtet zu werden. Über Paulis Schwärmerei muss ich nun doch ein wenig schmunzeln.

»Ich begleite die Gruppe der Fortgeschrittenen«, sagt Frau Hammerkern, die selbst eine erfahrene Surferin ist. »Aber natürlich werdet ihr nicht von mir unterrichtet, sondern von den Sportwissenschaftlern der Wassersportschule Rantum.«

»Cool!«, finden einige, weil das tatsächlich eine Überraschung ist und die ganze Surffreizeit für die erfahrenen Surfer unter uns um einiges interessanter macht. Auch Simon scheint mit dieser Neuigkeit zufrieden.

»Wir haben hier mit der Jugendherberge ganz kurzfristig so eine Art von All-inclusive-Surfen-und-Wohnen-Angebot aushandeln können«, fährt Frau Hammerkern fort und strahlt Andre dabei so begeistert an, dass allen klar wird, wem wir das zu verdanken haben. »Wirklich prima, Andre, dass du das über Hannes so super arrangieren konntest.« Hannes ist der Vorname des Herbergsvaters, daher gehen wir davon aus, dass er damit gemeint ist. Außerdem hat Frau Hammerkern schon beim Einchecken erwähnt, dass Andre Salm eng mit den Inhabern der Jugendherberge befreundet ist.

Allerdings macht Pauli sich ganz andere Hoffnungen. »Wenn der Salm das über seine Freunde hier auf der Insel in die Wege geleitet hat, dann sind die Surflehrer vielleicht auch Kumpels von ihm«, raunt sie mir zu und sie wirkt so richtig Feuer und Flamme, dass sie echte Surfer kennenlernen wird, die das sogar beruflich machen. »Er kommt doch von Sylt und hat die besten Connections. Vielleicht sind die Surflehrer ähnlich lecker wie der gute Andre selbst?«

Schmunzelnd rammt ihr Lea den Ellbogen in die Seite. »Mann, Pauli, du denkst aber auch nur an das eine. Du bist zum Surfen hier.«

Pauli mimt die Unschuldige. »Hallo? Ich habe keinen Freund, da darf ich doch wohl ein bisschen träumen und beim Surfen auch ein bisschen flirten?«

Nun grinsen wir alle – Pauli ist der Hammer. Unvergleichlich, typisch Pauli! Ich schüttele grinsend den Kopf.

»Hey, du hast gut grinsen!«, flüstert sie mir zu und hebt spielerisch ihren Zeigefinger. »Falls du jemals genug von Super-Simon hast, stehen mindestens sieben, acht Typen schon Schlange.«

Ich bin völlig verdattert, warum sie annimmt, dass ich mich von Simon trennen würde. Und welche Typen sie bitte schön meint.

Ich kann sie nur anstarren, bevor ich lauthals zu lachen beginne. »Wie kommst du denn darauf? Ich bin vergeben, schon vergessen?«, frage ich zurück, denn ihren Einwurf kann ich einfach nicht ernst nehmen. Die liebe Pauli neigt zu leichten Übertreibungen.

»Jungs stehen auf so Mädchen wie dich: Du siehst aus, als wärst du direkt aus so einem irischen Märchen entsprungen mit deinem wilden, rötlich braunen Haar und deinem unschuldigen Blick. Ich sag dir, bei Jungs springt da sofort der Beschützerinstinkt an!«

Ich kann mich nicht mehr halten und pruste los. Ich bin ganz sicher nicht diese irische, wilde Prinzessin, wie sie mir weismachen will. »Nee, Pauli, du kennst halt meine« – ich senke die Stimme zu einem unheimlichen Grollen – »dunkle Seite nicht!«

Lea kichert inzwischen mit und Pauli zuckt nur mit den

Schultern. »Wenn's so ist, muss ich es halt neidlos anerkennen.«

Da verstummt plötzlich Andre Salm. Als ich ertappt aufschaue, sieht er mich mit hochgezogenen Augenbrauen an. Sein Blick geht mir durch und durch. »Worüber amüsierst du dich, Kim?«, fragt er und mir schießt die Röte ins Gesicht. »Lass uns ruhig auch daran teilhaben.«

»Nichts ... schon gut«, murmele ich peinlich berührt.

Aber Pauli will anscheinend heute die ganze Welt an meiner Schmach teilhaben lassen. »Ich habe sie gerade mit einer irischen Märchenschönheit verglichen.«

Ich fahre zu ihr herum und blitze sie an. Ich bringe sie um. Jetzt gleich. Oder später im Zimmer. Auf jeden Fall noch heute!

Alle Blicke sind auf mich gerichtet – ausnahmslos. Selbst drüben an den Tischtennisplatten, wo eine Gruppe von jungen Leuten unseres Alters sich ein Spaßturnier liefert, richten sich die Augen auf mich.

»Pauli, Mann, halt die Klappe!«, murmele ich und starre sie durchdringend an.

Hoffentlich sagt Simon jetzt nichts. *Ja, genau so ist es und wisst ihr was, das ist meine Freundin!*

Hoffentlich sagt überhaupt niemand was, aber ich habe heute einfach Pech, denn da erklingt eine andere Stimme: »Und morgen kann die irische Märchenschönheit beweisen, ob sie auch so märchenhaft surfen kann, wie sie aussieht«, kommt es vor versammelter Mannschaft von Andre.

O!M!G! Ich wage kaum noch zu atmen. Ganz vorsichtig blicke ich nach rechts, wo Simon sitzt, der hoffentlich seinen Mund hält. Bitte, bitte sei ruhig.

Doch Simon denkt nicht daran. »Sagen Sie mal, Herr

Salm«, sagt er mit butterweicher Stimme. »Ist es eigentlich erlaubt, dass ein Referendar eine Schülerin so offensichtlich anbaggert?«

»Also wirklich«, regt Frau Hammerkern sich kopfschüttelnd auf. »Nun bauschen wir das alles mal nicht so auf, Simon.« Sie schenkt ihm einen finsteren Blick, wendet sich dann wieder nach vorn zu Andre und fordert ihn auf weiterzusprechen.

Andre selbst lächelt entspannt und benennt dann Uhrzeit und Treffpunkt für morgen früh, bevor er uns in die »freie Abendgestaltung« entlässt.

Einige beschließen, runter zum Strand zu gehen: baden, Beachball, ein bisschen chillen. Eine andere Gruppe will nach Westerland laufen.

Ich erhebe mich, gehe zielstrebig auf Simon zu und bitte ihn, mit mir runter zum Strand zu kommen. Schweigend folgt er mir.

Wenn mich vorhin das Rauschen des Meeres, das Kreischen der Möwen, der Wind in meinen offenen Haaren friedlich gestimmt haben, fühlt sich nun alles in mir nach einem Sturm an. Die Wellen scheinen mir zu laut, das Möwengeschrei macht mich aggressiv. Die nun allmählich an Kraft verlierende Sonne lässt meine Laune noch tiefer in den Keller sinken.

Ich stampfe durch den Sand, habe keinen Blick für die Schönheit um mich herum, und Simon folgt mir ebenso schweigend. Eine ganze Weile sagen wir nichts. Bis ich irgendwann sicher bin, dass wir außer Hörweite sind, kein Publikum haben, und stehen bleibe. Langsam drehe ich mich zu Simon um. Eigentlich will ich ihn anschreien. Ihn beschimpfen, ihn am liebsten rütteln, ihm lauthals klarmachen, dass er es sich niemals wieder rausnehmen soll, an meiner Stelle zu sprechen. Doch dann breche ich in Tränen aus und höre mich zu meinem eigenen Entsetzen schluchzen: »Ich kann nicht mehr, Simon. Ich kann einfach nicht länger deine Freundin sein ...«

»Machst du etwa gerade mit mir Schluss?«, keucht Simon bestürzt.

Ich schlage die Hände vors Gesicht. Flehe mich innerlich selbst an: Sag ihm, dass du es nicht so gemeint hast! Sag ihm, dass du nicht Schluss machen willst! Sag ihm, nein, du willst nicht Schluss machen. Aber es wäre falsch, es wäre nicht das, was ich fühle.

»Ja«, wispere ich.

»Warum?«, haucht Simon so kraftlos, wie ich ihn noch nie erlebt habe. Ich schaffe es nicht, ihn anzusehen, ich bringe es einfach nicht fertig.

»Weil du mir keine Luft lässt«, wispere ich. »Ich ersticke, Simon, und du kapierst das einfach nicht ...«

Simon gibt einen sonderbar gequälten Laut von sich. »Schau mich an, Kim«, fordert er mich schließlich mit leiser Stimme auf. »Ich möchte, dass du mich anschaust und dann noch mal wiederholst, dass du tatsächlich mit mir Schluss machst.« Simons Hand legt sich unter mein Kinn. Mit sanfter Gewalt drückt er es hoch und dann schaue ich in seine tieftraurigen blauen Augen. »Liebst du mich denn nicht mehr, Kim?«

»Nein, so ist es nicht«, wispere ich. »Aber ich kann es nicht mehr ertragen, dass du mich wie dein Eigentum behandelst. Und dann diese Eifersucht. Habe ich dir jemals einen Grund dafür gegeben? Ich versteh dich nicht, was ist mit dir los? Merkst du denn gar nicht, dass du damit zwischen uns alles kaputt machst – und das auch noch vor allen Leuten?«

»Weil ich eifersüchtig bin?« Simon starrt mich mit großen Augen an. »Aber das ist doch ein Kompliment für dich. Ein Zeichen meiner Liebe«, findet er.

»Nein, ein Zeichen deines Misstrauens ...«, widerspreche ich und schlinge die Arme schützend um meinen Oberkörper.

Einen Moment lang sagt keiner von uns etwas. Ich kann es nicht fassen. Da habe ich mich so auf Sylt gefreut, um uns herum ist es einfach nur schön, ich bin am Meer und was passiert? Ich bin dabei, mich von meinem Freund zu trennen, ganz plötzlich und Knall auf Fall. Dabei dachte ich, meine Gefühle für Simon seien unzerstörbar.

Simon fährt sich durch die Haare, dann bückt er sich nach ein paar Steinen, die im Sand liegen, und wirft sie weit aufs Meer hinaus. Ich stehe stumm neben ihm, mein Kopf ist leer, mein Herz ist zerbrochen, und ich bin sicher, dass es nie wieder heilen wird, dass ich Simon und mich, wie wir früher waren, schon jetzt schmerzlich vermisse.

»Bleibst du dabei, willst du dich tatsächlich von mir trennen?«, fragt Simon mit hohler Stimme.

Ich nicke. »Du bist doch auch nicht mehr glücklich ...«

Simon schüttelt den Kopf. »Nein, Kim, jetzt schieb es nicht auf mich. Ich bin es nicht, der das mit uns beenden will. Ich bin immer derjenige gewesen, der es verfestigen wollte, der alles für dich tun würde. Alles!«

»Und der mich zum Gespött der Leute macht, indem er vor allen behauptet, dass unser Referendar mich anbaggern würde«, entgegne ich bitter. »Weißt du eigentlich, wie peinlich das eben war?«

Simon zuckt nur mit den Schultern. Er scheint immer noch davon überzeugt zu sein, das Richtige getan zu haben. »Pass auf, Kim«, sagt er schließlich. »Der Tag heute war von Anfang an daneben. Lass uns beide eine Nacht darüber schlafen und nicht gleich Schluss machen, okay?«

Nun zucke ich die Schultern.

»Ein Jahr, das wirft man doch nicht so einfach weg. Komm, das muss es dir wert sein, das sollten *wir* dir wert sein«, redet Simon auf mich ein. Er klingt zuversichtlich und verständnisvoll. Und so gebe ich auch dieses Mal nach.

»Okay«, wispere ich. »Lass uns morgen noch mal reden ...«

Er beugt sich zu mir vor, nimmt sanft meine Hand und haucht mir einen Kuss auf die Wange. »Danke, Süße.« Er macht eine Pause, dann sagt er: »Ich wollte mit Alex und den anderen Jungs am Wasser ein paar Strandkörbe zusammenschieben und ein bisschen was trinken. Du hast also den ganzen Abend deine Ruhe vor mir und wir können morgen neu beginnen.« Er lächelt mich schief an, auf diese unwiderstehliche Simon-Art mit seinen blitzenden Augen und Grübchen.

Ich nicke. Dass die Jungs sich trotz strengem Alkoholverbot was zu trinken organisieren würden, war so was von klar. In der Hinsicht waren Alex und er einfach unverbesserlich. »Viel Spaß«, sage ich leise. »Lasst euch nicht erwischen.«

Während Simon zurück zur Jugendherberge geht, bleibe ich noch einen Moment am Strand. Ich setze mich unterhalb der Dünen in den weichen Sand, der noch immer etwas warm von der Sonne ist, und blicke aufs Meer hinaus.

Irgendwann bewegt sich etwas in meiner hinteren Hosentasche. Erst kriege ich einen Riesenschrecken und es dauert eine Weile, eh ich begreife, dass es mein Handy ist, das ich auf Vibration gestellt habe.

Es ist Pauli, die sich Sorgen gemacht hat. »Wo bist du?«, will sie nach einer kurzen Begrüßung erfahren.

»Am Strand. Ich habe gerade mit Simon Schluss gemacht. Na ja, fast«, bricht es aus mir heraus. Ich seufze. »Er hat mir das Versprechen abgenommen, noch mal eine Nacht darüber zu schlafen.«

Paulis Stimme wird sofort ganz weich. »Okay, bleib, wo du bist. Ich finde dich«, sagt sie sofort. »Was dagegen, wenn die Mädels mitkommen? Natürlich außer Jana, die muss das nicht mitkriegen, sonst setzt die sich sonst was in den Kopf. Und Michelle ist auch nicht dabei, hat irgendein Date. Bis gleich!«

8

Es ist weit nach Mitternacht. Ich liege im Bett und kann nicht schlafen. Zu viele Gedanken habe ich im Kopf und alle drehen sich um Simon.

Auch wenn Pauli, Lea und Anna mich vorhin bestärkt haben, beim Schlussmachen zu bleiben, weil alle drei finden, dass ich mich nicht länger von Simon so behandeln lassen darf, bin ich doch zu dem Ergebnis gekommen, noch einmal ganz in Ruhe mit Simon zu reden.

Ich mag ihn noch sehr, da bin ich mir ziemlich sicher. Und der Gedanke, ihn endgültig zu verlieren, ab sofort getrennte Wege zu gehen, der schmerzt heftig. Wie es letztendlich ausgeht, nun ja, ich bin unsicher, vor allem aber verwirrt, denn in meine Simon-Gedanken hinein taucht da immer wieder Andre auf, mit seinen dunklen Haaren und wie er sich am Strand nach mir umgedreht hat, und ich schaffe es einfach nicht, ihn aus meinem Kopf zu kriegen.

Jana hat noch gestern Abend unser Zimmer verlassen. Sie hat Frau Hammerkern etwas von unüberbrückbaren Differenzen mit Pauli geschildert und angeblich unter Tränen um den Umzug in das andere Sechsbettzimmer gebeten, das nur mit fünf Mitschülerinnen belegt ist.

Wir kennen uns so lange und ich habe immer zu ihr gehalten, ihre Geheimnisse bewahrt – und dann das. Ich hätte nie gedacht, dass ich ausgerechnet mit Jana mal so aneinandergeraten würde, da wir uns schon so lange kennen!

Ich wälze mich von rechts nach links und halte es nicht länger aus. Ächzend wühle ich mich aus dem Bett und tapse auf nackten Sohlen zum Fenster.

Die Nacht ist tiefschwarz und der Himmel ist von unzähligen Sternen übersät. Ich wünschte, ich könnte jetzt gleich zu Simon ins Zimmer schleichen und mich mit ihm aussprechen, alle Schwierigkeiten aus dem Weg räumen. Was, wenn er wie ich jetzt gerade wach liegt und auch nicht schlafen kann?

Aber wenn mich Frau Hammerkern erwischt? Oder Andre? Andererseits, warum sollten die nachts über die Gänge patrouillieren? Also schnappe ich mir meine Sweatjacke vom Bettpfosten und ziehe sie mir über das lange Schlafshirt. Ich will in meine Flip-Flops schlüpfen, lasse sie dann aber doch im Zimmer zurück, weil ich auf nackten Sohlen wesentlich leiser laufen kann. Und falls mich jemand erwischt, bin ich mit Flip-Flops eindeutig zu langsam.

Ich komme mir wie in meine Kindheit zurückversetzt vor. Wenn ich abends nicht einschlafen konnte, dann bin ich nach unten geschlichen, um durch den kleinen Spalt der Wohnzimmertür, den meine Eltern immer offen stehen lassen haben, mit ihnen Fernsehen zu schauen. Natürlich ohne ihr Wissen und immer in Alarmbereitschaft, falls sie mich entdecken sollten.

Innerlich muss ich kichern. Sich mitten in der Nacht zu einem Jungen ins Zimmer zu schleichen, ist tatsächlich ähnlich kindisch, wie heimlich TV zu glotzen. Aber auch irgendwie spannend. Hauptsache, Alex schießt nicht wie angestochen hoch und macht ein Drama! Ach was, Alex wird sich einfach auf die andere Seite umdrehen und weiterpennen.

Als ich die Türklinke umschließe, schlägt mir das Herz bis zum Hals. Vorsichtig öffne ich die Tür, mache einen leisen Schritt ins Zimmer – und stelle erstaunt fest, dass Simons Bett leer ist. Alex hingegen schläft tief und fest.

Vielleicht ist er kurz zur Toilette, überlege ich und lass mich leise auf Simons Bettkante sinken. Aber als ich lang genug gewartet habe, erhebe ich mich leise und will das Zimmer verlassen, da murmelt Alex plötzlich: »Simon? Bist du das?«

Ich schrecke zusammen, fange mich aber schnell, bevor Alex zu alarmiert und laut werden kann: »Ich bin es, Alex, Kim.«

»Kim? Was willst du hier?«, krächzt er verdattert. Aber dann fällt ihm die Antwort selbst ein. »Simon ist noch unten am Strand. Die saufen sich da zu. Ich hatte keinen Bock mehr ...«

»Okay«, flüstere ich. »Entschuldige, dass ich dich geweckt habe.« Dann bin ich aus dem Zimmer gehuscht und stehe einen Moment unentschlossen vor der Tür herum. Mein Herz rast noch mehr als vorhin, wenn das überhaupt möglich ist, meine Knie sind wie Pudding. Was für eine verrückte Idee. Jetzt schießt mir das Adrenalin dermaßen durch den Körper, dass ich so oder so kein Auge zukriegen werde, dann kann ich ebenso gut zum Strand gehen und nach Simon Ausschau halten. Auch wenn es wohl keine gute Idee ist, mit Simon reden zu wollen, wenn er sich volllaufen lässt. Irgendwie treibt es mich nach draußen. Als ich schon fast auf dem Weg nach unten bin, fällt mir ein, dass Frau Hammerkern vorhin gesagt hat, dass die Türen um 23 Uhr abgeschlossen werden. Wer dann nicht im Haus ist, hat Pech gehabt.

Spätestens jetzt ist mir klar, warum Simon nicht in seinem Bett liegt: Er und die anderen haben sich quasi ausgeschlossen und müssen notgedrungen weitertrinken. Typisch Jungs halt! Wie die morgen auf dem Surfbrett stehen wollen, ist mir ein Rätsel.

Leise seufzend wende ich mich um, da fällt mein Blick auf ein Fenster direkt neben dem Hintereingang. Es ist eher schmal, aber gut zu erreichen und groß genug, um durchzuklettern – soweit es nicht ebenfalls mit einem Schloss versehen ist. Ich husche die Treppen hinunter, umfasse den Griff und könnte losjubeln, als er sich bewegen lässt. Allerdings verursacht das Drehen des Fensteröffners ein quietschendes Geräusch, das mir in der um mich herum herrschenden Stille der Dunkelheit noch durchdringender erscheint. Noch einmal sehe ich mich um, bevor ich ins Freie klettere und von mir selbst begeistert bin – schließlich ist dies das allererste Mal in meinem Leben, dass ich durch ein Fenster geklettert bin. Und das auch noch verbotenerweise! So was ist mir normalerweise viel zu aufregend … Ich sprinte durch den Innenhof und habe schon den schmalen Pfad erreicht, der durch die Dünen zum Strand führt. Erst da fällt mir auf: Fernab der Hausbeleuchtung der Jugendherberge ist es plötzlich stockdunkel um mich herum. Die Dünen wirken mit einem Mal bedrohlich und fast schon gespenstisch klingt das Rauschen der Wellen. Blöde Idee, Kim, schießt es mir durch den Kopf. Zumal ich mir sicher bin, dass Simon und die anderen nicht in unmittelbarer Jugendherbergsnähe ihre Strandkorbburg gebaut haben. Wer weiß, wie ewig weit ich am stockdunklen Strand entlanglaufen muss, um sie zu finden? Falls überhaupt!

»Mist!«, zische ich leise und beschließe, zurück ins Bett zu gehen. Nicht dass am Ende noch jemand auf die Idee kommt, das Fenster wieder zuzumachen. Auf eine unfreiwillige Dünenübernachtung kann ich verzichten.

Ich habe den Gedanken noch nicht ganz zu Ende gedacht, da höre ich etwas in den Dünen rascheln. Erschrocken fahre ich zusammen, bereite mich auf den Sprint meines Lebens vor, während mir der Schreck durch den ganzen Körper fährt. Lauert da ein Tier hinter dem Seegras? Instinktiv hocke ich mich hin und lausche in die Nacht.

Nein, kein Tier. Da lacht jemand auf. Leise, klar, glockenhell ... Jana! Dieses typische Girlie-Lachen würde ich überall erkennen, schließlich erzählt mir Jana schon seit Jahren unter Lachen ihre allerneuesten Eskapaden, von denen ihre Eltern nie etwas erfahren dürfen. Ich halte inne, lausche erneut in die Dunkelheit. Von wo kam es? Und warum treibt sich Jana überhaupt mitten in der Nacht hier draußen herum? Oder hat sie gar nicht gelacht, sondern geschrien? Verdammt, vielleicht braucht sie ja Hilfe?

Entschlossen wende ich mich um und wage mich einen Schritt in die Dünen vor. Ich lausche, gehe wieder einen Schritt, höre Jana irgendwo in der Ferne – sie seufzt und dann höre ich ein Schmatzen. Mein Herz setzt für ein paar Schläge aus. Steckt sie irgendwo fest, ist sie eingeschlafen und die Flut hat sie eingeholt? In meinem Kopf jagt ein düsteres Bild das nächste, ich kann gar nichts dagegen tun. Ehe ich im Haus Hilfe geholt habe, ist es vielleicht schon zu spät!

Ich kämpfe mir einen Weg durch die Dünen, stolpere über

Hügel, weiche dickeren Sträuchern im letzten Moment aus. Gräser, scharf und piksig wie Strohhalme, zerschrammen mir die Waden. Janas Laute werden immer deutlicher und ich schreite mutig voran.

Doch da, mitten im Lauf, tut sich plötzlich der Boden unter mir auf. Ich gerate ins Straucheln, rudere wild mit den Armen in der Luft, versuche noch, irgendwo Halt zu finden, und rolle kopfüber in eine Kuhle.

Noch während ich falle, höre ich Jana gurrend lachen und eine Männerstimme, die sagt: »Du bist so eine verdammt scharfe Pastorentochter, wusstest du das?«

Nein.

Nein, das kann nicht sein. Diese Stimme, es ist Simon, der das sagt. Der da bei Jana ist, der mit Jana da ... nein. Ich will es nicht wahrhaben, das kann nicht sein und doch will ich es jetzt wissen, egal wie schmerzhaft es wird. Ich krieche auf allen vieren weiter und dann sehe ich sie. Im schwachen Licht der Außenbeleuchtung, die hier über die Dünen scheint, gibt es keinen Zweifel.

Jana und Simon, Simon und Jana.

Sie liegen eng umschlungen da, ich kann in dem schummrigen Licht kaum ausmachen, welche Körperteile zu Simon gehören, welche zu Jana. Sie knutschen wild herum. Ich ahne, wie sich *das hier* zwischen ihnen entwickeln wird, die Szene ist eindeutig – und doch begreife ich nicht ganz, was ich da sehe. Niemals hätte ich es für möglich gehalten, dass Simon auf Jana stehen könnte. Warum habe ich das nicht kommen sehen, warum hat Pauli schon viel länger etwas geahnt als ich? Ich reiße mich los und wende mich ab. Das Bild der beiden – ich bin mir sicher, ich werde es nie wieder aus dem Kopf kriegen.

Keine Ahnung, wie ich zurück zur Jugendherberge komme. Keine Ahnung, wie ich es durch das Fenster schaffe. Keine Ahnung, wie ich den Weg hoch ins Zimmer finde. Keine Ahnung, warum ich Pauli wach rüttele. Aber jetzt sitze ich auf ihrem Bett, sie hat den Arm um mich gelegt und ich weine und weine und weine. Ich kann nicht mehr aufhören, muss so lange weinen, bis da nichts mehr ist, weil ich sonst innerlich ertrinken werde.

***

Ich habe keine Sekunde geschlafen, und als ich mit Pauli, Lea und Anna am nächsten Morgen den Speisesaal betrete, sind meine Augen vielleicht noch immer etwas gerötet, aber mein Blick ist klar. Ich lasse mich neben Pauli an den Tisch sinken. Uns gegenüber nehmen Lea und Anna Platz. Pauli fragt mich, was sie mir vom Frühstücksbüfett mitbringen soll.

Ich habe keinen Appetit, obwohl mein Magen ein Loch ist. Leer – so leer wie mein Herz.

»Du isst was, Kim, darauf besteh ich!«, erklärt Pauli und marschiert los.

Ich starre auf die Tischplatte, möchte auf gar keinen Fall Simon sehen. Oder Jana. Niemals wieder, wenn es möglich wäre. Ist es aber leider nicht. Deshalb habe ich mir vorgenommen, dass sie Luft für mich sind. Ausradiert. Nicht existent.

»Sind die Plätze hier noch frei?«, höre ich eine Männerstimme fragen.

Ich hebe den Kopf, nur ein bisschen, gerade so, dass ich Andre erkenne. Daneben steht Frau Hammerkern. Beide schauen mich fragend an.

Ich nicke schwach. »Ja …« Dann starre ich wieder auf die Tischplatte. Sie ist weiß. Wie erfroren. Eingefroren wie mein Herz.

»Geht es dir nicht gut, Kim?«, fragt mich Frau Hammerkern. Sie hat sich neben Lea gesetzt, schräg gegenüber von mir. Andre ist aus meinem Sichtfeld verschwunden. Wobei, nein, er ist um den Tisch herumgekommen und lässt sich auf den freien Stuhl neben mir sinken.

»Du siehst blass aus«, findet auch er.

Ich winke ab. »Alles okay. Ich hab einfach nicht so gut geschlafen«, murmele ich.

Lass mich, Andre, sei bitte nicht so lieb und verständnisvoll. Ich kann das gerade nicht ertragen – sonst fange ich wieder an zu heulen.

»Lea hat geschnarcht«, kommt Anna mir zu Hilfe. Sie verdreht bedeutungsvoll die Augen, während Lea sich empört verteidigt: »Blödsinn! Ich schnarche nicht!«

»Und *wie* du geschnarcht hast«, erklingt Paulis Stimme. Sie stellt mir einen Teller mit zwei Brötchen, etwas Käse, Butter und Marmelade hin und lächelt mich an. »Magst du O-Saft trinken oder lieber Kaffee? Ich kann dir auch beides holen.«

»Hast du wirklich nur schlecht geschlafen oder brütest du eine Erkältung aus?«, hakt Frau Hammerkern nach und mustert mich.

»Alles gut, Frau Hammerkern«, antwortet Pauli für mich. »Kim ist tatsächlich etwas angeschlagen, aber das hat nichts mit Grippeviren oder so zu tun.«

Ich werfe ihr einen vorwurfsvollen Blick zu. Was soll das denn? Von den Lehrern hier muss echt niemand wissen, was zwischen Simon und mir abgelaufen ist. Ich finde es eh schon alles schrecklich peinlich – die müssen uns »Teenies« doch für völlig verpeilt halten: dieses ewige Hin und Her, streiten, versöhnen, zusammen, getrennt – jetzt auch noch betrogen. Schluss damit.

Entschlossen atmete ich durch, straffe die Schultern, bemühe mich um einen zuversichtlichen Gesichtsausdruck und erkläre: »Es geht mir gut. Wirklich! Und ich freue mich total auf den Surfkurs.« Ich greife nach dem Brötchen und schneide es beherzt auf, als hätte mir die vergangene Nacht nicht komplett die Lust auf die gesamte Freizeit vermiest. Ich denke, alle am Tisch haben kapiert, dass ich die Diskussion um mein Wohlbefinden jetzt gerne beenden möchte.

Pauli verschwindet erneut Richtung Büfett und kommt mit zwei Kaffeebechern wieder zurück. Einen stellt sie mir hin, den anderen behält sie in der Hand und geht damit an mir vorbei, um sich auf den freien Platz neben Andre zu setzen. Dass sie sich selbst nichts zum Frühstück geholt hat, ist entweder Absicht oder sie hat es bei all ihrer Andre-Salm-Schwärmerei glatt vergessen.

Aber so, wie sie ihn jetzt in die Mangel nimmt, würde sie eh nicht zum Essen kommen. Sie quetscht ihn regelrecht aus, will einfach alles wissen. Wo genau er auf Sylt gewohnt hat, warum er von der Insel runter ist, wo er zur Schule gegangen ist, wie es sein kann, dass er schon mit 17 das Abi gemacht hat, wo er studiert hat, wie lange er schon surft ... Der arme Andre kann einem regelrecht leidtun, aber ich bin froh, dass Pauli so den gesamten Tisch von mir ablenkt. Auch wenn er recht knapp antwortet, vermutlich um selbst zum Essen zu kommen, so lässt sich Pauli nicht aus dem Konzept bringen und macht fleißig weiter.

Erst als sie von ihm wissen will, ob er zurzeit in festen Händen ist, kommt ihm Frau Hammerkern zu Hilfe.

»Pauline, ich denke, nun ist es langsam mal gut«, findet sie und lächelt Pauli freundlich, aber bestimmt an.

»Warum denn?«, beschwert sich Pauli. »Ich gebe auch gerne zu, dass ich zurzeit solo bin.«

Andre lacht, während Frau Hammerkern nur noch den Kopf schütteln kann.

Kurz darauf erhebt Andre sich, nickt uns zu und sagt: »Okay, ich muss noch etwas vorbereiten. Einige von euch sehe ich gleich unten am Strand, den anderen wünsche ich einen spannenden Kurs mit Alfi und Mathis. Richtet ihnen bitte Grüße von mir aus.« Er schnappt sich sein Tablett, dann verlässt er den Speisesaal. Gedankenverloren schaue ich auf die weiße doppelflügelige Tür, durch die er gerade verschwunden ist, als sie sich wieder öffnet und Simon zusammen mit Alex reinkommt.

Mein Magen verkrampft sich. Mir wird kotzübel. »Da kommt das Arschloch«, raunt mir Pauli leise zu.

Ich nicke, wende endlich den Blick ab und starre stattdessen angestrengt auf meine Hände, die ich im Schoß gefaltet habe. »Können wir gehen?«, wispere ich.

Ich höre Stuhlbeine über den Boden scharren, wie die drei das Geschirr zusammenräumen und schließlich Leas Stimme. »Komm, Kim, er ist gerade am Büfett und sieht dich nicht.«

Schnell erhebe ich mich und verlasse fast schon fluchtartig und mit gesenktem Kopf den Speisesaal. Ob die anderen mir folgen, kann ich nicht mit Sicherheit sagen, aber ich vermute es. Ich will einfach nur weg, raus an die frische Luft, weg von Simon. Ich habe das Gebäude schon ein paar

Schritte hinter mir gelassen, als sich plötzlich eine Hand auf meine Schulter legt.

»Kim, nun warte doch.« Es ist Simon. Mein Herz setzt einen Schlag aus. Er sieht unverändert aus, als wäre nichts gewesen. Er sieht aus wie mein Simon – und doch fühlt es sich anders an, ihm gegenüberzustehen. Fremd und als wäre da ein tiefer Abgrund zwischen uns. Es ist schrecklich, aber seine Hand auf meiner Schulter brennt wie Feuer und ich möchte nur eins: dass sie auf der Stelle dort wieder verschwindet.

»Lass mich bitte los«, wispere ich, bemüht, so sehr darum bemüht, auf gar keinen Fall in Tränen auszubrechen.

»Bist du etwa eben vor mir weggerannt?« Simon scheint sich tatsächlich keiner Schuld bewusst zu sein.

Ich hole tief Luft, bevor ich mich ganz zu ihm umwende. »Lass mich los!«, sage ich ernst.

Seine Stirn legt sich in Falten. »Warum bist du denn so feindselig? Ich dachte, ich meine, Alex hat gesagt, du wärst heute Nacht in unserem Zimmer gewesen. Ich bin davon ausgegangen, dass du ...« Er lächelt schief.

Ich schüttele den Kopf. Schnell und kurz. »Spar es dir, Simon«, falle ich ihm ins Wort. »Es spielt auch überhaupt keine Rolle mehr, ob ich in deinem Zimmer war und warum. Das Einzige, was zählt, ist der Anblick, den ich bestimmt nie wieder aus dem Kopf kriegen werde. Weißt du nicht mehr, gestern, in den Dünen?«

Simon entgleiten die Gesichtszüge. »Da-da war nichts. Das musst du mir glauben. Ich war total besoffen und ...«

»Ich habe euch *gesehen,* Simon, dich und Jana, eng umschlungen und in eindeutiger Pose«, unterbreche ich ihn erneut.

»… aber Kim! Jana, sie ist quasi über mich hergefallen. Sie hat mich abgeknutscht, aber ich habe sie weggestoßen. Kim, Süße, ich schwöre es dir! Das war alles bedeutungslos, das musst du doch einsehen, bis auf diesen kurzen Moment, den du blöderweise gesehen und völlig falsch aufgefasst hast, ist nichts zwischen uns passiert.«

»Ach, nichts war das, ja?« Ich schnaube auf. »Und du bist Janas Opfer, oder was? Hat sie dich auch gezwungen zu sagen: ›Du bist so eine verdammt scharfe Pastorentochter‹?«

Ich sehe ihn an und Simons Augen weiten sich. In diesem Moment begreift er endlich, dass er es verbockt hat. Zu 100 Prozent verbockt und dass ich nichts mehr mit ihm zu tun haben will. Seine Augen füllen sich mit Tränen. Ich kaufe ihm seine Verzweiflung ab. Ich glaube sogar, dass er es inzwischen bereut. Aber alles andere, was er sagt, ist gelogen und das ist das Schlimmste.

»Es ist aus, Simon!«, sage ich leise, schüttele seine Hand ab, die sich eh nicht mehr richtig und gut auf meiner Schulter angefühlt hat, und gehe.

Doch Simon will es nicht kapieren. »Du-du kannst mich doch hier nicht so stehen lassen«, krächzt er mir hinterher.

Wir sind nicht allein im Hof, natürlich nicht. Und schon wieder starren mich viele unbekannte und leider auch einige bekannte Augenpaare an. Wir ziehen mal wieder für alle Anwesenden die Kim-und-Simon-Soap-Opera ab und ich bin es so was von leid, Teil dieser stressigen Beziehung zu sein.

Ich habe nur noch drei Worte für Simon: »Es ist aus.«

Ich sehe ihn kopfschüttelnd an, dann gehe ich. Schritt für Schritt entferne ich mich von ihm. Schritt für Schritt tut es weh – aber Schritt für Schritt fällt auch eine riesige Last von mir ab.

9

Wenig später stehen Lea und ich Seite an Seite in knielangen Neoprenanzügen am Wasser und schauen zwei Mitschülern dabei zu, wie sie den Aufstieg aufs Brett üben. Andre steht im knieftiefen Wasser und erklärt mit schier unendlicher Geduld, wie das Anfahren am besten gelingt.

»Je mehr die Segelhand dichtholt, desto mehr Druck werdet ihr im Segel spüren. Deshalb kann man die Segelhand auch als das Gaspedal bezeichnen: Je dichter ihr die Gabel heranzieht, desto mehr Druck entwickelt sich im Segel. Druck ablassen könnt ihr jederzeit, indem ihr das Segel mit der Segelhand wieder öffnet. Verstanden?«

Michelle und Luca nicken und geben sich alle Mühe, um es ebenso locker aussehen zu lassen, wie Andre Salm es gerade erklärt hat.

Im Gegensatz zu uns trägt er lediglich blaue Badeshorts, was Lea in wahre Verzückung geraten lässt. »Mein Lieber, hat der 'nen Body«, raunt sie mir nun bestimmt schon das dritte Mal hintereinander zu. »Zum Glück ist Pauli nicht hier. Die würde glatt über ihn herfallen.« Sie grinst mich an und nickt bedeutungsvoll.

Mich interessiert Andres wahnsinnig durchtrainierter Body nicht. Na gut, jedenfalls nicht ausschließlich. Meine Gedanken kreisen um Simon. Und um Jana, die angeblich heute Morgen beim Joggen so unglücklich umgeknickt ist, dass sie *leider* nicht am Surfkurs teilnehmen kann. Zumindest hat sie das Andre und Frau Hammerkern gegenüber so behauptet. Ich bin mir allerdings sicher, dass es eine glatte Lüge ist. Sie will mir aus dem Weg gehen und sich vor den anderen im Fortgeschrittenen-Kurs nicht lächerlich machen, weil sie eben nicht dorthin gehört: Jana ist genauso Surfanfängerin wie Lea und ich.

Aber natürlich muss sie mit nach Rantum, um Simon weiterhin anhimmeln zu können.

»Okay, das war schon mal gar nicht so schlecht, Michelle und Luca«, höre ich Andre sagen. »Dann übt das jetzt noch ein bisschen für euch.«

Er kommt aus dem Wasser und lächelt Lea und mich an. »Dann seid ihr jetzt an der Reihe.«

Lea gibt einen sonderbaren Ton von sich, während sie Andre anstarrt und sonst keinen Ton rausbringt. Wenn mir nicht so elend zumute wäre, würde ich jetzt laut draufloslachen. Lea sieht aus, als hätte sie sich an einem Fisch verschluckt.

»Alles in Ordnung?«, fragt er irritiert.

Lea wiehert. Tatsächlich hört es sich so an. Ich schätze jedoch, sie wollte ihm einfach nur versichern, dass sie total gut drauf und super motiviert ist – was ich an ihrer Stelle schnell Andre zu verstehen gebe.

»Ja, wir sind bereit!« Er winkt uns an den Wassersaum und ich stupse Lea leicht in die Seite und schüttele amüsiert den Kopf. Sie ist sogar ein wenig rot geworden, sehe ich. Ich weiß nicht, ob Andre tatsächlich nicht bewusst ist, was für eine Wirkung er auf die meisten der weiblichen Surffreizeitteilnehmerinnen hat, oder ob er sich absichtlich so ahnungslos stellt, weil er es innerlich total genießt, so angeschmachtet zu werden.

Wie dem auch sei – es ist mir völlig egal. Mein Bedarf an Typen ist für die nächsten Jahre mehr als gedeckt. Ganz egal, dass Andre und ich uns kennen ... ich will jetzt nur noch surfen, alles andere vergessen und die Tage so gut wie möglich hinter mich bringen. Wie hatte Pauli das ausgedrückt, Traumtypen hast du selten für dich allein? In dem Moment habe ich ihr nicht glauben wollen, heute weiß ich es besser. Und ich schätze, Andre ist von der gleichen Sorte, wenn ich überlege, wie schnell er mir beim Tierarzt meine Handynummer abgeluchst hat. Okay, da wusste er nicht, dass ich auf das Gymnasium gehe, an dem er sein Referendariat absolvieren wird. Jetzt wo das klar ist, da macht er nicht den Eindruck auf mich, als würde er sich seine Karriere wegen einer Wartezimmer-Bekanntschaft ruinieren lassen wollen. Zum Glück – das macht es nur einfacher für alle Beteiligten.

»Kim, träumst du?«

»Ich ... ähm ... was?«, stammele ich hilflos und starre Andre bestimmt ähnlich plemplem an wie die wiehernde Lea gerade.

Andre lacht. »Oha, du warst wohl gerade auf einem ganz anderen Planten, was?«

»Sorry«, murmele ich und bücke mich schnell nach meinem Brett samt Segel, um es hinter Lea her ins Wasser zu tragen.

Als ich knietief im Meer stehe, versuche ich, das Segel aus dem Wasser zu ziehen. Das Board beginnt, leicht zur Seite zu driften, aber ich steuere dagegen. Allerdings gleitet mir dabei das Segel wieder aus den Händen und klatscht zurück auf die Wasseroberfläche.

»Brauchst du Hilfe?«, fragt Andre mich.

Ich schüttele den Kopf, bevor ich mit der vorderen Hand erneut über der Gabel an den Mast greife und ihn schwungvoll nach vorne aus dem Wasser ziehe.

»Denk daran, die hintere Ecke des Segels muss freikommen«, erklärt er.

Ich nicke und umfasse mit beiden Händen den Gabelbaum und drehe ihn auf Halbwindkurs. Ich zögere nicht lange, stelle meinen hinteren Fuß aufs Brett, lasse die Arme dabei gestreckt und stabilisiere so den Kurs. Sobald ich genug Wind im Segel spüre, ziehe ich das Brett mit dem hinteren Bein unter meinen Körper, setze ihn direkt hinter dem Mastfuß aufs Brett. Theoretisch habe ich das schon tausend Mal praktiziert. Mir ist so ziemlich jeder Fachausdruck rund ums Surfen bekannt. Darauf hat unser Kursleiter Herr Gruber großen Wert gelegt. Meine praktischen Erfahrungen beschränken sich hingegen auf ein bisschen Hin-und-Her-Schwanken auf dem Baggersee, und das bei wenig bis gar keinem Wind. Ich fürchte, man sieht mir die mangelnde praktische Erfahrung deutlich an.

»Okay!«, ruft er mir zu. »Das sieht so weit schon ganz gut aus. Jetzt denk aber daran, dass du zum Anfahren die richtige Dosierung *Gas* brauchst.«

Erneut nicke ich nur und mach dann einfach mein Ding – so wie ich es die letzten Male beim Surfen auf dem Baggersee auch getan habe. Wenn es dort hingehauen hat, wird es hier bestimmt auch so sein. Vergiss die Theorie, rate ich mir selbst, und lege los. Entschlossen ziehe ich das Segel zu mir heran, es füllt sich mit Luft. Ich nehme die richtige Fahrstellung ein, in dem ich den vorderen Fuß hinter den Mastfuß setze und mein Körpergewicht aufs hintere Bein verlagere. Und ab geht es.

Der Wind in den Haaren und im Gesicht, vor mir das weite Meer ... Ich leide zwar gerade an gebrochenem Herzen, aber das hier ist definitiv etwas, was mir guttut. Ich fühle mich völlig frei, habe den Ballast einfach am Strand zurückgelassen. Hier auf dem Wasser gibt es nur den Wind, das Brett und mich. Ein unbeschreibliches Gefühl, so schwerelos, so heilsam ...

Ich nehme immer mehr Fahrt auf, stelle das Segel so steil in den Wind, dass es sich wie Fliegen anfühlt. Die Wasserfläche wird immer glatter, mein Board schwebt darüber hinweg. Ich möchte schreien, laut schreien. Aus Frust, weil ich so bitter von Simon enttäuscht bin, und gleichzeitig vor lauter Glück, denn das hier ist mit Abstand das Geilste, was ich je erlebt habe.

Auf dem Baggersee haben wir immer nur ein paar schnelle Runden gedreht, viel mehr war zeitlich nicht drin. Und auch allein deshalb nicht möglich, weil uns nur wenige Surfbretter zur Verfügung standen. Hier draußen auf dem offenen Meer ist es Freiheit pur. Das hier ist Lichtjahre vom Hin-und-Her-Gleiten auf dem Baggersee entfernt. Das größte Erlebnis überhaupt. Ich könnte ewig so übers Wasser fahren, auf den Wellen reiten, mit dem Wind fliegen – egal wohin, nur fort.

Doch dann taucht da plötzlich diese Welle vor mir auf. Sie ist riesig. Zu groß für mich, definitiv. Dahinter bäumt sich schon die nächste auf und noch eine und noch eine. Ich kapiere nicht so recht, wo die auf einmal herkommen, werfe einen hektischen Blick zum Strand zurück und stelle voller Entsetzen fest, dass ich viel zu weit rausgefahren bin. Genau davor hat Andre uns noch bei der theoretischen Einführung gewarnt! Hinten auf dem offenen Meer werden die Wellen schnell groß und somit ist der Bereich für uns tabu – ganz genau so hat er es gesagt. Aber ich habe auch nicht vorgehabt, so weit rauszufahren. Es ist irgendwie von ganz alleine passiert. Ich war so in Gedanken, habe mich so frei gefühlt, alles hinter mir gelassen.

Die erste große Welle kann ich noch bewältigen. Mein Brett hebt zwar ordentlich von der Wasseroberfläche ab, doch ich kralle mich mit aller Kraft am Gabelbaum fest und bekomme es so wieder unter Kontrolle. Bei der zweiten gerate ich schwer in Schieflage, berappe mich aber im letzten Augenblick und erlange das Gleichgewicht zurück. Doch die dritte reißt mich schließlich mit voller Wucht vom Brett. Kopfüber tauche ich ins Wasser ein, kämpfe mich hektisch wieder nach oben, spüre das Segel über mir, ringe nach Luft, versuche, es zur Seite zu schieben, japse, mir fehlt die Luft. Im nächsten Moment werde ich samt Brett von einer neuen Welle erfasst. Nun weiß ich wirklich nicht mehr, wo unten oder oben ist. Ich wirbele kraftlos durch die Luft, tauche erneut unter, schlucke Salzwasser, kämpfe mich hoch, pruste, spucke, schnappe verzweifelt nach Luft und sehe, wie das Segel sich aufbäumt, um dann mit unbändiger Kraft zurückzuschnellen. Der Mast landet auf meiner linken Schulter. Der Aufprall ist gewaltig, katapultiert mich zum wiederholten Mal unter die Wasseroberfläche. Ich spüre, wie die Kraft aus meinen Gliedern weicht, und bekomme Angst – Todesangst. Ich will schreien, doch ich kann den Mund nicht öffnen. Ich will nach oben paddeln, aber meine Arme sind wie gelähmt und gehorchen mir nicht.

Im nächsten Moment spüre ich eine Hand, die sich um meinen Oberarm legt und mich an die Wasseroberfläche zurückbefördert. Prustend schnappe ich nach Luft, erkenne

Andre, der mich erschrocken anguckt, und klammere mich an ihm fest. Er muss mir hinterhergesurft sein, als er gesehen hat, dass ich draußen auf dem offenen Meer mein Brett nicht mehr alleine in den Griff bekommen würde.

»Ganz ruhig, Kim«, redet er auf mich ein. »Beruhige dich. Alles wird gut.« Er versucht, sich aus meiner Umklammerung zu befreien, doch die Todesangst sitzt mir noch in den Gliedern, sodass ich panisch an ihm hänge, unfähig, mich zu bewegen.

»Kim, ich versuche, dich rüber zu meinem Brett zu bringen. Aber du musst mich etwas loslassen. So kann ich nicht schwimmen«, erklärt er mir ruhig.

Ob es mir gelingt, meinen Griff zu lockern, weiß ich nicht. Auch wie es ihm gelingt, rüber zu seinem Brett zu schwimmen, mit mir als regungslosem Ballast, bekomme ich nicht so wirklich mit. Aber kurz darauf liege ich der Länge nach und schwer keuchend bäuchlings auf seinem Brett, während er versucht, meins, das gekentert ist, umzudrehen. Er kämpft sich ordentlich ab, doch am Ende schafft er es und klettert auf das Brett. Die Hände als Paddel benutzend, kommt er zu mir rüber.

»Kim, wir können nicht die ganze Strecke mit den Händen zurückpaddeln. Du musst versuchen, dich wieder aufzurichten und das Segel hochzuziehen.«

Ich schüttele den Kopf. »Das kann ich nicht«, wispere ich.

Er nickt. »Doch, Kim, das kannst du! Ich bin mir sicher. Mach jetzt einfach nur, was ich dir sage.«

Ich will erneut verneinen, da höre ich ihn sagen: »Komm, Kim, jetzt lass dich nicht so hängen. Du bist ein starkes Mädchen, eine tolle Frau, du schaffst das. Ich bin mir sicher.«

Langsam hebe ich den Kopf. Ganz langsam komme ich in den Vierfüßlerstand. Ganz langsam richte ich mich auf. Beuge mich etwas vor, bekomme die weiße Schnur zu fassen und ziehe daran das Segel aus dem Wasser. Ich schwanke etwas, weil meine Knie noch immer so zittern, aber ich halte das Gleichgewicht.

»Gut so, Kim, du machst das richtig gut«, redet Andre auf mich ein. »Und jetzt dreh es etwas nach links, nur ein bisschen, und zieh es an dich heran.«

Ich folge seinen Anweisungen. »Sehr gut. Okay, ich bleibe die ganze Zeit neben dir«, verspricht er mir, stellt sich auf und zieht sein Segel aus dem Wasser.

»Bereit?«, fragte er mich.

»Ja!«, rufe ich.

»Hör zu, wir müssen jetzt gegen den Wind ansegeln, damit wir an Land zurückkommen. Das heißt, wir fahren im Zickzackkurs. Aber denk dabei immer an das Gaspedal. Wird der Segeldruck zu groß und das Rigg beginnt, dich nach vorne zu ziehen, dann schnell Druck ablassen, indem du die Segelhand öffnest, die Masthand heranziehst und dein Gewicht nach vorne verlagerst. Automatisch wirst du langsamer. Verstanden?«

»Ja!«, rufe ich ihm noch mal durch den Wind zu.

»Dann versuch, mir zu folgen. Nicht abdriften, hörst du?«

Ich nicke und Andre surft los. Ich folge ihm, so gut ich kann. Ein paar Mal lande ich fast wieder im Wasser, doch ich kann mich jedes Mal im letzten Moment auf dem Brett halten. Die Strecke zurück zum Strand kommt mir wie eine Weltreise vor – niemals bin ich vorhin so weit rausgesurft! Niemals! Bestimmt bin ich anschließend, als ich längst vom Brett geflogen bin, immer weiter aufs Meer hinausgetrieben worden – anders kann ich es mir nicht vorstellen.

Irgendwann ist der Strand endlich wieder zum Greifen nahe. Andre gibt mir erneut Hilfestellungen. »Öffne das Segel mit der Segelhand und drück das gesamte Rigg aufs Wasser. Stütz dich dabei auf der Gabel ab, wenn du merkst, dass du das Gleichgewicht verlierst.«

Ich folge zwar seinen Anweisungen, plumpse aber trotzdem seitlich vom Brett hinunter, nachdem das Segel auf dem Wasser liegt.

Im ersten Moment bekomme ich so einen Schreck, dass ich aufschreie. Aber dann kapiere ich, dass wir mittlerweile so nah am Strand sind, dass ich stehen kann.

»Kim, alles okay?« Er schaut mich besorgt an.

Ich nicke. »Ich wusste nicht, dass ich hier schon wieder stehen kann«, erwidere ich und lächele ihn an, um zu sagen, dass es mir gut geht. Es tut wahnsinnig gut, den festen Sand unter meinen Füßen zu spüren.

Er lächelt zurück. »Alles gut. Du bist in Sicherheit. Deinen ersten Surfausflug aufs offene Meer hast du unbeschadet überstanden.«

Ich stakse an Land, ziehe das Brett samt Mast und Segel hinter mir her. Als die Flosse schließlich im Sand stecken bleibt, hieve ich es aus dem Wasser und schleppe es mit letzter Kraft auf den Strand. Völlig erschöpft und mit klopfendem Herzen sinke ich der Länge nach rücklings in den Sand und schließe die Augen.

Einen kurzen Moment später bemerke ich, dass sich Andre neben mich in den Sand gesetzt hat, und öffne sie wieder.

»Es tut mir leid. Echt«, murmele ich.

Er schaut mich an, mit einem ganz und gar sonderbaren

Blick, dann räuspert er sich und sagt leise: »Du hast mir einen Höllenschreck eingejagt. Mein zweiter Arbeitstag an der neuen Schule und gleich gerät eine meiner Schülerinnen in Lebensgefahr.«

Langsam richte ich mich auf und versuche ein schiefes Lächeln. »Keine Sorge, ich bin ja nicht mal Ihre Schülerin.«

Andre grinst, wird dann aber schnell wieder ernst. »Und ich bin noch kein fertiger Lehrer, klar, alles eine Auslegungssache. Aber du hast dich in meiner Obhut befunden. Das zählt.«

Ich zucke mit den Schultern. »Ich bin volljährig.«

»Spielt keine Rolle, dies ist eine Schulveranstaltung.« Er hebt eine Augenbraue. Und so wie er mich anschaut, bin ich mir gar nicht sicher, ob wir immer noch übers Surfen sprechen.

Ich merke, dass ich rot werde. »Okay«, sage ich gedehnt und bekräftige: »Aber wirklich, noch mal: sorry. Ich hatte das so nicht geplant, aber es fühlte sich so verdammt gut an, da draußen so frei zu sein.«

»Ich weiß, es ist dann manchmal fast so, als würde man fliegen«, erwidert er und blickt mir ins Gesicht. »Aber das nächste Mal darfst du dich nicht so gedankenlos treiben lassen, okay? Das ist es nicht wert.«

Erschrocken sehe ich auf – wie hat Andre das gemeint? Sein Blick ist unergründlich, aber ich fühle mich so, als würde er tief in mich hineinsehen und dort etwas finden, was nicht mal ich mir einzugestehen wage.

Ich muss schlucken. So wie er das gerade gesagt hat, hat sich die Sache mit Simon und Jana wohl inzwischen sogar unter den Lehrern herumgesprochen?! Der denkt doch jetzt wohl nicht, ich wäre mit Absicht so weit rausgefahren? Ich räuspere mich. »Andr… Herr Salm«, beginne ich vorsichtig. »Ich, also, ich schätze, ich muss da jetzt noch mal etwas klarstellen. Ich habe das eben wirklich nicht mit Absicht gemacht. Und was Simon betrifft, auch wenn es Sie natürlich überhaupt nichts angeht, aber *ich* habe mich von ihm getrennt. Schon gestern. Und deshalb bin ich auch nicht aus lauter Verzweiflung aufs offene Meer hinausgesurft, um es mit fiesen Monsterwellen aufzunehmen.«

Andre lacht auf. »Mach dir keinen Kopf, das meinte ich gar nicht. Wirklich nicht.« Er schaut mich an. Wieder dieser intensive Blick. »Aber das mit dem Schlussmachen war bestimmt kein Fehler.«

Bevor ich etwas erwidern kann, zum Beispiel, was ihn das eigentlich angeht und was er damit gemeint hat, ist er aufgesprungen und macht sich an seinem Brett zu schaffen. »Ich glaube, wir müssen los, die anderen machen sich Sorgen«, meint er und nickt mir auffordernd zu.

Ich schaue mich hektisch um. Die anderen? Ich kann sie nicht entdecken. Allerdings befindet sich hinter uns auch nicht die Jugendherberge, sondern die Dünen.

»Wo sind wir hier eigentlich?«, frage ich völlig verdattert.

Andre zuckt mit den Schultern. »Na ja, da das irgendwie mit dem Zickzackkurs noch nicht ganz so bei dir geklappt hat, ich aber auch nicht riskieren wollte, dass du noch mal vom Brett fliegst, sind wir nun gut eineinhalb, vielleicht sogar zwei Kilometer von unserem Ausgangspunkt abgedriftet.«

»Waaas?« Ich glaube es nicht. »Und nun?«

Andre runzelt die Stirn. »Erst habe ich überlegt, wir ziehen die Bretter einfach im halbhohen Wasser hinter uns her. Aber dahinten ist eine Stelle, da kann man gut mit dem Auto ranfahren. Ich laufe alleine zurück und du passt solange auf die Bretter auf.«

»Okay«, sage ich matt und ich bin froh, nicht zwei Kilometer Fußmarsch unter Andres Blick zurücklegen zu müssen. Trotzdem biete ich an: »Aber ich würde es auch locker schaffen, das Brett durchs Wasser zurück zur Jugendherberge zu ziehen.«

»Schon gut, bis gleich. Rühr dich nicht von der Stelle«, erwidert er und joggt davon.

Ich schaue ihm so lange nach, bis von ihm nur noch ein kleiner Punkt in der Ferne zu erkennen ist. Dann lasse ich mich wieder in den Sand sinken und lasse meine Gedanken treiben.

10

Kim, komm, mir kannst du doch die Wahrheit sagen, hast du dich mit Absicht von Andre Salm retten lassen?« Pauli zwinkert mir verschwörerisch zu.

Ich zeige ihr einen Vogel. »Blödsinn! Niemals! Warum auch, das war echt megagefährlich da draußen!« Ich bin regelrecht empört darüber, wie Pauli auf die Geschichte angesprungen ist, als Lea sie ihr am Mittag auf die Nase gebunden hat. Die Mädels scheinen fast kein anderes Thema mehr zu haben.

Zusammen mit Pauli bin ich zu Fuß in die Innenstadt von Westerland gelaufen, um mich ein bisschen umzuschauen. Lea hat nach dem Mittagessen so heftige Kopfschmerzen bekommen, dass sie beschlossen hat, in der Jugendherberge zu bleiben, und Anna hatte mehr Lust auf Relaxen am Strand. Wir mussten Lea jedoch hoch und heilig versprechen, bei *Gosch* vorbeizugehen und ihr ein Krabbenbrötchen mit Cocktailsoße mitzubringen.

Eben haben wir einen Blick runter zum Strand geworfen, uns dann aber für die Innenstadt entschieden. Am Strand hat sich uns ein ähnlich überfülltes Bild geboten wie hier in der Westerländer Innenstadt – an den Strand gehen wir daher lieber später, an unserem Jugendherbergsabschnitt, wo es ruhiger ist. Außerdem haben Pauli und ich eh nicht daran gedacht, unsere Kurkarten einzustecken, und ohne die darf man nicht an den Strand. Keine Chance, es gibt sogar Strandwärter, die darüber wachen, wer an den Strand darf und wer erst eine Karte kaufen muss.

Nun sitzen wir mittendrin; draußen vor dem Sylter Traditionsfischrestaurant, die Sonne funkelt mit der Sylter Prominenz, die hier bei *Gosch* in Scharen anzutreffen ist, um die Wette.

Pauli hat mir bis eben von Alfi vorgeschwärmt, einem der Surflehrer, bei denen die Fortgeschrittenen heute Vormittag Unterricht hatten. Dieser Alfi sieht laut Pauli fast so gut aus wie Andre Salm, dafür ist er kein Lehrer und somit wesentlich geeigneter für eine kleine Sylter Sommerliebelei. O-Ton Pauli.

Doch dann musste ich ihr haarklein von meinem nicht gewollten Zusammenprall mit den Mörderwellen berichten und dabei natürlich auch, wer mich quasi in letzter Sekunde gerettet hat. Seitdem fantasiert sie herum – und zwar jede Menge Blödsinn.

»Ist dir eigentlich mal aufgefallen, wie der dich immer anguckt, Kimilein? Total ... hm ... na ja, interessiert, finde ich«, behauptet sie und ich schüttele nur den Kopf.

Aber vielleicht ist dies der richtige Moment, um wenigstens Pauli anzuvertrauen, dass Andre und ich uns schon vorher kannten und, na ja, uns auch auf sonderbare Weise irgendwie zueinander hingezogen gefühlt haben. Doch ich ahne, was Pauli daraus machen und wie sie mich ermutigen wird, und das kann ich gerade überhaupt nicht gebrauchen bei all dem Gefühlshinundher. Über das ich mir selbst nicht mal im Klaren bin.

Deshalb tut es mir leid, dass ich bei diesem Thema schon

leicht genervt klinge, als ich ihr widerspreche: »Nein, das ist mir nicht aufgefallen. Und es kann mir auch gar nicht aufgefallen sein, weil es nicht stimmt. Herr Salm guckt mich *nicht* interessiert an. Zumindest nicht so interessiert, wie du es meinst.« Sehr kompliziert, das merke ich selbst. Also füge ich hinzu: »Die Einzige, die mir auf dieser Insel bisher eindeutige Komplimente in diese Richtung gemacht hat, liebe Pauli, bist du! Märchenschönheit? Hallo?!« Ich grinse sie von der Seite an und hoffe, dass sie mir meine Genervtheit von eben verzeiht.

Pauli grinst vielsagend und lässt dann ihren Blick über die voll besetzten Nachbartische schweifen. Da stößt sie mir ihren Ellbogen in die Seite und zischt aufgeregt: »Guck mal, Kim, das ist doch dieser Schauspieler aus *Alles was zählt*, oder? Mist, ich komm nicht auf seinen Namen. Fällt er dir denn nicht ein?«

Ich folge ihrem Blick, sehe jeden Menge Leute in langen Reihen auf Stühlen sitzen, an Stehtischen lehnen. Die meisten trinken Wein und Prosecco, essen Fischbrötchen oder auch etwas größere Fischgerichte, schwatzen, lachen und genießen die Sonne und das Leben, aber diesen angeblichen Schauspieler kann ich nicht entdecken. Ich bin nur froh, dass Pauli endlich vom Thema *Andre & Kim* abgelassen hat.

Ich zucke mit den Schultern. »Hm, ich sehe keinen Schauspieler.«

Pauli rutscht von ihrem Hocker, zieht ihr Shirt zurecht, verwuschelt sich leicht ihre blonde Lockenmähne und drängt sich durch die engen Tischreihen.

»Wo willst du hin?«, rufe ich ihr überrascht hinterher.

Sie wirft mir einen Blick über die Schulter zu, grinst,

wie nur Pauli grinsen kann, und sagt: »Ich frage ihn nach seinem Namen. Sonst zermartere ich mir noch stundenlang das Hirn.«

Ich fasse es nicht, sie steuert tatsächlich auf einen jüngeren Typen zu, der mit zwei anderen in ein lockeres und anscheinend amüsantes Gespräch vertieft ist.

Pauli baut sich direkt vor ihnen auf, und als sie die Haare zurückwirft, die linke Hand locker in die Hüfte stemmt und mit der rechten lässig die Sonnenbrille ins Haar zurückschiebt, hat sie sofort die Aufmerksamkeit der drei Typen. Obwohl Pauli mir den Rücken zugewandt hat, kann ich mir vorstellen, wie sie die drei mit ihren blauen Augen anstrahlt und auf unnachahmlich lockere Pauli-Art mit ihnen ins Gespräch kommt.

Pauli unterhält sich angeregt mit den drei Typen und irgendwann wendet sie sich zu mir um und bedeutet mir mit Handzeichen, dass ich rüberkommen soll. Ich schüttele den Kopf.

»Nun mach schon, Kim!«, ruft sie mir zu.

Ich will nicht. Aber Pauli ist davon überzeugt, mir mit allen Mitteln klarmachen zu müssen, dass die Welt bunt und schön ist, auch ohne Simon – oder anders: *endlich* ohne Simon. Zumindest verstehe ich ihre Aktion so und die drei Typen kommen ihr da bestimmt sehr recht. Sie wird nicht eher Ruhe geben, bis ich mich zu ihnen geselle, da bin ich mir sicher.

»Was soll's«, murmele ich vor mich hin, erhebe mich seufzend und schlendere zum Nachbartisch.

Natürlich ist keiner von ihnen Schauspieler, aber dennoch fühlt sich Pauli in ihrer Gesellschaft offensichtlich sehr wohl. Ruckzuck haben sie neue Getränke für alle bestellt und auch mich in ihrer lustigen Runde aufgenommen. Die drei sind nett und wirklich unterhaltsam, sie kommen aus Berlin und erzählen uns, dass sie bereits das siebte Mal auf Sylt sind.

»Westerland ist meine ganz, ganz große Liebe«, sagt einer von ihnen, er ist groß und dunkelblond, vielleicht Anfang zwanzig. »Wer einmal hier gewesen ist, der muss immer wieder kommen.«

»Und warum? Ich meine, es ist schön hier – ohne Frage. Aber woanders an der Küste ist es auch schön und nicht annähernd so voll wie auf Sylt«, frage ich ihn – denn wenn ich ganz ehrlich bin, dann ist bisher noch immer nichts von diesem viel beschriebenen Sylter Zauber auf mich übergesprungen. Außerdem wird Sylt jetzt wohl für alle Zeiten als der Ort in meine Erinnerung eingehen, an dem ich mich von meinem Freund getrennt habe, um ihn kurz darauf in flagranti mit einer anderen in den Dünen zu erwischen. Ich schätze, zwischen dieser Insel und mir wird sich kaum die ganz, ganz große Liebe entwickeln. Aber das behalte ich natürlich für mich, während Pauli mir einen verständnisvollen Blick zuwirft.

»Ich weiß nicht, wie ich es dir erklären soll – für mich ist es einfach diese ganz besondere Atmosphäre hier auf Sylt, die ich so woanders noch nicht erlebt habe.«

»Wollt ihr morgen Abend mit in die *Sansibar* kommen?«, fragt uns der Braunhaarige, den Pauli für den Schauspieler gehalten hat. »Wir haben einen Tisch für acht Uhr abends reserviert.«

Pauli ist sofort begeistert. »Oh ja!«, ruft sie und stößt mir den Ellbogen auffordernd in die Seite. »Super Idee, nicht wahr, Kim?«

Ich möchte sie eigentlich daran erinnern, dass wir mit unserem Sportkurs hier sind. Dass dies eine Schulfreizeit ist und dass wir, auch wenn wir beide volljährig sind, dennoch nicht einfach abends mit irgendwelchen Typen in irgendeine *Sansibar* gehen können. Aber ich schätze, wenn wir schon mal hier sind – und das eines der Highlights der Insel sein soll – warum nicht?!

»Wir überlegen es uns, okay?«, erwidere ich und werfe Pauli einen bedeutungsvollen Blick zu. »Pauli? Wir müssen los. Es gibt gleich Abendessen«, füge ich leise hinzu.

Doch Pauli will nicht. »Ach komm, gerade, wo es witzig wird«, raunt sie mir zu. »Tom, Fabian und Arne sind echt lustig, und ob wir nun zum Abendessen da sind oder nicht, das fällt bestimmt eh keinem auf.«

Da mir nach Feiern nicht so richtig zumute ist, antworte ich: »Dann gehe ich alleine und du kommst nach?«

Pauli seufzt. »Okay, ich trinke nur noch aus, dann können wir von mir aus zurück.«

Ich rutsche von meinen Hocker. »Okay. Ich kaufe schon mal für Lea das Krabbenbrötchen.« Danach wende ich mich an die drei Jungs. »Tschau, macht's gut und vielen Dank noch mal für das Getränk. Vielleicht bis morgen.«

»Schönen Abend noch!«

Nachdem ich das Fischbrötchen für Lea gekauft habe, ist Pauli immer noch nicht zum Aufbruch bereit. Ich gebe ihr mit einem Handzeichen zu verstehen, dass ich schon mal langsam vorgehe, und schlendere dann die Einkaufsstraße hinunter, die zurück zur Jugendherberge führt. Am liebsten würde ich unten am Strand langgehen und nicht hier mitten durch den Verkehr laufen. Doch ohne Kurkarten ist das nun mal nicht möglich und jetzt ärgere ich mich noch mehr, dass ich vorhin nicht daran gedacht habe, sie einzustecken.

Als ich die Hauptstraße erreicht habe, fehlt von Pauli immer noch jede Spur. Inzwischen ist es kurz nach halb sechs. Ich nehme mein Handy aus der Tasche und schreibe Pauli eine WhatsApp, dass sie auch wirklich nachkommen soll.

Kaum habe ich das Handy wieder in meiner Tasche verstaut und mich zum Gehen gewendet, bleibe ich wie erstarrt stehen. Jana und Simon. Sie haben gerade zusammen einen Klamottenladen verlassen, Simon trägt eine große Tüte in der Hand. Ich fasse es nicht, sind die jetzt zusammen, oder was?!

Ich will hinter der Hausecke verschwinden. Den beiden gegenüberzustehen, womöglich auch noch Arm in Arm, das schaffe ich nicht. Doch Simon hat mich bereits entdeckt. Er lässt Jana einfach stehen und kommt auf mich zugeeilt.

»Kim, warte!«, ruft er mir über die Straße zu. Ich möchte weglaufen, doch meine Beine sind wie gelähmt.

»Was machst du hier?«, fragt er, als er mich erreicht hat.

Ich hole tief Luft, sehe aus dem Augenwinkel, dass Jana ebenfalls die Straße überquert und langsam auf uns zukommt.

»Das geht dich nichts an, vergessen?«, gebe ich knapp zurück.

Simon dreht sich zu Jana um, die nun nur noch ein paar Schritte von uns entfernt ist. Was soll das? Wollen die beiden mir ihre neue große Liebe direkt vor Augen führen?

Ich wende mich ab, doch Simon umfasst meinen Unterarm. »Warte, Kim, bitte!«, fleht er mich an. »Jana möchte dir etwas sagen.«

Jana ist jetzt fast bei uns. Mir fällt auf, dass sie nicht humpelt und dass ihr Gesicht leichenfahl ist. Als sie schließlich direkt vor mir steht, kann sie mich nicht angucken.

Simon verpasst ihr einen wenig charmanten Stoß in den Rücken. »Sag es ihr!«, knurrt er.

Jana stiert auf ihre Fußspitzen. Ihre Schultern hängen herab, ihre Arme baumeln an ihren Seiten herunter, als gehörten sie nicht zu ihr. So habe ich sie noch nie erlebt, nicht mal, wenn ihre Eltern ihr eine Standpauke gehalten haben. Allerdings erkenne ich Simon auch nicht wieder – so herrisch und grob, wie er Jana gerade seinen Ellbogen in den Rücken gerammt hat. Nein, das ist absolut nicht der Junge, in den ich verliebt war.

»Jana!«, herrscht er sie nun erneut an. »Los!«

Plötzlich tut sie mir leid. Was auch immer sie mir sagen will – muss, denn scheinbar *zwingt* Simon sie dazu –, es scheint ihr fast das Herz zu brechen.

»Ich gehe jetzt«, murmele ich.

»Nein!«, ruft er erschrocken. »Erst musst du dir anhören, was Jana dir zu sagen hat!«

Jana blickt auf, nur für den Hauch eines Moments. Unsere Augen treffen sich, ihre schwimmen in Tränen, und auch wenn ich sie hassen möchte, in diesem Moment habe ich einfach nur Mitleid mit ihr.

»Simon wollte das alles nicht«, wispert sie. »Ich-ich habe mich an ihn rangemacht, ihn versucht zu verführen. Aber er hat mich ...« Sie stockt, atmet zitternd durch. »Er hat mich weggestoßen.«

»Hast du das gehört, Kim?«, ruft Simon fast ein wenig triumphierend. »Ich konnte überhaupt nichts dafür. Jana ist über mich hergefallen. Aber ich habe sie weggestoßen. Zwischen uns ist nichts gelaufen.«

Er schaut mich an, hoffnungsvoll, so als ob er damit rechnet, dass ich ihm in die Arme falle und erkläre, dass nun alles wieder gut zwischen uns ist. Aber das wird es nie wieder werden. Besonders, da er in diesem Moment Jana anherrscht: »Erklär Kim mal, warum sie uns hier nun wieder zusammen antrifft! Sag ihr, dass du mir hinterhergeschlichen bist. Los, Jana, sag Kim die Wahrheit. Sag ihr, wie es war!«

Es wird mir heiß und kalt gleichzeitig, denn ich sehe plötzlich nicht Jana vor mir, die mit bleichem Gesicht dasteht, sondern mich selbst. So wie Simon sie gerade unter Druck setzt, sie zu Sachen drängt, die sie nicht machen möchte, so hat er es immer wieder mit mir getan – nur scheinbar liebevoller und mit der Ich-bestimme-einfach-für-uns-beide-Masche. Und plötzlich sehe ich klar – so klar wie seit einem Jahr nicht mehr: Ich bin heilfroh, regelrecht erleichtert, dass ich nicht mehr mit Simon zusammen bin.

Ich drehe mich einfach von den beiden weg, ignoriere Simons Rufe und laufe die Hauptstraße entlang. Ich möchte zum Meer, runter an den Strand. Ich sehne mich nach dem Wind, dem salzigen Duft von Weite und Freiheit und beschließe, über die Dünen zu klettern. An irgendeiner Stelle muss es doch wohl möglich sein, unbemerkt an den Strand zu gelangen?

Doch als ich instinktiv nach rechts abbiege, einer langen geschwungenen Seitenstraße folge, liegen da leider nicht die Dünen vor mir, sondern ein kleines Waldstück. Dahinter befindet sich der Strand, entnehme ich zumindest den Wegweisern und hoffe, dass es von hier aus irgendwo eine Lücke gibt, die nicht von einem dieser Strandwärter bewacht wird.

Ich biege auf den Waldweg ein und halte mich weiterhin rechts. Doch statt der erhofften Dünen, durch die ich mich heimlich schleichen kann, gelange ich als Nächstes auf einen Waldspielplatz. Er scheint allerdings nicht unbedingt zu den Hot Spots der Insel zu gehören, denn bis auf einen Vater mit seinem kleinen Sohn, der lauthals danach verlangt, dass Papa mit ihm wippt, ist es hier angenehm ruhig und friedlich.

»Entschuldigen Sie«, spreche ich den Vater an. »Können Sie mir sagen, ob ich von hier aus irgendwie runter an den Strand komme?«

Doch er zuckt nur mit den Schultern. »Tut mir leid. Wir sind das erste Mal auf der Insel und auch erst vor knapp einer Stunde hier angekommen.«

»Papaaaa, wippen!«, verlangt der kleine Junge und zupft seinen Vater energisch am Hemdzipfel herum.

»Nein, Jan-Luca. Für heute reicht es. Wir kommen morgen wieder.« Damit nimmt er seinen Sohn auf den Arm und verlässt mit ihm den Waldspielplatz.

Die plötzliche Stille ist richtig wohltuend. Doch leider habe ich nicht den geringsten Plan, wo ich mich eigentlich gerade genau befinde. Okay, ich habe mich immer rechts gehalten. Ich schaue mich um, entdecke einige Wegweiser-Schilder am Ende des Waldwegs und hoffe, dass ich gleich klüger sein werde.

Links geht es nach Hörnum, rechts zurück in die Innenstadt von Westerland, geradeaus zum Strand. Nur ist da leider kein Weg, den ich nehmen kann, nur undurchdringbares Dickicht und Geäst. Ich nehme innerlich Abschied vom Strand und mache mich auf nach Hörnum, um es noch halbwegs pünktlich zur Jugendherberge zu schaffen.

Ich bin schon eine Weile unterwegs und habe sonderbarerweise seit dem Vater mit seinem kleinen Sohn keine Menschenseele getroffen, was ja irgendwie nicht zu der sonst so überfüllten Insel passt, da klingelt mein Handy.

»Kim? Wo bist du denn?«, fragt Pauli aufgeregt und ohne Begrüßung.

»Im Wald«, gebe ich knapp zurück.

»Im Wald? In welchem Wald denn? Und warum?«

Ich stöhne in den Hörer. »Weil ich mich irgendwie verlaufen habe. Aber sag mal, Richtung Hörnum ist doch richtig, oder?«

»Kein Plan«, gibt sie zu. »Aber warte mal, ich frage mal den Salm, der kommt grad um die Ecke.«

»Nein!«, rufe ich ins Handy. »Bloß nicht.«

Doch Pauli hat es wohl schon vom Ohr genommen. Ich höre sie etwas sagen, ob und was Andre darauf antwortet, kann ich nicht verstehen.

Nach einem kurzen Moment habe ich sie wieder am Apparat. »Okay, Kim, da ist doch bestimmt irgendwo ein Straßenschild.«

»Im Wald?«

»Bist du denn so richtig im Wald? Ich wusste gar nicht, dass es hier auf Sylt überhaupt einen gibt!«, wundert sich Pauli.

Ich schaue mich um. »Na ja, es ist eher ein sehr kleiner Wald ...«, gebe ich zu.

Es knackt eigenartig in der Leitung, dann höre ich plötzlich Andre sagen: »Hallo, Kim, hier ist Andre Salm. Pauline meint, du hättest dich verlaufen.«

»Verlaufen ist vielleicht leicht übertrieben«, entgegne ich und werde schon wieder rot bei dem Gedanken, für wie schusselig mich Andre eigentlich halten muss: Erst gehe ich fast beim Surfen drauf und jetzt habe ich mich auch noch verlaufen!

»Weißt du, wie du zurück zur Jugendherberge kommst?«, bohrt er nach.

Ich hole tief Luft. »Ich schätze, immer geradeaus. Dann werde ich schon irgendwann ankommen.«

»Ist denn da niemand in der Nähe, den du nach dem Weg fragen kannst?«

»Auf dem Spielplatz ist leider um diese Uhrzeit keiner mehr.«

»Spielplatz. War das eine Art Abenteuerspielplatz mit einer großen Wippe und allen möglichen Klettergerüsten aus Holz?«

Ich überlege kurz und sage dann: »Ja, auf jeden Fall mit einer riesigen Wippe.«

»Okay, dann weiß ich, wo du bist. Am besten, du gehst zurück zu dem Spielplatz. Ich fahre mit dem Auto los und hole dich ab.«

Eh ich protestieren kann, dass er das echt nicht machen muss, weil ich garantiert den Weg auch alleine zurückfinde, habe ich wieder Pauli am Handy.

»Du bist mir vielleicht so eine Nuss!«, säuselt sie in den Hörer und kichert. »Aber fürchte dich nicht, dein Retter ist schon unterwegs.«

»Pauli, Mann! Hat er das etwa gehört?«, gebe ich ärgerlich zurück. »Warum musst du das denn gleich Andre Salm sagen? Der denkt doch jetzt, ich bin so ein typisches Mädchen ohne Orientierungssinn.« Und dann fällt mir noch etwas ein. »Sag mal, warum bist du eigentlich schon in der Jugendherberge? Ich bin doch ewig vor dir losgegangen?«

»Tom, Arne und Fabian haben mich schnell mit dem Auto gebracht. Wir haben überall nach dir Ausschau gehalten, aber wer ahnt denn, dass du im Wald herumirrst ...?!« Sie kichert schon wieder. »Ich muss jetzt in den Speisesaal. Sonst bekomme ich nichts mehr zum Essen – aber keine Sorge, ich reserviere was für dich. Den Jungs habe ich übrigens für heute Abend abgesagt. Ich fand sie zwar okay, aber nicht so, dass ich mit denen in die *Sansibar* muss«, sagt Pauli. »Also, Süße, halte durch. Der Salm ist bestimmt gleich bei dir. Küsschen.«

Halte durch – als hätte ich mich in der Antarktis verlaufen.

11

Nachdem ich das Handy weggesteckt habe, bleibe ich noch einen Moment unentschlossen auf dem Weg stehen. Ich bin hin- und hergerissen, ob ich nicht doch einfach weitergehen sollte. Der Gedanke, dass Andre mich auflesen und zurück zur Jugendherberge bringen muss, treibt mir immer mehr die Schamesröte ins Gesicht.

Doch wenn er schon extra meinetwegen losfährt und mich auf dem Abenteuerspielplatz nicht antrifft, wäre das auch echt arschig von mir. Ich habe gerade den Spielplatz erreicht, da entdecke ich Andre. Ich muss also tatsächlich bereits in unmittelbarer Nähe der Jugendherberge gewesen sein. Jetzt komme ich mir sogar noch dämlicher vor, wenn das überhaupt möglich ist.

»Kim!«, ruft er, als er mich ebenfalls sieht, und kommt mit eiligen Schritten auf mich zu.

Ich hebe die Hand, lasse sie wieder sinken und möchte am allerliebsten in irgendeinem Loch verschwinden.

»Alles okay bei dir?«, erkundigt er sich und legt mir besorgt die Hand auf die Schulter.

Ich kann ihn nicht anschauen. Ich kann einfach nicht den Kopf heben. Mein Gesicht glüht, und ehe ich mich versehe, hat er mich auch schon wie ein verschrecktes Huhn behutsam rüber zu einer Holzbank geführt. »Na komm«, meint er mit sanfter Stimme und schaut mich auffordernd an. Und ich? Ich bin absolut nicht in der Lage, ihm zu sagen, dass das völlig überflüssig ist. Dass es mir gut geht und ich jetzt eigentlich nur auf dem schnellsten Weg in die Jugendherberge möchte. Wo ich dann den Rest der Sportfreizeit in meinem Zimmer verbringen werde – oder wahlweise im Erdboden versinken möchte, um bloß nicht Gefahr zu laufen, mich erneut zum Gespött vor allen anderen und insbesondere vor ihm zu machen.

»Keine gute Zeit gerade für dich, stimmt's?«, sagt er derart einfühlsam, dass mir heiß und kalt zugleich wird – und, zu meinem Schreck, Tränen in die Augen steigen. Ich starre auf die Tüte mit Leas Krabbenbrötchen in meinen Händen und versuche verzweifelt, die Tränen wegzuzwinkern.

»Ich kann dich gut verstehen«, redet Andre weiter. »Ich habe mich vor knapp einem halben Jahr auch von meiner langjährigen Freundin getrennt und erinnere mich noch ...« Er stockt, schüttelt den Kopf und sagt dann mit rauer Stimme: »Entschuldigung, ich weiß jetzt auch nicht ... also, na ja, ich wollte ... ich dachte nur, es hilft dir, wenn du ...« Er bringt den Satz nicht zu Ende. Er ist verlegen, stelle ich verwundert fest. Der sonst so souveräne Andre ist tatsächlich gerade genauso neben der Spur wie du selbst, Kim.

Ich hebe langsam den Kopf, neige ihn leicht zur Seite und dann blicke ich direkt in seine braunen Augen. Seine Hand liegt noch immer auf meiner Schulter. Die Haut darunter fängt zu prickeln an, wird immer heißer und heißer, glüht regelrecht. Ich bekomme kaum noch Luft, während mein Herz wie verrückt trommelt.

»Okay!«, ruft er plötzlich und springt wie angestochen

auf. »Dann lass uns mal schnell zur Jugendherberge fahren. Die anderen machen sich bestimmt schon Sorgen!«

Dort, wo seine Hand lag, da brennt es noch immer, selbst dann noch, als ich schon im Auto sitze und er den Motor gestartet hat. Dann sitzt er neben mir und plötzlich glüht nicht nur die Stelle auf meiner Schulter, mein ganzer Körper scheint irgendwie in Flammen zu stehen. So nah bei Andre zu sitzen, umgeben von seinem leicht herben Duft, so wahnsinnig männlich, und wie er ein- und ausatmet, das alles sorgt für noch mehr Chaos in meinem Kopf. Gerade habe ich mich von Simon getrennt und nun – verdammt, ich werde doch wohl nicht ... nein ... niemals ... ich bin bestimmt nicht dabei, mich in Andre zu verlieben: Blödsinn! Garantiert nicht!

Nur warum bekomme ich dann kaum noch Luft und warum schlägt mein Herz, als würde es sich auf einen Marathon vorbereiten?

Verstohlen tupfe ich mir eine kleine Schweißperle von der Oberlippe. Keiner von uns sagt ein Wort, im Inneren des Wagens herrscht eine Stille, die aufgeladen scheint mit ... Unaussprechlichem.

Schließlich räuspert sich Andre. »Das Auto gehört übrigens Katja.«

»Ach so«, murmele ich und frage mich, wer Katja ist.

»Du weißt doch, wer Katja ist?«

Ich nicke. Dann schüttele ich den Kopf. »Nein ... eigentlich nicht.«

Andre lacht leise auf. »Das typische Katja-Syndrom. Sie stellt sich den Besuchern der Jugendherberge mindestens drei, vier Mal vor und dennoch merkt sich keiner ihren Namen. Bei Hannes, ihrem Mann, ist das ganz anders. Er murmelt einmal zur Begrüßung: *Moin, Moin, ich bin der Hannes, euer Herbergsvater. Viel Spaß auf Sylt und benehmt euch.* Dann ist alles super.«

Stimmt. An Hannes kann ich mich sofort erinnern. Sogar an den Klang seiner Stimme. Außerdem hat er die Sache mit dem Surfkurs in Rantum organisiert. Ich habe ihn wesentlich präsenter vor Augen als seine Frau Katja. Allerdings ist das kein Wunder, Hannes ist bestimmt 1,90 groß, extrem breitschultrig und trägt einen dunklen Vollbart. Seine Frau hingegen ist klein, zierlich, und wenn ich mich richtig erinnere, mittelblond.

»Ich kenne die beiden schon eine halbe Ewigkeit«, wiederholt Andre das, was Frau Hammerkern bei unserer Ankunft schon nebenbei erwähnt hatte. »Katja und ich sind zusammen zur Schule gegangen und waren drüben in Keitum Eins-weiter-Nachbarn.« Ich sehe ihn gedankenverloren lächeln, als ich mich traue, ihn kurz von der Seite zu betrachten. Ich sollte darauf eingehen, er hat schließlich die Brücke für einen normalen Umgang zwischen uns gebaut. Ich könnte ihn zum Beispiel fragen, warum er von Sylt weggegangen ist. Oder noch mal nach Jack fragen. Neulich hat er mir ja nicht darauf geantwortet. Aber ich schaffe es einfach nicht, meine plötzliche Befangenheit abzulegen. Also bleibe ich stumm, bis wir kurz darauf die Jugendherberge erreicht haben.

Andre parkt den Wagen und steigt aus.

»Danke fürs Abholen«, murmele ich und lächele zaghaft. Er hebt einen Mundwinkel und nickt mir kurz zu, er wirkt irgendwie ein wenig enttäuscht – und genauso fühle ich mich auch. Erst Simons und mein Streit am Bus, dann der peinliche Kuss mit Simon, unsere Strandbegegnung, bei der ich kaum ein Wort rausgebracht habe, mein idiotischer Surfausflug, nicht zu vergessen die »Märchenschönheit« … und jetzt auch noch mein Verlaufen. Oh Mann, wie oft ich mich gegenüber Andre blamiert habe …!

Ich hetze hoch in mein Zimmer, bin heilfroh, dass die anderen beim Essen sind, werfe Leas Krabbenbrötchen auf den Tisch und sinke auf mein Bett. Ich fühle mich, als hätte ich gerade einen vierstündigen Marathonlauf hinter mich gebracht. Ich habe weiche Knie, einen viel zu schnellen Puls und irgendwie ist mir flau im Magen.

Die Tür wird schwungvoll aufgestoßen und Pauli kommt ins Zimmer. »Da bist du ja!«, ruft sie und lässt sich neben mir auf das Bett fallen. Sie stützt sich auf dem rechten Ellbogen ab und starrt mich aufgeregt an. »Erzähl! Wie war's mit Andre?«

Ich schlage mir die Hände vors Gesicht und stöhne auf. »Oh nein, Pauli, jetzt fang nicht schon wieder damit an! Es gibt kein ›mit Andre‹!«

Pauli zerrt mir schmunzelnd die linke Hand vom Gesicht. »Hey, hey, Kim, sag mal, da liege ich ja wohl tatsächlich richtig mit meiner Vermutung.«

Ich lasse die rechte Hand freiwillig sinken und gucke Pauli verblüfft an. »Was meinst du damit?«

Sie zwinkert mir verschwörerisch zu. »Komm, Kimilein, mir machst du nichts vor. Mir ist gestern im Bus schon aufgefallen, wie du ihn heimlich beobachtet hast. Aber da habe ich noch fest geglaubt, dass du dich eh niemals traust, Mister Superman Simon von Großmaul den Laufpass zu geben. Aber jetzt …«

Ich richte mich langsam auf und starre sie kopfschüttelnd an. »Pauli, was redest du bloß für einen Müll? Ich habe Andre Salm weder heimlich beobachtet noch sonst welche Absichten. Er wird bald Lehrer ...«

»*Wird,* Kim! Noch ist er Referendar – noch dazu nicht mal unserer –, und bevor er jemals Lehrer wird, hast du längst das Abi in der Tasche, und da er als Referendar in der Oberstufe keine Unterrichtsbesuche machen darf, kommst du auch die letzten Monate bis zum Abi nicht in die Verlegenheit, dass er plötzlich in irgendeinem deiner Kurse auftauchen könnte.«

Ich kann sie nur anstarren und sage dann entschlossen: »Du spinnst, Pauli, und das ganz gewaltig.«

Doch Pauli ist sich mal wieder keiner Schuld bewusst. »Also, wenn Andre Salm mich auch nur ein einziges Mal so angeguckt hätte wie dich, Kim, dann gäbe es für mich kein Halten mehr.«

Ich zeige ihr einen Vogel und muss unwillkürlich lachen. »Du spinnst!«

»Und du wiederholst dich!« Sie grinst mich an.

Hilflos zucke ich mit den Schultern. »Und selbst, wenn. Ich habe mich gerade von Simon getrennt. Ob du es glaubst oder nicht, auch wenn wir uns in letzter Zeit dauernd gestritten haben, trotzdem tut es verdammt weh.« Ich muss schwer schlucken, bevor ich hinzufügen kann: »Ich habe momentan echt keinen Kopf für irgendeinen anderen Typen.«

Pauli küsst mich auf die Stirn und raunt mir dann zu: »Aber vielleicht sieht dein Herz das ganz anders und nur darauf kommt es an.«

Ich will etwas entgegnen, aber da öffnet sich die Tür und Lea und Anna kommen herein.

»Partytime!«, ruft Anna begeistert. »Wir haben gerade

spontan beschlossen, heute Abend eine kleine Party am Strand zu veranstalten. Damit du auf andere Gedanken kommst, Kim.«

»Echt?« Pauli springt von meinem Bett und ist sofort Feuer und Flamme. »Hat die Hammerkern nicht verkündet, dass es mit ihr als begleitende Lehrerin keine Strandpartys oder Ähnliches geben wird?«

Lea nickt. »Sie hat sich auch erst wieder total angestellt. Aber unser schnuckeliger Referendar hat sie schließlich überredet und dann gleich mal alles mit Hannes und Katja organisiert.«

Anna nickt und kichert. »Er meinte, nur echte Sylter wüssten, wie man eine Standparty auf die Beine stellt.«

»Wer?«, frage ich.

Annas Augenbrauen wandern nach oben. »Andre Superschnuckelchen natürlich. Hast du mir etwa gerade nicht zugehört?«

Ich beeile mich zu nicken, den Kopf zu schütteln. »Doch ... klar ... ähm, ja, habe ich.«

Nun sind sämtliche Augen im Zimmer auf mich gerichtet.

»Alles okay bei dir?«, erkundigt sich Lea.

Ich komme mir blöd vor. Kindisch. Albern. Lächerlich. Aber Paulis Gerede eben, davon, dass Andre und ich ... Schluss jetzt damit.

»Die können bestimmt noch Hilfe gebrauchen!«, rufe ich betont heiter aus und drücke entschlossen die Schultern durch. »Also lasst uns runter zum Strand gehen und bei den Vorbereitungen für die Party helfen!«

Ich bin aus dem Zimmer gerauscht, bevor irgendeine von ihnen etwas sagen oder, noch schlimmer, fragen kann.

12

Insgeheim verspüre ich nicht die geringste Lust, zusammen mit Pauli, Lea und Anna runter zum Strand zu gehen, wo erstaunlicherweise schon alles für unsere spontane Strandparty vorbereitet ist. Sylter haben in Sachen Partyorga wohl Routine! Na ja, viel ist es natürlich nicht. Ein paar Matten liegen zu kleinen Sitzgruppen drapiert im Sand, Luca oder ein anderer Mitschüler hat einen mobilen Lautsprecher angeschleppt, der die Playlist seines Handys laut wiedergibt.

Einige Kisten aus Holz sind zu einer provisorischen Theke aufgebaut. Darauf befinden sich jede Menge alkoholfreie Getränke und Knabbereien. Noch dazu stecken ein paar Fackeln im Sand, die jedoch noch nicht angezündet sind, da es noch hell draußen ist.

»Alex meinte, die härteren Sachen sind woanders gelagert«, flüstert Pauli uns fröhlich zu. »Auch wenn es hier natürlich offiziell auf gar keinen Fall Alkohol geben wird, meinte zumindest Frau Hammerkern.« Sie senkt nochmals ihre Stimme: »Aber ich schätze, dein Andre ist da wesentlich lockerer.«

Sie zwinkert mir zu und prompt horchen Lea und Anna interessiert auf. »Haben wir was verpasst? Warum Kims Andre?«

Bevor Pauli noch mehr Blödsinn in die Welt hinausposaunen kann, komme ich ihr zuvor und stelle mit Nachdruck klar: »Nein, du hast nichts verpasst. Pauli redet Schwachsinn!«

Anna grinst. »Na, das wäre ja dann nix Neues!«

»Pah!«, tut Pauli empört und wirft uns eine Kusshand zu. Dann tänzelt sie davon.

»Also ich werde dich jetzt nicht weiter löchern, Kim«, raunt Lea mir leise zu. »Aber blind bin ich auch nicht. Dass der Salm und du ganz schön heiße Blicke miteinander austauscht, das ist mir nicht entgangen.«

Ich will ihr widersprechen, doch Lea hebt die Hand. »Was ich eigentlich nur sagen will: Wenn Simon das mitkriegt, also falls da wirklich was läuft, Kim, echt, der dreht durch. Ich trau dem alles zu. Deshalb ... wenn du ihn magst und er dich auch, dann beherrscht euch wenigstens so lange, solange ihr Simon quasi vor der Nase habt. Mit Simon ist echt nicht zu spaßen, glaube ich ...«

Nun muss ich sie doch ausbremsen. »Lea, er wird *nichts* mitkriegen, weil da *nichts* ist. Ihr habt einfach zu viele Telenovelas gesehen. Themawechsel bitte, ja?«

Wenig sensibel fährt Lea jedoch fort: »Aha, ihr habt Sorge, weil er Referendar ist und richtig Ärger bekommen könnte, wenn er und du ...« Da stößt Anna ihr den Ellenbogen in die Rippen.

»Schluss!«, blaffe ich sie an. »Ich will jetzt echt nichts mehr davon hören!« Damit lasse ich sie stehen. Ich marschiere schnurstracks zum Wasser, ziehe meine Schuhe aus und laufe ein paar Schritte ins Meer. Hinter mir singt Ed Sheeran *Shape Of You.* Ich blicke mich um, sehe tatsächlich schon einige Mitschüler tanzen und staune, wie schnell die in Stimmung gekommen sind.

Pauli winkt mir zu. Ich soll zu ihr und den anderen kommen, mittanzen. *I'm in love with your body. Every day discovering something brand new. I'm in love with the shape of you ...* So gerne würde ich mittanzen und nicht mehr daran denken, dass mir vor einigen Tagen Simon ganz genau diese Songstelle ins Ohr geflüstert hat.

Ich schüttele den Kopf und blicke wieder aufs Meer hinaus. Eine ganze Weile bleibe ich einfach nur so stehen, das noch immer warme Wasser umspielt meine Waden, der Wind streichelt meine Haut, das Rauschen der Wellen beruhigt mich ein wenig. Die Sonne bemalt den Himmel in tausend Farben, als sie langsam im Meer versinkt. Der zweite Tag auf Sylt und mein gesamtes Leben steht kopf. Aber das ist kein Grund, die Freizeit und jeden Spaß gleich ganz aufzugeben – schon allein weil ich Simon gegenüber nicht wirken will, als wäre mein Leben ohne ihn vorbei. Entschlossen drehe ich mich um und gehe zu den anderen zurück. Inzwischen haben sich auch Simon und Alex eingefunden. Ich schaue zu ihnen rüber, doch als ich Simons verkniffenes Gesicht sehe, wende ich mich ab und grüße ihn nicht. Es ist eindeutig zu früh für einen normalen Umgang zwischen uns. Das wird mir noch klarer, als er sich kurz darauf mit einer Flasche Bier in den Händen auf eine der Matten sinken lässt, nicht weit von Andre entfernt. Als ob er nur darauf warten würde, dass er ihm das Bier wegnimmt. Es ist eindeutig: Simon will Andre provozieren. An irgendjemand seinen Frust ablassen, und da er Andre sowieso nicht ernst nimmt, soll er es sein. Doch Andre lässt sich nicht darauf ein und dreht ihm demonstrativ den Rücken zu.

»Hey, Herr Referendar!«, brüllt Simon da. »Ich trinke hier

mit meinem Kumpel Alkohol. Wollen Sie mir das nicht verbieten?!« Alex klopft Simon anerkennend auf die Schulter und die beiden lachen, während sie Andre herausfordernd ansehen. Innerlich kriege ich schon wieder zu viel, fast platze ich und diese Energie muss aus mir raus. Ich weiß nicht, was mich reitet, ich handele, bevor ich denke – als ein neuer Song beginnt, gehe ich schnurstracks auf Andre zu.

»Wollen Sie tanzen, Herr Salm?«, frage ich ihn, als er Simon gerade etwas erwidern will.

Er starrt mich verdutzt an und ich sehe, wie sein linkes Augenlid leicht zuckt, dann nickt er. »Ja, klar, gerne ...«

Ich geh vor, betrete zuerst die kleine »Tanzfläche«, sehr wohl darauf bedacht, mich bei Pauli, Lea und Anna zu positionieren, damit es letztendlich so aussieht, als tanzten wir alle zusammen und nicht ich ausschließlich mit Andre. Der Song ist schnell, Pauli reißt die Arme in die Höhe, klatscht über ihrem Kopf die Hände zusammen. Wir folgen ihrem Beispiel. Tanzen barfuß im Sand, über uns der Himmel, das Meer zur einen, die Dünen zur anderen Seite, und in mir ist ein unbeschreibliches Gefühl von Freiheit.

Natürlich spüre ich Simons finstere Blicke auf mir, aber ich versuche, mir davon nicht die Laune verderben zu lassen. Das hier macht Spaß und Andre ist ein verdammt guter Tänzer, ich sehe ihn an und denke auf einmal: Schade, dass er und ich unter einem schlechten Stern stehen, dass es nicht weitergehen darf, wie es vor wenigen Tagen zwischen uns begonnen hat – und verstehe mich selbst nicht mehr.

Es folgt der nächste Song, noch mehr Leute gesellen sich zu uns, die Stimmung wird immer ausgelassener. Wir tanzen, singen die Songs mit, sind einfach nur froh, hier zu sein, hier in diesem Moment. Mir wird immer wärmer vom wilden Tanzen. Ich sehe Andre vor mir, er lächelt mich an. Ich drehe mich im Kreis. Fange Simons finsteren Blick auf, wende mich schnell ab und freue mich, dass der nächste Song eines meiner Lieblingslieder von Taylor Swift ist und ich so richtig aufdrehen kann. Nach dem siebten, achten Song schüttelt Andre dann entschuldigend den Kopf und zieht sich von unserer sandigen Tanzfläche zurück. Ich tanze mit Pauli, Lea, Anna, Michelle und all den anderen weiter, selbst die sonst eher etwas steife Frau Hammerkern dreht mächtig auf.

Und dann ist plötzlich Simon neben mir. Er tanzt mich an, versucht, mich so von den anderen wegzudrängen. Ich schüttele den Kopf, gebe ihm zu verstehen, dass er das lassen soll. Doch Simon kapiert es nicht oder hat schon ein Bier zu viel getrunken. Als er versucht, mich in seine Arme zu ziehen, schiebt sich Pauli zwischen uns und ich nutze die Chance, um mich zu verdrücken. Der Abend wird kein entspanntes Ende nehmen, wenn ich länger in Simons Nähe bleibe – und auf einmal ist die lockere Stimmung in mir dahin.

Ich haste zur Jugendherberge zurück, betrete jedoch das Haupthaus nicht, sondern laufe links herum daran vorbei und ein paar Meter vorne an der Hauptstraße Richtung Hörnum entlang. Dann kämpfe ich mich wieder durch die Dünen runter an den Strand. Ich hoffe sehr, dass Simon mir nicht gefolgt ist.

In der plötzlichen Stille höre ich mein Blut in den Ohren rauschen. Die Ruhe tut gut. Ich bleibe unterhalb der Dünen, schaue mich ein paar Mal um. Die Sonne ist inzwischen fast untergegangen und ich sehe in der Ferne meine Leute im Feuerschein der frisch entzündeten Fackeln. Alle tanzen nach wie vor ausgelassen, und als ich mir sicher bin, dass Simon mir nicht hinterhergekommen ist, suche ich mir einen Platz weiter unten, am Wasser, und lasse mich in den Sand sinken. Mein Blick verliert sich in der Sonne, die fast vollständig im Meer verschwunden ist und den Himmel und die Wasseroberfläche in ein rotes Licht hüllt.

Ich weiß nicht, wie lange ich so sitzen bleibe, ich verliere jedes Gefühl für Zeit und Raum um mich herum. Tausend Gedanken gehen mir durch den Kopf, aber einen klaren bin ich nicht in der Lage zu fassen. Irgendwann rückt zumindest die Erkenntnis in mein Bewusstsein, dass es um mich herum dunkel geworden ist. Von der Sonne ist nicht einmal mehr der rote Schimmer zu sehen. Ich schätze, langsam sollte ich zurück zu den anderen gehen, und hoffe, dass Simon sich verzogen hat – von mir aus zu Jana, in diesem Moment kratzt es mich nicht einmal mehr großartig, wenn es so wäre, stelle ich verwundert fest.

Ich will mich gerade erheben, da höre ich ein Räuspern. Augenblicklich zucke ich zusammen, wende erschrocken den Kopf um – und da steht Andre.

»Oh«, mache ich.

»Wir haben uns Sorgen gemacht«, meint er leise.

»Wir?«

Er nickt. »Frau Hammerkern und ich.«

Ich sehe ihn an und mir stockt der Atem. Ich weiß genau, ich sollte ihn das nicht fragen, aber meine Lippen bewegen sich von ganz alleine. »Und warum schauen ausgerechnet Sie nach mir, Herr Salm, und nicht Frau Hammerkern? Ich meine, wenn ich zum Beispiel Liebeskummer hätte, dann ist so eine einfühlsame Lehrerinnenschulter eindeutig von Vorteil.« Ich fasse es selbst nicht, aber ... habe ich gerade mit ihm *geflirtet?!* Und denkt er jetzt, ich hätte seinetwegen Liebeskummer? Oh Mann, Kim! Ich beiße mir auf die Lippen.

Andre sieht mich einen Moment schweigend an, bevor er langsam den Kopf schüttelt und sich dann mit einem tiefen Seufzer neben mich in den Sand sinken lässt. Verlegen grinst er mich an und ich ... ich kann mich kaum rühren. Jeder Zentimeter meines Körpers hält inne – in der Gewissheit, dass Andre allein mit seiner Anwesenheit etwas in mir auslöst, was ich weder deuten noch erklären kann. Es ist so ein diffuses Gefühl, ganz kribbelnd, ganz warm, sehr fremd und gleichzeitig wahnsinnig vertraut. Es ist wie vor knapp zwei Wochen, beim Tierarzt, als die Welt nur noch aus uns beiden zu bestehen schien.

Er räuspert sich. »Ich schätze, Kim, ich muss da jetzt mal etwas zwischen uns klarstellen.«

Mein Rücken versteift sich und der Zauber ist verflogen. »Inwiefern?«, kiekse ich und schreibe jeden Versuch, völlig normal zu klingen, in den Wind.

Andre holt tief Luft und schaut auf den Sand zwischen seinen Füßen. »Also ... na ja, als ich dich beim Tierarzt im Wartezimmer das erste Mal gesehen habe ... ich fühlte mich sofort von dir angezogen. Ich wollte dich unbedingt näher kennenlernen und deshalb habe dich nach deiner Handynummer gefragt und dann auch einige Mal versucht, dich zu erreichen.« Erneut atmet er tief durch, er greift in den Sand und lässt ihn durch seine Finger rieseln. »Aber ich dachte, dass du älter bist. Nicht viel, aber auf zwanzig habe ich dich schon geschätzt. Und natürlich habe ich absolut nicht damit gerechnet, dass du das Kranich-Gymnasium besuchst. Sonst hätte ich es nie gewagt, und das musst du mir bitte glauben, dich anzusprechen, dir zu sagen, dass ich dich wiedersehen möchte.« Erneut tiefes Durchatmen. »Tja, und dass du einen Freund hast, das habe ich natürlich auch nicht geahnt.«

»Exfreund«, ist das Einzige, was mir dazu einfällt.

Andre klopft seine Hände ab und fährt sich mit ihnen übers Gesicht. »Das ist ja jetzt das Dilemma, in dem ich mich befinde, denn ich vermute ... das klingt jetzt total doof und auch irgendwie ziemlich arrogant, aber ich hoffe wirklich sehr, dass du nicht meinetwegen Schluss mit deinem Freund gemacht hast?«

Ich muss hart schlucken. »Was?«, krächze ich. »Natürlich nicht. Nein! Ich bin nicht ... wir dürfen nicht ... voneinander angezogen sein und ich habe mich bestimmt nicht ... deswegen von Simon getrennt.«

Ich merke, wie ich mir einen abbreche, das »Sie« und »Du« zu umschiffen. Was nicht gerade dazu führt, dass dieses Gespräch einfacher wird. Er ist Andre, aber er ist auch »Herr Salm«. Und wie kommt er darauf, dass ich seinetwegen Schluss gemacht haben könnte?! Ist er wirklich so von sich überzeugt?

Ich sehe ihm an, dass ihm das Gespräch ähnlich unangenehm ist, so konzentriert und ernst sieht er aus, als er mich nun doch anschaut. Sein Blick durchfährt mich heiß und kalt – und instinktiv erhebe ich mich, klopfe mir den Sand von der Jeans, zupfe meine Shirt zurecht. »Mir ist kalt. Ich gehe jetzt zurück zu den anderen.«

Er springt wie angestochen vom Boden auf. »Jetzt habe ich dich verletzt«, murmelt er und schaut mich mit seinen braunen Augen an, von denen ich mich doch gerade losreißen wollte.

Ich schüttele wild den Kopf. »Nein! Es ist nur … es gibt andere Gründe, warum Simon und ich …« Ich breche ab und schiebe entschlossen hinterher: »Und im Übrigen: Ich bin nicht interessiert. War es nicht und werde es auch nie sein.«

Ich hole tief Luft und kann selbst kaum fassen, dass ich das gerade über die Lippen gebracht habe. Das klang hart und entspricht auch nicht der Wahrheit, aber Andre soll nicht erfahren, dass er mir seit dem Tag im Wartezimmer nicht mehr aus dem Kopf gegangen ist. Er darf es nicht erfahren, nicht hier, nicht jetzt – not ever. Es bringt ihn in Teufels Küche und all das nur wegen einer blöden kleinen Schwärmerei? Aber nun ist alles zwischen uns geklärt und ich bin froh, auch wenn mein Herz schwer ist, so schwer.

Ich wende mich zum Gehen um und ich gestatte mir noch einen letzten Blick zurück. Andres sonst dauergrinsendes Jungsgesicht, das er immer trägt, liegt offen wie ein Buch vor mir. Er ist verletzt. Ich habe ihn verletzt und es zerreißt mir das Herz. Aber welche andere Möglichkeit haben wir schon?

Eine Böe streift meine Haut und ich wende mich endgültig zum Gehen. Bestimmt bekomme ich vom kalten Wind eine Gänsehaut, vielleicht ist aber auch Andres Blick daran schuld. Ich darf mich nicht darin verlieren und entschlossen bahne mir einen Weg durch die Dünen.

***

»Wenn ich von dem Hügel hinabschaue, dann ist es so, als läge die ganze Welt ausgebreitet vor mir und wartet nur darauf, dass etwas Sensationelles passiert«, sage ich leise.

Andre sieht mich an, nur ein flüchtiger Blick, bevor er zum Meer hinunterläuft. Ich höre ihn vor sich hin murmeln: »Ich frage mich ... und wenn doch ... ich muss eine Entscheidung treffen ... für uns beide!« Sein Selbstgespräch endet mit einem tiefen Seufzer. Die verstümmelten Satzfetzen wehen zu mir hinauf in die Dünen und ich überlege, was er gemeint haben mag. Was für eine Entscheidung muss er treffen? Er hat doch längst entschieden. Das mit uns, es ist ... es geht ... nein, das ist völlig unmöglich. Was also, verdammt noch mal, machen wir dann eigentlich noch hier?

»Komm runter!«, ruft er mir zu.

Ich atme tief durch. Wenn ich mich jetzt umdrehe, wenn ich einfach zu ihm gehe, dann tue ich das, was er noch vor wenigen Augenblicken von mir verlangt hat. Ein letzter Kuss, ein allerletzter Kuss – aber will ich das? Hat es mir nicht eben fast das Herz zerrissen, weil wir es nicht dürfen?

Er lächelt mich an, die ganze Welt liegt in diesem Lächeln, mein Glück und unseres. Meine Füße setzen sich in Bewegung, ich kann sie nicht davon abhalten, sie tun es einfach, aber ich würde sie eh nicht daran hindern wollen. Was ich will, das ist sein Kuss.

»Komm«, sagt er und zieht mich in seine Arme. Ich drücke meinen Kopf unter sein Kinn und kuschele mich an ihn.

»Wollen wir im Meer schwimmen?« Er legt mir die Hand unters Kinn, seine Augen versenken sich in meine, er streichelt mir sanft mit dem Zeigefinger über die Wange. »Heute wird ein heißer Tag«, sagt er mit rauer Stimme.

Wir schauen zum Himmel und die Sonne brennt auf uns herab und dann ist da dieser Moment, in dem wir still verharren und uns alles perfekt scheint, so wie es sein soll. Die herrlich leuchtende Sonne, das gleichmäßige Rauschen des Meeres, die samtene Luft, wir beide Arm in Arm, eng miteinander verbunden, für immer. Dann kreischt eine Möwe direkt über unseren Köpfen – schrill und laut – und zerstört diesen einzigartigen Moment.

Noch immer schweigen wir, aber nun mit einer anderen Gewissheit. Der grelle Schrei hat uns zurück in die Realität katapultiert, wo offensichtlich ist, dass es nicht gut gehen wird, aber auch, dass von diesen Moment an keiner von uns jemals wieder so vollauf glücklich und zufrieden sein wird, wenn die Sonne scheint, das Meer rauscht, der Wind geht.

»Kim! Kimilein! Hey, aufwachen!«

Verdammte Möwe, schießt es mir durch den Kopf, verschwinde. Gerade war es noch so schön. Andre und ich Arm in Arm – wobei, nein, war es nicht eher so, dass er sich von mir getrennt hat?

»Erde an Kim! Hey, du Schlafmütze, wir kommen zu spät zum Frühstück!«

Ich klappe die Augen auf und sehe Paulis grinsendes Gesicht über mir. Eine ihren langen blonden Locken kitzelt mich auf dem Nasenrücken.

»Wo bin ich?«, krächze ich und ahne schon, dass es nicht der Strand ist.

»Rio. New York. Paris. Such dir einen Ort aus, an dem du

jetzt am liebsten wärst«, meint Pauli und lacht. »Aber bieten kann ich dir leider nur: Sylt, Hörnum, Jugendherberge, Sechser-Zimmer, unteres Etagenbett.«

Nur ein Traum, alles ist nur ein Traum gewesen.

Schade? Ja, schade!

13

Die nächsten drei Tage konzentriere ich mich ausnahmslos aufs Surfen. Natürlich fällt es mir nicht ganz leicht, weil Andre mein Surflehrer ist und ich deshalb den Vormittag zwangläufig mit ihm verbringen muss. Aber ich versuche, so gut wie möglich auf Abstand zu bleiben, blende alles andere aus und genieße die Zeit auf dem Wasser, die genialen Momente auf dem Brett, den Wind im Segel, die Wellen, und auch wenn ich kaum mit Andre rede, lerne ich dennoch megaviel von ihm. Er ist ein toller Surflehrer, daran gibt es nichts zu rütteln.

Nachmittags erkunde ich zusammen mit Pauli, Lea oder Anna die Insel, die mir trotz allem, was war, inzwischen doch ziemlich gut gefällt. Allerdings treibt es uns Mädels auch nicht mehr unbedingt in die City von Westerland, sondern eher in die etwas ruhigeren Ecken, wo wir die hübschen Häuser bewundern, aber vor allem die wunderschönen Türen. Ich knipse mein Handy heiß, weil ich mich an diesen tollen Türen einfach nicht sattsehen kann.

Abends hänge ich mit Pauli, Lea, Anna und manchmal auch Michelle unten am Strand ab. Wir bleiben, bis es schon lange dunkel geworden ist, und quatschen. Manchmal auch über Typen, wobei wir das Thema Simon dabei jedoch konsequent umgehen. Auch hat wohl Lea noch mal mit Anna und Pauli geredet, denn die beiden verlieren kein weiteres Wort über Andre und mich oder machen irgendwelche Anspielungen. Zum Glück.

Von Simon und Jana bekomme ich kaum etwas zu sehen. Jana huscht meistens mit gesenktem Kopf durch die Gegend und Simon ist ständig mit Alex irgendwo on Tour. Ich schätze, er sitzt den ganzen Nachmittag bei *Gosch* oder irgendwelchen anderen Läden herum und genießt das Glamour-Inselleben ohne mich. Soll er doch.

Am fünften Tag ist für alle eine Pause vom Surfen eingeplant, danach soll es für den ganzen Kurs drüben in Rantum weitergehen und zwar mit den beiden professionellen Trainern Alfi und Mathis.

Am Abend zuvor lässt Frau Hammerkern eine Liste herumgehen, mit drei verschiedenen Freizeitangeboten. Die Teilnahme ist Pflicht, erklärt sie, jedoch ist die Aktion frei wählbar. Hannes hat sich bereit erklärt, mit einer der Gruppen eine Wattwanderung von Rantum aus zu machen, was spontan zu Freudenrufen führt. Der bärtige Herbergsvater ist einfach ein guter Typ und sein trockener Humor ist echt zum Wegschmeißen. Wenn er durchs Watt führt, gibt es bestimmt nicht nur viel zu gucken und erfahren, sondern garantiert auch richtig viel zu lachen. Kein Wunder, dass sich die meisten von uns sofort für seine Gruppe entscheiden.

Frau Hammerkern möchte mit ihrer Gruppe das Aquarium in Westerland besuchen, schwärmt von der Faszination und den Geheimnissen der heimischen und tropischen Meereswelt und stößt nur bei wenigen von uns auf Begeisterung.

Obwohl ich Hannes total gut leiden und mir den Tag mit ihm als ortskundigen Wattführer gut vorstellen kann, verspüre ich weder auf das eine noch das andere Lust, allerdings bin ich sofort Feuer und Flamme, als ich auf der Liste lese, dass Andre mit seiner Gruppe plant, nach Keitum zu fahren, um dort ganz in Ruhe das schöne Dorf zu erkunden. Pauli hat mir auf unseren Nachmittagserkundungstouren schon von Keitum vorgeschwärmt. Bisher waren wir vor allem im alten Teil von Westerland, wo es hübsche historische Friesenhäuser gibt – und sie meinte, dass Keitum das alles in den Schatten stellen würde. Begeistert hat sie mir von ihren persönlichen Hot Spots vorgeschwärmt wie zum Beispiel die Keitumer Teestube, die laut Pauli so schön ist, dass ich da garantiert nie wieder wegwill.

Allerdings hat das Ganze einen Haken – Andre. Ich möchte auf gar keinen Fall mit ihm den Tag in Keitum verbringen, was ich Pauli auch sage. Okay, natürlich nenne ich ihr nicht den wahren Grund – aber seit Andre mir in den Dünen gestanden hat, dass er mich mag, und ich ihn brüsk zurückgewiesen habe, möchte ich nicht in Gefahr geraten, dass das Kribbeln zwischen uns in irgendeiner Weise wieder aufflammen könnte.

»Ich wollte schon immer mal eine Wanderung durchs Wattenmeer machen«, behaupte ich daher.

Pauli zeigt mir einen Vogel. »Nee, du spinnst ja, ich finde es total eklig, stundenlang durch die Kacke von diesen Wattwürmern zu latschen.«

»Kacke?«

»Na diese gerollten Schlangen, die da immer überall herumliegen. Das ist die Kacke von den Wattwürmern.«

»Das ist doch nur Sand«, widerspreche ich, doch als ich Momente später zufällig mitbekomme, dass Simon, Alex und auch Jana sich auf die Liste »Wanderung durchs Wattenmeer« eintragen, ist für mich klar, dass mir nur der Besuch des Aquariums bleibt.

Aber auch damit stoße ich bei Pauli auf Granit. »Kim, red kein Blech. Wir fahren mit nach Keitum, das ist ein Befehl! Ich weiß einfach, du wirst das Dorf lieben.« Damit schnappt sie sich die Liste und trägt unsere Namen an dritter und vierter Stelle ein. Lea und Michelle sind ebenfalls dabei. Lea meint, sie hätte sich im Watt als kleines Kind mal verlaufen und seitdem totale Panik davor. Michelle hat schlichtweg keinen Bock auf die ewige Rennerei im Watt.

Als die Listen fertig ausgefüllt sind, bleibt der sichtbar verstimmten Frau Hammerkern nur übrig, sich den Wattwandern anzuschließen, denn ins Aquarium möchte sie keiner von uns begleiten.

***

In der Nacht bekomme ich kaum ein Auge zu. Ich freue mich auf Keitum, aber nicht auf unseren »Reiseleiter«. Und dann ist da immer wieder Simon. Oder vielmehr das schlechte Gewissen, denn ich kann mich nur über mich selbst wundern, wie schnell ich mich entliebt habe.

Wenn ich Simon ansehe, dann ist da ein wirklich gut aussehender Typ, aber einfach kein Gefühl mehr. Wie kann das sein? Und warum habe ich immer wieder Andres Gesicht vor Augen? Meine Gedanken rasen, vor und zurück, ich halte ich es nicht mehr aus. Ich habe mir zwar fest vorgenommen, mit absolut niemandem über das ganze Wirrwarr in meinem Kopf und Herz zu reden, aber gerade fühlt es sich so an, als ob ich innerlich platzen müsste, wenn ich es nicht endlich loswerde. Die Recherche im Internet bringt mich auch nicht weiter, dabei habe ich mir eben schon die Finger wund getippt auf meinem Handy. Die Antworten, die ich dort gefunden habe, waren alles andere als das, was ich mir gewünscht habe.

»Pauli«, flüstere ich. »Wach auf.«

Obwohl Pauli immer behauptet, dass sie wie ein Stein schlafen und nicht einmal aufwachen würde, wenn neben ihr ein Bombe hochginge, öffnet sie sofort die Augen und haucht: »Ist was passiert?«

Ich nicke. »Ich muss mit dir reden ... dir etwas erzählen.«

Nun guckt sie doch etwas verwundert. »Jetzt! Also, jetzt auf der Stelle?«

Erneut nicke ich.

»Wie spät ist es denn?« Sie tastet um sich herum, auf der Suche nach ihrem Handy, findet es unter ihrem Kopfkissen und wirft einen Blick drauf. »Kim, ähm, es ist Viertel vor zwei. Ist das wirklich so wichtig?«

Ich nicke ein drittes Mal und Pauli wühlt sich leise seufzend aus dem Bett.

Als wir kurz darauf auf Zehenspitzen das Zimmer verlassen, hören wir Lea hinter uns murmeln: »Wo wollt ihr denn hin?«

»Aufs Klo. Schlaf weiter«, flüstere ich zurück und ziehe behutsam die Tür hinter uns zu.

Wir laufen so leise wie möglich runter ins Erdgeschoss und lassen uns in der kleinen Couchecke nieder, die sich gegenüber des Haupteingangs befindet.

Pauli zieht die Beine an, umschlingt sie mit den Armen, stützt ihr Kinn auf den Knien ab und sagt: »Okay, ich bin erstaunlicherweise wach und bereit. Leg los! Und wehe, das wird jetzt nicht interessant ...« Sie zwinkert mir müde zu und gähnt.

Zuerst weiß ich nicht so recht, wo ich anfangen soll. Ich setze mich umständlich in den Schneidersitz, druckse dabei herum, erzähle ihr ewig lang, warum ich mit Kira zum Tierarzt gegangen bin, schmücke Bonnis Bauchschmerzen aus, bis Pauli mich schließlich angähnt und sagt: »Kim, ich hab dich lieb. Sogar sehr. Aber willst du mir echt verklickern, dass du mich mitten in der Nacht aus dem Tiefschlaf gerissen hast, um mir die Lebensgeschichte eures Meerschweinchens zu erzählen?«

Ich schau sie schuldbewusst an. Schüttele langsam den Kopf und wispere: »Bonni ist ein Hamster. Und: Nein, aber im Grunde genommen ist es Bonnis Schuld. Wenn er nämlich sein Futter vernünftig gefressen hätte, dann wäre ich nicht mit Kira zum Tierarzt gegangen und dann hätte ich ihn niemals dort getroffen und alles wäre gut ... und nicht so-so ...«

Pauli guckt mich an, als ob ich den Verstand verloren hätte. »Du hast dich in den Tierarzt verknallt?«, krächzt sie völlig baff.

Ich atme tief durch. »Nein! Unsinn, natürlich nicht. Dr. Barold ist ... ach, egal, nein, es geht um Jack und ...«

Sofort horcht Pauli auf, wie immer, wenn es um Typen geht. »Jack? Wer ist Jack? Ein Amerikaner oder Engländer?«

Ich schüttele heftig den Kopf. »Quatsch. Ein Mischlingsrüde. Total süß, er musste geimpft werden und hat davor immer schreckliche Angst und deshalb ...«

Pauli fällt mir ins Wort. »Kim, ganz ehrlich, ich schnalle nichts mehr. Erst redest du von eurem Hamster, jetzt sind wir bei irgendeinem Mischlingsrüden namens Jack, kann es sein, dass du schlafwandelst und dazu noch 'nen ordentlichen Knall hast?« Sie beugt sich etwas zu mir vor, tätschelt meine Schulter, wie um zu schauen, ob ich plötzlich aufwache.

Ich hole tief Luft. »Pauli?« Ich schaue ihr direkt ins Gesicht. »Jack ist der Hund von Andre Salm«, wispere ich und Paulis Augen weiten sich. »Wir sind uns kurz vor Sylt zufällig im Wartezimmer begegnet und es war …« Ich stocke, weiß nicht, ob ich es wirklich sagen soll, weil ich es noch nie so offen ausgesprochen habe. »Magie.«

»Wow«, haucht Pauli nur und ich weiß: Jetzt habe ich ihre komplette Aufmerksamkeit.

Ich hole noch mal tief Luft. »Es ist total verrückt, aber wir haben uns gesehen und dann war es plötzlich so, als ob die ganze Welt stehen geblieben wäre. Ich habe so etwas noch nie erlebt, aber von diesem Moment an war er irgendwie in mir … also in meinem Kopf, in meinem Herz. Ich konnte nichts dagegen tun.«

»Wow«, macht Pauli gleich noch mal. »Und dann?«

Ich zucke hilflos mit den Schultern. »Dann hatte ich Simon gegenüber ein tierisch schlechtes Gewissen – und trotzdem nur noch an den Typ aus dem Wartezimmer denken können.«

»Bis er am Montag am Bus stand und du aus allen Wolken gefallen bist«, kombiniert Pauli. »Boah, dann haben Lea und ich uns doch nicht getäuscht, als wir meinten, dass zwischen euch die Funken sprühen!« Sie nickt zufrieden.

Erneut kann ich nur völlig überfordert mit den Schultern zucken.

»Und er?«, will Pauli wissen. Plötzlich ist sie ganz aufgeregt, richtig energiegeladen, obwohl sie nach der Strandparty nicht lange geschlafen haben kann. Ihre Augen sehen müde aus und passen daher gut zu ihrem Schlaf-Look: wirre Locken und der blassen Gesichtsfarbe. »Wie steht Andre dazu? Wobei, okay, wie der dich immer anguckt, ganz ehrlich, der steht total auf dich. Oder? Hab ich recht oder hab ich recht?« Ihre Stimme überschlägt sich förmlich, so sehr scheint sie sich für mich zu freuen. Und ich weiß einfach immer noch nicht, ob mir nach Freude zumute ist. Das ist doch alles zu vertrackt und irgendwie gefährlich und heikel für Andre und ich habe ihn ja abgewiesen und überhaupt ...

Mein ewiges Gedankenkarussell kommt zum Stehen, als Pauli mich fragt: »Habt ihr sprechen können, also ungestört, wie es nun weitergehen soll und so?«

»Nicht richtig, obwohl er mir schon so was wie seine Gefühle gestanden hat«, gebe ich zu und sacke in mich zusammen. Pauli jauchzt auf, was in der gespenstisch leeren Empfangshalle unheimlich laut klingt. Erschrocken horchen wir in die Dunkelheit, aber alles bleibt still.

»Es ist ja noch nicht mal was passiert, Pauli! Es gibt nichts, wonach es weitergehen könnte! Ich habe ihm sogar gesagt, dass er sich das aus dem Kopf schlagen soll, also so ungefähr. Wir müssen aufpassen, dass es nicht richtig anfängt! Oh Mann, Pauli, das ist alles so beschissen!« Ich schlage die Hände vorm Gesicht zusammen und Pauli streicht mir tröstend über den Rücken. »Er war sowieso erst mal total entsetzt, als er kapiert hat, dass ich Schülerin an dem Gymnasium bin, an dem er sein Referendariat macht. Er dachte sogar, dass ich seinetwegen mit Simon Schluss gemacht habe!« Ich schaue Pauli kopfschüttelnd an und sie runzelt erstaunt die Stirn. Dann fahre ich fort: »Aus ihm und mir wird nichts, ansonsten kann er seine berufliche Zukunft nämlich vergessen. Und außerdem war es ja auch nur der Moment im Wartezimmer ...«

Pauli streichelt mir sanft über den Kopf. »Nein, Kim, es *war* Magie. Das hast du selbst gerade gesagt und so, wie ihr euch anseht, selbst wenn ihr euch gar nicht ansehen *wollt,* das spricht ... Bände! Ich bin halt eine hoffnungslose Romantikerin, aber wenn einem so etwas passiert, dann darf man nicht so schnell aufgeben. Ich finde, ihr solltet für eure Liebe kämpfen.«

Ich schau sie verdattert an. »Liebe? Das ist doch keine Liebe. Wir haben uns doch nur angeschaut, gut verstanden und ...«

Sie zieht mich in ihre Arme und flüstert mir ins Ohr: »Und euch auf der Stelle ineinander verliebt, Kimilein. Da kannst du reden und abstreiten oder dagegen argumentieren, wie du willst, dein Herz weiß es besser. Das hast du gerade selbst gesagt, er ist in deinem Herzen.«

Eine Weile bleiben wir so sitzen. Mein Kopf ist schwer, ja, er fühlt sich tonnenschwer an.

»Und Simon?«, frage ich schließlich. »Wie kann es sein, dass ich mich so schnell *entliebt* habe und ...?«, spreche ich meinen Gedanken laut aus und das tut gut. Ich breche ab, denn ich spüre, wenn ich weiterrede, werde ich die Tränen nicht länger zurückhalten können, die mir schon die ganze Zeit in den Augen brennen.

Pauli löst ihre Umarmung, umfasst meine Oberarme und sieht mich schweigend an, bevor sie den Kopf schüttelt. »Kim, wenn du ganz ehrlich bist, wenn du ganz tief in dich hineinhorchst, dann weißt du die Antwort darauf selbst am besten«, behauptet sie.

Ich schlucke schwer. Ich beiße mir auf die Unterlippe, zögere, ob ich die Wahrheit laut aussprechen soll, doch dann fasse ich mir ein Herz. »Ich war schon lange nicht mehr in Simon verliebt. Ich bin eigentlich nur noch aus Gewohnheit mit ihm zusammengeblieben und auch, weil ich Angst hatte, wie es sein würde, wenn ich nicht mehr mit ihm zusammen bin. Meine Trennung von Simon ist schon lange vorher passiert.«

Pauli nickt und nimmt meine Hand. »Und dann bist du Andre begegnet und plötzlich konntest du nicht einmal mehr Simons Umarmung ertragen, stimmt's?«

Es ist schrecklich, es ist Simon gegenüber so gemein und niederträchtig, aber ich nicke. Wenn Pauli das schon die ganze Zeit mitbekommen hat, wer dann noch?

Pauli zieht mich wieder in ihre Arme. Keine Ahnung, wie lange wir so verharren. Es kommt mir lange vor, bis wir schließlich leise zurück in unser Zimmer schleichen. Und ich fühle mich so leer und gleichzeitig übervoll mit Gefühlen, die plötzlich in mir gewachsen sind. Weil ich sie endlich ausgesprochen habe.

14

Am nächsten Morgen brechen wir direkt nach dem Frühstück auf. Andre verbreitet gute Laune, sprüht geradezu vor Energie, als er Pauli, Michelle, Lea und mich am Treffpunkt vor der Jugendherberge einsammelt, um Keitum zu erkunden.

Er bemüht sich um einen entspannten Umgang und ich nehme mir vor, es ebenfalls so handzuhaben – auch wenn Pauli mir heute Morgen schon lang und breit ihren Andre-Schlachtplan dargelegt hat. Allerdings klang das Ganze so absurd, dass ich nicht wirklich schlau daraus geworden bin und ihr dann irgendwann auch nicht mehr richtig zugehört habe.

»Da tatsächlich die Mehrzahl den Tag mit Hannes im Watt verbringen will, sind wir nur zu fünft und können mit dem Auto statt dem Bus fahren. Hat also auch seine Vorteile.« Er grinst in die Runde. »Katja ist so nett und leiht mir ihr Auto.«

Als hätte sie nur auf ihren Einsatz gewartet, kommt Katja aus der Jugendherberge. Sie reicht Andre den Autoschlüssel und wünscht uns einen schönen Tag im *schönsten Dorf der Insel.* Bevor sie jedoch zurück ins Gebäude geht, legt sie Andre die Hand auf den Unterarm und schaut ihn an. Ihre Züge sind ganz weich, fast mütterlich. »Gut, dass du dorthin fährst.« Mehr kann ich nicht verstehen, dafür spricht sie zu leise. Doch Andres Gesicht wirkt auf einmal gequält, während er irgendwie hilflos die Schultern hebt und sie wieder fallen lässt, als befände sich eine zentnerschwere Last darauf.

Dann geht er zu Katjas Kombi, der auf dem Parkplatz steht, und bedeutet uns, dass wir ihm folgen sollen.

Pauli versucht vergeblich, mich auf den Beifahrersitz neben Andre zu schieben. Ich nehme aber schließlich erleichtert auf dem Rücksitz zwischen Lea und Michelle Platz. Seufzend sinkt Pauli neben Andre und kaum, dass er den Motor gestartet hat, fängt sie zu quasseln an.

Wie neulich schon beim Essen versucht sie alles Mögliche aus ihm herauszuquetschen. Will wissen, wo genau er auf der Insel gewohnt hat, was seine Hobbys sind, ob er Sylt vermisst und wo er jetzt eigentlich wohnt. Und dann – ich traue meinen Ohren nicht – fragt sie ihn: »Wo ist jetzt eigentlich Jack, wenn Sie zehn Tage auf Sylt sind?«

Ich zucke unmerklich zusammen, als mich Andres vorwurfsvoller Blick im Rückspiegel trifft.

Verdammt, Pauli! Ich funkele Paulis Hinterkopf an, was sie natürlich nicht mitbekommt. Jetzt weiß er doch genau, dass ich ihr von uns erzählt habe! Oder zumindest ansatzweise davon, dass wir uns schon länger kennen als erst seit Sylt. Wobei, nun ja, ein *uns* gibt es eigentlich nicht.

»Ich wusste gar nicht, dass ich dir schon mal von Jack erzählt habe« erwidert er.

Pauli zuckt lässig mit den Schultern und behauptet: »Doch! Haben Sie! Ich bin mir sicher, dass Sie neulich mal erwähnt haben, dass Sie einen Hund hätten und dass er Jack heißt. Ich meine, woher sollte ich das sonst wissen?«

Boah, Pauli ist wirklich unglaublich, denn Andre kann jetzt nicht anders, als zu nicken und sagen: »Okay, kann sein ... Jedenfalls: Jack ist bei einem guten Kumpel in Berlin.«

Pauli schenkt ihm ein strahlendes Lächeln. »Ich habe mal gehört, dass es sich mit Hunden besser flirten lässt. Weil viele Frauen Hunde niedlich finden ... und dann bald auch die jeweiligen Herrchen. Witzig, oder?«

Oh mein Gott! Warum hab ich dummes Huhn ihr nur von Andre und mir erzählt? Ich musste doch wissen, dass sie nun alles dransetzen wird, um die Sache zwischen uns anzuschieben. Ich kenne doch Pauli!

Zum Glück lächelt Andre nur wissend und geht bloß mit einem kurzen »Ach, das muss ich mir merken« auf ihren Kommentar ein. Die restliche Fahrzeit unterlässt sie dann aber ihre flirtigen Bemerkungen und geht in Smalltalk über, erzählt von ihren bisherigen Sylt-Ferien und fragt Andre nicht mehr ganz so viele Löcher in den Bauch. Lea und Michelle beteiligen sich hin und wieder an dem Gespräch, ich ziehe es vor zu schweigen.

Als wir nach knapp zwanzigminütiger Fahrt in Keitum ankommen, bin ich heilfroh, der Enge des Wagens zu entkommen.

Während Andre das Auto abschließt, es Michelle und Lea geradezu magisch zu einem Schaufenster hinzieht, in dem sauteure Designerklamotten ausgestellt sind, zerre ich Pauli ein Stück zur Seite und zische ihr zu: »Spinnst du? Was sollte das denn? Jetzt weiß er doch, dass ich dir alles erzählt habe.«

Pauli ist sich keiner Schuld bewusst. »Nö! Er weiß nur, dass ich weiß, dass er einen Hund namens Jack hat. Das kannst du mir auch so erzählt haben ohne Tierarztwartezimmer-Kontext, oder?«

Ich seufze verzweifelt.

»Kommt ihr bitte mal kurz zusammen«, fordert Andre uns vier auf und schildert uns dann, was er für den Tag geplant hat. Zuerst zählt er einige Sehenswürdigkeiten auf, die er uns gerne zeigen möchte. Danach ist ein gemeinsames Mittagessen geplant und später dann noch ein Spaziergang unten am Meer, wobei er hinzufügt, dass wir natürlich auch ab dem Mittagessen den Ort für uns alleine erkunden könnten, wenn uns das lieber ist.

»Dafür bin ich auf jeden Fall«, meint Pauli. »Ich möchte nämlich unbedingt in meine Lieblingsteestube und dort eine halbe Ewigkeit sitzen bleiben. Strand und Meer haben wir ja auch genug in Westerland, finde ich.«

Als Andre sich daraufhin zum Gehen umwendet und anfängt, Lea und Michelle die Geschichte Keitums zu erzählen, wendet sich Pauli zu mir um und zwinkert mir verschwörerisch zu. Typisch Pauli – sie hat anscheinend auch einen Plan, aber ohne mich!

Die nächsten drei Stunden laufen wir kreuz und quer durch Keitum, dem heimlichen »Juwel der Insel«, wie Andre das Örtchen nennt. Man sieht ihm förmlich an, wie sehr er diesen Flecken Erde hier liebt. Er führt uns zu schmucken Reetdachhäusern, präsentiert romantische Bauerngärten, die hinter uralten Friesenwällen liegen, und fordert uns immer wieder auf, den Zauber der alten Kapitänshäuser auf uns wirken zu lassen.

In erster Linie begegnen wir Touristen, die genauso verzückt durch die schmalen Straßen von Keitum schlendern. Doch hin und wieder treffen wir auch auf Einheimische, was man daran erkennt, dass sie Andre überschwänglich, aber allesamt sehr überrascht begrüßen.

»Wie ein verlorener Sohn«, zischt mir Pauli zu, als ihn eine ältere Frau in geblümter Kittelschürze in ihre Arme zieht und ihm einen schmatzenden Kuss auf die linke Wange drückt.

Andre lacht verlegen und versucht behutsam, ihrem Klammergriff zu entkommen.

»Myn Jonge, wat foar ein Gelok! Efternei bist do werom.«

Ich verstehe kein Wort. Pauli guckt ebenso ratlos. »Ich glaub, das ist Plattdeutsch oder so«, meint sie.

Irgendwann gelingt es Andre schließlich, sich von der alten Frau zu lösen. Nach einigem Wortgeplänkel, von dem ich immerhin die Hälfte verstehe, weil sie zwar weiterhin ihrem sonderbaren Dialekt treu bleibt, Andre hingegen auf Hochdeutsch antwortet, gehen wir dann aber weiter.

»Was war das denn eben für eine Sprache?«, fragt Michelle.

»Nordfriesisch. Einige von den Älteren hier auf der Insel sprechen auch noch Sölring, den sogenannten Inselnordfriesischen Dialekt.«

Michelle will von Andre noch tausend Dinge über die verschiedenen Dialekte erfahren. Mich hingegen interessiert weitaus mehr, warum die alte Frau ihn gerade so herzlich, aber vor allem erleichtert begrüßt hat. Wenn mich nicht alles täuscht, dann hat sie sogar Tränen in den Augen gehabt und auch Andre sah schwer gerührt aus. Aber ihn danach fragen, das traue ich mich einfach nicht.

Als wir schließlich am Altfriesischen Haus ankommen, das direkt über dem grünen Kliff liegt, und Andre uns erzählt, dass wir hier die Wohnkultur des 18. Jahrhunderts originalgetreu erleben und sehen können, bin ich trotz meines Gefühlschaos bereits großer Keitum-Fan und kapiere endlich, was Sylt so einzigartig macht. Ja, ich bin wirklich froh, dass ich auf Pauli gehört habe und nicht im Wattenmeer irgendwelchen Kackehaufen ausweichen muss.

Die Besichtigung dauert eine gute halbe Stunde und danach schlägt Andre uns vor, in der *Kleinen Küchenkate* zu Mittag zu essen. Ich bin völlig entzückt, als wir kurz darauf bei dem Restaurant ankommen, das idyllisch von Friesenhäusern, uralten Bäumen und bildschönen Gärten eingerahmt ist.

»Ist das schön hier!«, schwärme ich und bemerke, dass Andre mich anschaut, lächelt und dabei irgendwie eine große Zufriedenheit ausstrahlt.

»Die *Kleine Küchenkate* befindet sich direkt am Kliffaufgang *Hoyerstich«*, sagt er. »Wer also nach dem Essen Lust hat, sich das Keitumer Kliff anzusehen, ich kann es euch nur empfehlen. Es heißt übrigens auch *Grünes Kliff*, weil da so viel Grünzeug und Gräser wachsen. Im Gegensatz zum Roten Kliff bei Kampen auf Sylt.«

Pauli schüttelt den Kopf. »Ich bin groggy und werde jetzt noch ganz genau zwei Wege gehen: Nach dem Essen in meine geliebte Teestube und von dort aus dann auf direktem Weg zum Auto.«

Andre schüttelt den Kopf. »Okay, jetzt bin ich echt baff. Alfi hat mir nämlich gesagt, dass du eine talentierte Surferin und echte Sportskanone wärst. Dass du von dem bisschen zu Fuß gehen jetzt so erledigt bist, hm, das hätte ich nicht vermutet.« Andre sieht sie herausfordernd an.

»Das hat Alfi gesagt?« Paulis Augen blitzen auf. »Und was noch? Also, jetzt so direkt zu meiner Person und so ...?«

Lea und ich verdrehen lachend die Augen und stöhnen auf. Pauli mal wieder!

»Auweia!« Andre lacht ebenfalls. »Was weiß ich, nichts weiter, kein Plan.«

Schmollend schiebt Pauli die Unterlippe vor. »Hey, das ist total fies. Erst mir Hoffnung machen und dann doch wieder 'nen Rückzieher.«

Andre lacht noch immer, während Lea und Michelle längst an einem freien Holztisch auf der gut besuchten Sonnenterrasse Platz genommen haben und uns Plätze freihalten.

»Aber wie es so schön heißt: Wenn die Liebe echt ist, darf man die Hoffnung nicht aufgeben, dass sie irgendwann passiert – auf Sylt, im Wartezimmer oder sonst wo.«

Ich fahre entgeistert zu ihr herum und sehe im selben Augenblick Andre zur Salzsäule erstarren, während ihm sämtliche Farbe aus dem Gesicht weicht.

Pauli hingegen schlendert, sich keiner Schuld bewusst, an mir vorbei und lässt Andre und mich einfach stehen. Ich wage mich kaum zu bewegen. Andre starrt mich an, seine dunklen Augen wirken plötzlich schwarz und seine Unterlippe zittert leicht, als müsste er sich schwer zusammenreißen.

Ich hebe entschuldigend die Hände, weiß mir sonst einfach keinen Rat und schleiche schließlich mit hängenden Schultern hinter Pauli her.

Irgendwann kommt auch Andre. Er ist bemüht, normal herumzuwitzeln, und plaudert mit dem Kellner, den er wie schon die alte Frau scheinbar von früher kennt und der ebenfalls sichtbar erstaunt ist, Andre in Keitum zu sehen, ihm schließlich sogar die Hand auf die Schulter legt und mit sonderbarer Stimme sagt: »Ich freue mich, Andre, ich freue mich wirklich sehr, dass du dich mal wieder hier bei uns in Keitum sehen lässt.«

Während der ganzen Zeit am Tisch vermeidet Andre es, mich auch nur den Hauch einer Sekunde anzusehen. Ich fühle mich schrecklich und bin zeitgleich stocksauer auf Pauli. Doch als wir mit dem Essen fertig sind, Lea und Michelle erklären, dass sie nun gerne noch ein bisschen durch die Keitumer Läden bummeln wollen, und Pauli wiederholt, dass sie jetzt nur noch in der Teestube relaxen möchte, wird mir klar, dass ich froh bin. Ich habe mir unbewusst gewünscht, dass Pauli ihn aus der Reserve lockt, denn ich selbst hätte es mich nie getraut.

Als wir kurz darauf bezahlt haben und Andre verkündet, dass er zum Keitumer Kliff läuft, da nehme ich meinen ganzen Mut zusammen und sage: »Ich komme mit!«

Sein Blick trifft mich und ich sehe ihm an, dass er regelrecht überfordert damit zu sein scheint, dass wir beide alleine sein könnten. Ihm geht es also genau wie mir – die Gesellschaft der anderen schützt uns vor dem, was wir in Schweigen gehüllt haben. Vor all dem Unausgesprochenen zwischen uns.

Pauli zwinkert mir verschwörerisch zu und zieht dann mit Lea und Michelle von dannen.

»Wollen wir?«, frage ich Andre. Er sieht mich nicht an, aber er nickt.

Bis zum Kliff sind es nur einige Meter, die wir schweigend zurücklegen. Als wir schließlich am Rande des Kliffs stehen, der schmale Strandabschnitt unter uns, dahinter das Meer, vergesse ich einen Moment meine Anspannung, mein wild pochendes Herz, und hauche begeistert: »Wow, ist das ein grandioser Anblick.«

»Man kann von hier oben aus bis nach Dänemark sehen«, erzählt Andre. »Es ist schon als Kind mein Lieblingsplatz gewesen.«

»Das kann ich verstehen«, wispere ich.

Eine ganze Weile lang bleiben wir so stehen, schauen hinaus aufs Meer. Hin und wieder kommen Spaziergänger an uns vorbei, die freundlich grüßen, was wir ebenso freundlich erwidern, ansonsten ist es still zwischen uns – bis Andre irgendwann leise sagt: »Warum?«

Nur dieses eine Wort. Aber ich weiß genau, was er wissen will. Dieses eine Wort sorgt dafür, dass sich mein Magen schmerzhaft zusammenzieht, weil es sich so enttäuscht anhört.

»Ich bin fast geplatzt! Es tut mir leid!«, versuche ich mich zu entschuldigen und beiße mir auf die Unterlippe. »Pauli hält dicht, versprochen – zumindest bei denen es drauf ankommt ...«

Ich starre auf meine Füße, ich weiß tatsächlich nicht, was ich noch sagen soll. Spätestens jetzt sollte Andre klar sein, dass meine Abfuhr bei der Strandparty nur gespielt war. Dass da doch Gefühle sind für ihn und für meine Gefühle kann ich doch nichts!

Plötzlich streckt Andre die Hand nach meiner aus. Ich schaue ihn an und sein Blick bringt mein Herz fast zum Stillstand. »Komm mit«, sagt er rau und ich folge ihm. Wir laufen einen schmalen Weg entlang, der sich quer durch das grüne Kliff schlängelt. Ich stolpere einige Male, aber Andres Hand gibt mir immer wieder den nötigen Halt. Sie fühlt sich warm an in meiner, fest und sicher. Und an keinem anderen Ort in der Welt wäre ich jetzt lieber. Seine Hand und unser Schweigen sind wie ein Versprechen und ich habe nicht die geringste Absicht, dieses Versprechen zu brechen.

Irgendwann sind wir an einem uralten Baum angekommen. Die Rinde ist an manchen Stellen dick und zerfurcht, an anderen fehlt sie, sodass man den nackten Stamm sieht. Zwei dicke Äste reichen wie ein umgedrehter Torbogen bis fast auf den Boden. Man kann bequem Platz auf ihnen nehmen, die dichte Baumkrone bildet ein schützendes Dach.

Andre und ich setzen uns dorthin und wir verharren einen Moment.

Dann lässt Andre meine Hand los und streicht mit den Fingerspitzen sanft über meinen Unterarm. An jeder Stelle, an der er mich berührt, fängt meine Haut an zu kribbeln und ich seufze.

»Du bist eine Schülerin ...«, sagt er leise.

»Aber ich bin nicht *deine* Schülerin und ich werde es auch nie sein.«

Tief durchatmend schüttelt er den Kopf. »Das spielt keine Rolle, denn ich bin Referendar. An deiner Schule. Und du damit automatisch eine Schutzbefohlene für mich.« Er fährt sich mit der linken Hand durchs Haar, denn seine rechte liegt noch immer auf meinem Arm. »Kim, ich ...« Seine Stimme klingt gequält. »Wenn ich anders könnte, wenn alles anders wäre ... Aber für Referendare gilt das wie für Lehrer: Eine Beziehung zu Schutzbefohlenen ist strengstens untersagt, auch wenn du volljährig bist und auch, wenn ich dich nicht unterrichte.«

»Hast du das auswendig gelernt?«, frage ich.

Andre räuspert sich. »Sagen wir es mal so, ich habe mich zumindest erkundigt. Sobald mir niemand mehr im Bus über die Schulter gucken konnte«, gibt er verlegen zu.

»Ich auch«, gebe ich leise zu. »Und weißt du, was ich im Internet dazu gefunden habe, ist, dass ein Referendar zwar voll verantwortlicher Lehrer ist, und wenn eine Beziehung zu einer Schülerin bekannt wird, kann er mit allen möglichen Konsequenzen belangt werden. Disziplinarrechtlich und so weiter, was auch immer das sein soll und was einem dann blüht. Aber eben erst, sobald er die Prüfung bestanden hat. Und du hast doch gerade erst mit dem Referendariat begonnen!« Genau diese hoffnungsvolle Antwort, die ich im Internet gefunden hatte, hatte mich dazu bewogen, mich Pauli anzuvertrauen. Was hatten wir schon zu verlieren? Es war ja nicht mal etwas zwischen uns passiert!

Andre lacht leise auf und wiederholt grinsend meine Frage von eben: »Hast du das auswendig gelernt?«

Ich grinse zurück. »Ich hab es mir nur ungefähr tausend Mal durchgelesen.«

Andre schaut mich an, so intensiv, dass mir ein Schauer über den Rücken läuft.

»Du zitterst ja. Ist dir kalt?« Er richtet sich etwas auf und zögert, als er seinen Arm um meine Schultern legen will und sich unsere Blicke ineinander verhaken.

Plötzlich spüre ich einen dicken Kloß im Hals. »Ich will dich nicht in Schwierigkeiten bringen ...«, flüstere ich und mein Herz wird unendlich schwer. »Das musst du mir ...« Weiter komme ich nicht, denn Andre umfasst behutsam meinen Hinterkopf und kommt mit seinem Gesicht so nahe, dass ich seinen warmen Atem auf meiner Haut spüre.

Dann wandert sein Mund über meine Wange zu meinem

Ohrläppchen und küsst es sanft. Nur ein Hauch – leicht und gleichzeitig mit so viel Gefühl, dass ich fürchte, innerlich zu verbrennen.

Ich bin machtlos gegen dieses Gefühl, dieses Verlangen, unbedingt bei ihm zu sein, mit ihm zusammen zu sein. Ich bin bereit zu akzeptieren, dass wir uns verstecken müssen, dass unsere Liebe geheim bleiben muss, auch wenn ich keine Ahnung habe, wie das funktionieren soll oder auch nur, wie der nächste Schritt aussieht.

Aber Andre weiß, wie es jetzt weitergeht. Seine Lippen finden meine. Und dann küssen wir uns, so zärtlich, so unfassbar liebevoll, dass ich zu fliegen scheine. Wir küssen uns lange und intensiv, seine linke Hand löst mein Zopfgummi, fährt durch mein Haar, die rechte gleitet über meinen Rücken. Ich brenne. Stehe lichterloh in Flammen, ich möchte alles andere vergessen, nur hier mit ihm sein. Alles um mich herum verschwindet in der Bedeutungslosigkeit, spielt keine Rolle mehr – was zählt, ist seine Nähe.

Plötzlich löst er sich wieder von mir und sieht mich eindringlich an. »Kim.« Er schnappt nach Luft, lächelt mich an und ich bin ebenso atemlos.

Leise sagt er: »Du hast mich von der ersten Sekunde total umgehauen. Mir ist so etwas noch niemals passiert und jetzt endlich passiert es. Wirklich.« Er schaut mich ernst an und hält kurz inne. Nimmt meine Hand in seine und küsst ganz sanft jeden einzelnen Finger. So wahnsinnig zärtlich, so liebevoll, dass ich vor lauter Glück fast platze. »Es war wie ein Schlag ... *du* bist wie ein Schlag in die Magengrube!«

Ich schaue ihn empört an. »Ich bin vollkommen unschuldig, Magengrube hin oder her!«, rufe ich gespielt empört.

Er lacht auf und verschränkt fest seine Finger mit meinen. Erneut wird mir ganz warm und es fühlt sich einfach richtig an. Gut und richtig und wie es sein soll. Dann wird er wieder ernst: »Ich will von Anfang an nur noch eins: mit dir zusammen sein.«

»Ich auch, Andre. Von dem Moment an, als du das Wartezimmer betreten hast, wollte ich nichts anderes mehr«, hauche ich und fliege in seine Arme, überziehe sein Gesicht mit kleinen Küssen. Seine Hände gleiten über meinen Rücken, er zieht mich fester an sich und küsst mich noch einmal lange.

Ich bin erneut völlig überrumpelt von der Leidenschaft, die Andre mit einem einzigen Kuss in mir entfachen kann. Es fühlt sich wie eine Naturgewalt an, ich bin nicht in der Lage, einen klaren Gedanken zu fassen außer dem einen, dass ich ihn weiterküssen möchte.

Als wir uns schließlich atemlos voneinander lösen, folgt eine Stille und wir beide schweigen einen Moment. Es gibt kein Lächeln auf seinen Lippen.

Da umfasst er mein Kinn, ganz sacht und sagt: »Mir ist gerade bewusst geworden, dass dies für die nächsten Tage der letzte Kuss war, den ich von dir bekomme, denn solange wir auf Sylt sind, Kim, dürfen wir nichts tun, was uns verraten ...«

»Ja, ich weiß«, unterbreche ich ihn. »Wir schaffen das, denn nur so kann es funktionieren. Ich sage auch Pauli nichts.« Ich bin voller Hoffnung, auch wenn es mir das Herz zerreißt, weil wir verliebt sind, aber nicht verliebt sein dürfen. »Ich bin mir sicher, so sicher wie noch nie in meinem Leben.«

»Das ist gut«, sagt er leise. Wir sehen uns an, unsere Blicke verflechten sich ineinander, tief und innig, vertraut und gleichzeitig fremd. Wir können uns nicht sattsehen aneinander und wissen, von nun an ist alles anders. Von nun an gibt es ein »uns«, es gibt »Kim und Andre« – auch wenn es niemand wissen darf.

15

Die Zeit ist viel zu schnell vorbeigegangen, die Andre und ich ungestört miteinander verbringen durften, als wir am vereinbarten Treffpunkt ankommen.

Pauli versucht, mich zur Seite zu ziehen, doch ich schaffe es auf die Rücksitzbank, bevor sie mich mit ihren Fragen löchern kann. Ihre drängenden Blicke ignoriere ich so gut wie möglich. Genauso wie ich es vermeide, Andre anzusehen. Ich bin mir sicher, dass die anderen sofort wüssten, was mit mir ... mit uns los ist.

Es ist schrecklich, mit Andre in einem Auto zu sein, so nah und doch so fern. Ich sitze schräg hinter ihm, mein Herz dröhnt wie verrückt und ich muss mich zusammenreißen, nicht einfach die Hand auszustrecken, um sein dunkles Haar zu berühren, ihm sanft über den Nacken zu streicheln.

Als wir schließlich bei der Jugendherberge ankommen, schleiche ich mich regelrecht davon. Ich würde so gerne noch einmal Andre ins Gesicht schauen. In seine dunklen Augen. Mich noch einmal vergewissern, dass alles gut wird, wir nur ein wenig Geduld haben müssen. Doch als ich einen flüchtigen Blick riskiere, da sieht Andre blitzschnell in die andere Richtung.

Er will uns nicht verraten, das ist mir klar, doch genau

das würde passieren, wenn wir uns ansehen. Er weiß es, ich weiß es.

Außerdem klebt Pauli an meiner Seite. Sie will jetzt unbedingt Details. Drängt mich, ihr alles haarklein zu schildern. Doch ich habe Andre versprochen, niemandem etwas von uns zu sagen. Auch nicht Pauli.

»Es ist sinnlos«, behaupte ich deshalb ausweichend.

»Wie sinnlos?« Pauli macht große Augen. »Weil ihm das mit euch zu heiß ist?«

Ich nicke. »Er möchte seinen Job nicht riskieren und nun ja, seine Gefühle sind dann wohl doch nicht so stark.«

Pauli schüttelt ungläubig den Kopf. »Nee, Kim, das kaufe ich dem nicht ab. Das ist eine reine Schutzbehauptung.«

»Nein, du täuschst dich, Pauli! Er hat kein Interesse und selbst wenn, er würde niemals seinen Job aufs Spiel setzen. Und wenn ich ehrlich bin, dann kann ich ihn auch verstehen. Ich meine, bis auf den kurzen Augenblick damals im Wartezimmer ist ja nichts zwischen uns passiert. Deshalb geht man nicht gleich so ein Risiko ein.«

»Das heißt jetzt im Klartext, aus euch beiden wird nichts?« Pauli will es noch immer nicht wirklich glauben.

Ich atme tief durch. »So ist es! Definitiv!«

Auch wenn es mir schwerfällt, sie anzulügen, Andre und ich haben es uns geschworen: Niemand erfährt etwas von uns!

Vorerst, aber ohne Ausnahmen.

Pauli sieht richtig geknickt aus, so als hätte sie höchstpersönlich eine bittere Schlappe hinnehmen müssen. »Davon bin ich echt nicht ausgegangen. Der Salm hat dich immer so sehnsüchtig angeguckt, seine Blicke, ich meine, wow, sie waren irgendwie so ... na ja, halt wie ein liebeskranker Hund und trotzdem auch verdammt heiß. Ich hätte die Hand dafür ins Feuer gelegt, dass er so ein Typ ist, der sich, wenn er die Wahl zwischen Karriere und Liebe hat, eindeutig für die Lovestory entscheiden würde.« Sie seufzt.

Ich zucke die Schultern und murmele bemüht niedergeschlagen: »Ja, so kann man sich eben täuschen.« Ich weiß, ich bin eine schlechte Lügnerin, und ich wette, dass ich schon wieder rot werde. Aber vielleicht schiebt Pauli das auch auf meine verzweifelte Gefühlslage – das hoffe ich zumindest. Ich bin doch sonst so vernünftig und ehrlich – für Lügen und doppeltes Spiel bin ich einfach nicht gemacht.

Und prompt mustert Pauli mich skeptisch. »Hm, du nimmst das ja recht locker. Habe ich mich in deinen Gefühlen etwa auch getäuscht?«

Paulis Blicke brennen auf meinem Gesicht, sie weiterhin anzulügen, bereitet mir fast körperliche Schmerzen. Bevor wir nach Sylt gefahren sind, war Pauli eher jemand, mit der ich hin und wieder etwas zusammen unternommen habe. Als gute Freundin hätte ich sie nicht bezeichnet, genau wie bei Jana hat es nie zu mehr gereicht als zu einer lockeren Schulbekanntschaft. Pauli, die ich immer für etwas oberflächlich gehalten habe, mit ihren lockeren Sprüchen und ebenso lockeren Beziehungen, hat sich als wahre Freundin herausgestellt. Sylt hat sich für mich irgendwie zur schicksalhaften Insel entwickelt. Ich musste erst hierherkommen, um endlich klarzusehen – um endlich zu begreifen, was ich will und was nicht.

Als ich Anna entdecke, die gerade aus der Jugendherberge kommt, nutze ich die Chance: »Oh, da ist Anna, ich muss unbedingt wissen, wie die Wattwanderung war«, behaupte ich und winke Anna zu. Ich hake mich bei ihr unter und fordere sie neugierig auf, mir haargenau zu erzählen, wie der Ausflug war. Aus dem Augenwinkel sehe ich Pauli den Kopf schütteln und schließlich durch die Eingangstür ins Innere verschwinden. Da habe ich noch mal Glück gehabt.

Anna hingegen scheint das nicht bemerkt zu haben und schaut mich verschwörerisch an. Sie blickt sich um. Als sie sieht, dass wir so ziemlich unter uns sind, berichtet sie, dass sie es echt albern fand, wie Simon die ganze Zeit demonstrativ mit Jana herumgemacht hätte. So nach dem Motto: Kim heule ich bestimmt keine Träne nach, weil ich nämlich tausend andere haben kann.

Ich habe echt das Gefühl, dass ich diesen Simon überhaupt nicht kenne – und noch weniger mag.

Beim Abendessen ist Pauli mir gegenüber etwas zugeknöpft, und als wir später noch alle runter zum Strand gehen, muss ich sie erst überreden, bis sie schließlich seufzend nachgibt. Offenbar hat ihr Andres und meine »verhinderte« Liebesgeschichte auf die Stimmung geschlagen, so kenne ich Pauli gar nicht!

Unten am Strand haben sich die meisten unseres Kurses versammelt. Sie sitzen im lockeren Halbkreis im Sand und lauschen Frau Hammerkern, die auf ihrer Gitarre spielt und dazu singt. Der Abend ist so mild und schön, dass ich einen Moment vergesse, dass Simon mich von links finster anstiert, obwohl Jana neben ihm sitzt und ihn anschmachtet, während zu meiner rechten Seite Andre sich schon fast krampfhaft darum bemüht, jeden Blickkontakt mit mir zu vermeiden.

Als das Lied endet, reicht Frau Hammerkern spontan die

Gitarre an Andre weiter, der sich mit Händen und Füßen dagegen wehrt. »Nun komm schon, Andre«, beharrt sie. »Du hast im Bus gesagt, dass du Gitarre spielst, und ich finde, du solltest uns ruhig mal was von deinem Können präsentieren.«

Als Luca ihn ebenfalls grinsend auffordert, nimmt er seiner Kollegin schließlich seufzend das Instrument ab.

Einen Moment lang klimpert er nur auf der Gitarre herum, stimmt ein paar Songs an, entscheidet sich für einen, und nachdem er zunächst nur die Gitarre erklingen lässt, fängt er schließlich zu singen an. *»When your legs don't work like they used to before ...«* Er sitzt mit dem Oberkörper über die Gitarre gebeugt im Schneidersitz im Sand, spielt und singt mit so einer warmen und klaren Stimme diesen wunderschönen Lovesong von Ed Sheeran. Seine Stimme und die Worte gehen mir sofort so tief unter die Haut, dass ich alles um mich herum ausblende. *»... I will be loving you till we're 70. And, baby, my heart could still fall as hard at 23 ...«*

Ich starre ihn wie elektrisiert an, es ist mir nicht einmal mehr möglich zu atmen. Die untergehende Sonne färbt sein Gesicht rot, er sieht unfassbar gut aus, wahnsinnig männlich. Ich möchte aufspringen, zu ihm laufen, ihn küssen. Wow, ich bin so verknallt, dass es wehtut.

Andres linke Fußspitze bewegt sich im Takt auf und ab, das dunkle Haar ist ihm in die Stirn gefallen.

Als er aufschaut, treffen sich für einen kurzen Moment unsere Blicke. Seine dunklen Augen versenken sich in meine. Er sieht mich an und singt: *»Well, me, I fall in love with you every single day. And I just wanna tell you I am ...«* – und es klingt wie ein Versprechen, das er mir gibt.

Sein Blick ist längst wieder irgendwo in die Ferne gerichtet, aber dennoch halten mich seine Augen und seine Stimme gefangen. Er lächelt und ich habe das Gefühl, wahnsinnig zu werden, wenn er nicht bald aufhört, so zu lächeln, so zu singen ...

Ein prickelnder Schauer jagt mir über den Rücken, gleichzeitig schnüren mir meine Gefühle die Luft ab. Ich versuche, mich zu ermahnen, ihn nicht so anzusehen, denn sonst werden es alle kapieren. Aber ich schaffe es einfach nicht, mich ihm zu entziehen. Ich hänge an seinen Lippen, denke an vorhin, als wir uns geküsst haben, wie ich in seinen Armen gelegen habe, wie wunderschön es gewesen ist und wie sehr ich mich nach mehr sehne. Immer noch mehr.

Ich schäme mich wegen Simon, dass ich so viel für einen anderen empfinde, so schnell und so viel mehr als jemals für ihn. Und ich schäme mich, dass ich Pauli angelogen habe und auch, dass ich so sauer auf Jana bin, weil sie Gefühle für Simon hat – dabei weiß ich doch selbst am besten, dass man machtlos gegen seine Gefühle ist. Aber gleichzeitig bereue ich es nicht. Nicht einen Moment bereue ich es.

Endlich endet das Lied, endlich hört Andre auf zu spielen. Endlich kann ich damit aufhören, ihn anzustarren.

Die meisten in der Runde beginnen, wild zu klatschen, pfeifen auf den Fingern und rufen: »Zugabe! Zugabe! Bitte noch einen Song, kommen Sie, Herr Salm!«

Aber er schüttelt nur lächelnd den Kopf und gibt die Gitarre an Frau Hammerkern zurück, die ihn völlig verblüfft anstarrt. »Jetzt bist du wieder an der Reihe, Britta!«, fordert er sie auf.

Sie schüttelt den Kopf. »Ähm, nach dieser Darbietung kann ich mich nur noch blamieren. Nee, spiel du bitte weiter!«

Doch Andre bleibt bei seinem Nein und irgendwann schnappt sich schließlich Yannik die Gitarre und beginnt, ein bisschen darauf herumzuzupfen.

»Das war wirklich mega«, raunt Pauline mir zu. »Und weißt du was, es klang so ... echt, als ob er jedes Wort meint, von wegen, dass er gerade dabei ist, sich jeden Tag immer mehr und mehr in dich zu verlieben und so.«

Ich schüttele den Kopf, schaffe es aber nicht, sie anzusehen. »Quatsch, so geht nun mal der Text von dem Song«, wiegele ich ab und seufze dann noch, um die tragisch Verliebte zu spielen.

Pauli legt den Arm um meine Schulter, kommt ganz nah heran und flüstert mir leise ins Ohr: »Kimilein, du bist eine verdammt schlechte Lügnerin. Aber hab keine Angst, von mir erfährt niemand etwas. Darauf kannst du dich verlassen. Ich hab ja selbst so meinen kleinen Geheimnisse.« Sie zwinkert mir zu.

Mir stockt beinahe der Atem, doch als ich Paulis ernsten Gesichtsausdruck sehe, wird mir klar, dass sie es wirklich weiß. Ob sie einfach eins und eins zusammengezählt hat? Oder bin ich wirklich eine so schlechte Schauspielerin? Ich sage kein Wort, um nicht mein Versprechen gegenüber Andre zu brechen, aber zwischen Pauli und mir herrscht eine Art stiller Pakt und ich bin dankbar, sie an meiner – unserer – Seite zu haben. Aber ist eine verbotene Liebe nicht hoffnungslos, wenn man sie niemandem zeigen darf? Ich erhebe mich langsam und schaue Frau Hammerkern an, vermeide jedoch Blickkontakt mit Andre. »Bitte nicht böse sein, aber ich gehe jetzt hoch ins Zimmer und lege mich hin. Ich bin total müde.«

Die Lehrerin nickt verständnisvoll. Ich verabschiede mich flüchtig winkend und verlasse dann auf staksigen Beinen den Strand.

Noch eine Sekunde länger und ich wäre entweder in Tränen ausgebrochen oder hätte mich in Andres Arme geworfen. Beides hätte ich den anderen nur schwer erklären können.

***

Der Wind pfeift uns um die Ohren. Das Meer ist stürmisch und im Sekundentakt schlagen hohe Wellen an den Strand. Die beiden Surflehrer Alfi und Mathis sind sich einig: Keiner von uns wird heute aufs Surfbrett steigen, was zu einigem Mosern und Gemecker führt. Am heutigen Tag dürfen eigentlich auch die Anfänger unter uns endlich an der rauen Küste am Strand von Rantum in unmittelbarer Nähe des Hafens surfen – aber daraus wird wohl nichts.

Am lautesten protestiert Simon. Er regt sich mit hochrotem Kopf auf, dass er schließlich schon auf fast allen Gewässern der Welt gesurft wäre und sich bestimmt nicht von so ein paar Peanutswellen abhalten lässt. Er wendet sich zu Alex, um Rückhalt von ihm zu bekommen, aber der zuckt auch nur unsicher mit den Schultern. Ganz eindeutig sind selbst Alex diese Wellen nicht geheuer.

»Was du in der Freizeit machst, ist dein Ding«, entgegnet Mathis, der genauso wie sein Kumpel Alfi fast schon das Klischeebild von einem Vollblutsurfer erfüllt: braun gebrannt, vom vielen Meerwasser und der Sonne ausgeblichenes halblanges Haar, durchtrainierter, sehniger Körper, lässige Klamotten, Lederband mit einem silbernen Feuerblitz-Anhänger um den Hals und diverse farbige Bänder um beide Handgelenke. Andre sieht im Vergleich zu den beiden fast schon seriös aus, stelle ich belustigt fest, während ich die drei vor mir verstohlen mustere. Natürlich irre süß seriös.

»Ey Alter«, knurrt Simon ihn an, »das ist Freizeit. Surffreizeit. Fällt dir an dem Wort was auf? FREIZEIT!«

Mathis zuckt lässig mit den Schultern und schnurrt: »Alter, fällt dir an dem Wort was auf? SCHULfreizeit!«

»Bist du mein Lehrer? Boah, ich dachte immer, zum Lehrersein braucht man mindestens das Abi. Aber ...«

Weiter kommt Simon mit seinen Unverschämtheiten nicht. Andre bremst ihn aus.

»Simon, es reicht! Mathis ist der Kursleiter, und wenn er so entscheidet, dann hältst du dich gefälligst daran! Ende der Diskussion!«

Doch auch davon zeigt sich Simon völlig ungerührt. Er lacht überheblich und baut sich provozierend vor Andre auf.

Doch als er loslegen will, ist plötzlich Frau Hammerkern zur Stelle. »Schluss jetzt, Simon, das geht eindeutig zu weit!« Sie schiebt sich mit finsterem Gesichtsausdruck zwischen Simon und Andre. Man sieht ihr an, dass nicht mehr viel fehlt und sie explodiert. »Dein Benehmen ist dermaßen daneben, und das nicht erst seit heute. Denk nicht, mein Lieber, dass ich deine Taxiaktion am Westerländer Bahnhof nicht mitbekommen habe. Genauso wie die Nacht, die du draußen verbracht hast, und den Alkohol, den du meinst, an mir vorbeigeschmuggelt zu haben. Ich bin wirklich keine Spielverderberin und ich weiß sehr wohl, das bis auf eine Ausnahme hier alle volljährig sind. Aber du hast jetzt endgültig den Bogen überspannt, Simon.« Sie holt tief Luft und fährt dann mit noch eisigerer Stimme fort: »Ich werde mich mit meinem Kollegen und den beiden Surflehrern später besprechen, ob wir dich die restliche Zeit vom Kurs ausschließen wollen.«

»Was?« Simon lacht höhnisch auf. »Drohen Sie mir etwa?«

Frau Hammerkern nickt. »Ja, leider muss ich das wohl! Und du solltest es ernst nehmen, Simon, denn mir ist gerade jegliche Lust an Späßchen vergangen. Du versucht immer, eine Extrawurst zu bekommen, maulst herum, machst hier allen die Stimmung kaputt – und benimmst dich nicht zum ersten Mal respektlos gegenüber den Surflehrern und uns Lehrern.« Damit wendet sie sich an Mathis und sagt: »Okay, dann blasen wir den Kurs für heute Vormittag ab. Wenn ihr meint, das Meer ist zu wild, die Wellen zu hoch, dann möchte ich da auch wirklich nichts riskieren.«

Mathis nickt. »Es ist wirklich besser so. Vielleicht beruhigt sich das Wetter am Nachmittag wieder etwas. Zumindest ist es so angesagt. Wenn das dann gerade mit Ebbe und Flut hinhaut, können wir uns ja spontan noch mal hier zusammenfinden. Was meinst du?«

Frau Hammerkern ist einverstanden und nun müssen auch die letzten Nörgler einsehen, dass sie heute Vormittag nicht aufs Brett steigen werden.

Während Mathis, Alfi und Andre rüber zu dem Holzschuppen gehen, indem sich die Bretter, Segel und anderen Surfutensilien befinden, bleiben wir noch eine Weile unentschlossen zusammen am Strand stehen.

»Ich wäre eh nicht gesurft«, erklärt Lea. »Bin doch nicht lebensmüde!«

Selbst Pauli stimmt ihr nickend zu, die ja eine weitaus bessere Surferin als die meisten hier ist. »Bei so einem Sturm gehen nur die echten Profis raus und dazu zählen wir Baggersee-Erprobten nun mal leider nicht.« Sie schnaubt. »Auch Simon Großmaul nicht.« Sie wirft mir einen vielsagenden Blick zu.

Simon zeigt ihr uncharmant den Mittelfinger und verschwindet dann wutschnaubend mit Alex in den Dünen. Jana dackelt ihnen wie ein liebestoller Hund hinterher. Ich hoffe nur, dass er keine Dummheiten macht, nicht noch mehr auf Konfrontation mit Frau Hammerkern, Andre und den beiden Surflehrern aus ist. Auch wenn wir nicht mehr zusammen sind und er momentan nur starre Blicke für mich übrighat, so ist er mir trotzdem nicht egal. Immerhin waren wir ein ganzes Jahr lang ein Paar und das will ich nicht so einfach aus meinem Gedächtnis streichen.

Aus dem Augenwinkel sehe ich Andre auf uns zukommen. Er lächelt unverbindlich in unsere Runde, was meinen Magen gleich wieder zum Flattern und meinen Puls zum Rasen bringt. Betont locker wende ich meinen Blick ab.

»Wollen Sie etwa surfen?«, ruft Pauli ihm erstaunt zu, weil er einen knielangen Neoprenanzug trägt, dessen Oberteil ihm seitlich um die Hüften baumelt und somit den Blick auf seinen durchtrainierten Oberkörper freigibt.

Ich kann kaum noch atmen – bestimmt weil der Wind mir so heftig ins Gesicht bläst, vielleicht aber auch, weil ich selten einen Mann so heiß fand wie Andre. Das findet offenbar auch Lea: »Guck ihn dir an«, raunt sie mir leise zu. »Der ist einfach mehr als schnuckelig, viel zu sexy, um wahr zu sein.«

Ich verkneife mir einen Kommentar, denn ich bin mir sicher, dass mich meine Stimme verraten würde, sofern sie mir überhaupt gehorcht, stattdessen schmunzele ich sie nur nickend an.

Was man übrigens von Simon nicht behaupten kann. Er hat sich mit Alex und Jana am Rande der Dünen aufgebaut und ruft höhnisch: »Lea, ey, pass auf, dass der Referendar nicht auf deiner Sabberspur ausrutscht.«

Lea funkelt ihn bitterböse an, doch Pauli legt ihr beschwichtigend die Hand auf den Unterarm. »Lass den Arsch doch lästern. Der ist ja bloß neidisch.«

Auch Andre ignoriert Simons gehässigen Spruch und seine noch mieseren Blicke und antwortet Pauli grinsend auf ihre Frage. »Ja, so ein Wetter muss man ausnutzen.« Er sieht so aus, als könnte er es kaum erwarten, aufs Wasser zu kommen. Dann ist er auch schon drüben bei Alfi und Mathis, die ebenfalls planen zu surfen.

»Wollen wir zugucken?«, schlägt Pauli vor und zwinkert mir hinter Leas Rücken verschwörerisch zu.

Ich zögere. Will ich mich wirklich unten an den Strand setzen und Andre beim Surfen zusehen? Mit Simons gehässigen Blicken im Rücken? Klar, warum nicht, schließlich ist daran absolut nichts Verwerfliches. Aber merkt man mir nicht an, dass ich ihn anhimmle? Ich vertraue Pauli, dass sie mir das steckt, wenn es so sein sollte. Aber solange ich ihn nicht zu eindeutig anhimmele, bin ich hoffentlich sicher.

»Klar, gute Idee. Vielleicht können wir ja auch beim Zugucken noch etwas lernen.«

Ein paar von den anderen schließen sich uns an und

so sitzen wir einen kurzen Moment später zusammen am Strand, haben unsere Handtücher wie Decken um uns geschlagen, denn der Wind ist nicht nur stürmisch, sondern auch echt kalt, und beobachten gespannt, wie die drei ihre Surfbretter vorbereiten, sich anziehen und kurz darauf in die tosende Brandung marschieren.

Alle drei legen einen Beachstart hin und surfen dann mit hoher Geschwindigkeit hinaus aufs offene Meer. Sie gleiten übers Wasser, springen über die Wellen, es ist aufregend, ihnen dabei zuzusehen, tauschen möchte ich allerdings mit keinem von ihnen. Denn auch wenn alle Profisurfer sind – oder Andre es zumindest mal war –, auch sie haben gewaltig mit dem Sturm und den Wellen zu kämpfen. Immer wieder fliegt mal einer von ihnen vom Brett, ist aber schnell wieder raufgeklettert, um nach einem gekonnten Wasserstart gleich wieder voll durchzuziehen.

»Okay, ich habe wirklich gedacht, ich wäre eine gute Surferin«, meint Pauli leicht geknickt. »Aber wenn ich die drei da jetzt so sehe, dafür muss ich wohl noch tausend Stunden auf dem Brett verbringen, um es auch nur annähernd so lässig und genial zu beherrschen.«

Die anderen stimmen ihr zu – okay, bis auf Simon und Alex, die haben nur fiese Sprüche und höhnisches Gelächter für die drei Surfer übrig.

Doch der Rest der Gruppe ist genauso wie ich total beeindruckt. Ich natürlich am meisten von Andre. Immer mehr und immer ... sehnsüchtiger.

Wasser scheint wirklich sein Element zu sein. Schier mühelos gleitet er im stürmischen Nordseewind von Woge zu Woge, ist ständig in Bewegung, hochkonzentriert und dennoch wirkt er völlig befreit und lässig.

Wir schauen ihnen eine ganze Weile zu, ihre Freude am Surfen wirkt regelrecht ansteckend auf uns, doch dann verändert sich plötzlich die Atmosphäre. Die Luft wird kälter und der Himmel färbt sich dunkellila bis schwarz. Im nächsten Moment verschwindet die eh schon kaum sichtbare Sonne endgültig hinter einer dicken Wolke und mit einem Mal herrscht fast vollständige Windstille. Das trockene Dünengras, einen Augenblick zuvor noch in sattem Gelb leuchtend, nimmt einen unheimlichen ockerbraunen Ton an. Schaudernd ziehe ich die Schultern hoch und das Handtuch noch fester um mich.

Im nächsten Moment erklingt in der Ferne ein tiefes Grollen und danach ist es einen Moment lang fast schon gespenstisch ruhig. Selbst die Möwen haben das Kreischen eingestellt. Beklommen schaue ich in den Himmel, der mit jedem Augenblick dunkler und unheilvoller wird, die Wolken türmen sich über unseren Köpfen und scheinen immer noch weiter zu wachsen. Und dann setzt auf einmal der Wind wieder ein, mit einer derartigen Wucht, dass Lea, die neben mir im Sand sitzt, das Handtuch weggerissen wird.

»Oje, da braut sich mächtig was zusammen!«, ruft Frau Hammerkern gegen das Tosen an und bedeutet uns, mit rüber zu der Holzhütte zu kommen, in der sich die Surfausrüstung von Alfi und Mathis befindet. Simon, Alex und Jana sind vor uns dort. So viel zum Thema: große Klappe, wenig dahinter!

Wir haben die Hütte auch fast erreicht, als der erste Blitz den Himmel zerreißt. Sekunden darauf folgt der Donnerschlag.

Pauli, Lea und ich drängen uns mit gesenkten Köpfen aneinander, doch dann fahre ich herum: Andre, Alfi und Mathis sind draußen auf dem Meer! Ich reiße den Kopf hoch, halte nach ihnen Ausschau und ein zweiter Blitz knistert über uns, sodass wir erschrocken zusammenzucken. Der Schreck rauscht durch meine Glieder – es ist lebensgefährlich, bei Gewitter zu surfen!

»Frau Hammerkern!«, brülle ich. »Die drei sind doch noch auf dem Wasser. Das-das ist doch gefährlich!«

Sie dreht sich um und nickt. Sie blinzelt aufs Meer hinaus und brüllt zurück: »Ich weiß, aber sie sind Profis und wissen bestimmt, wie sie sich verhalten müssen. Sie komme sicher gleich vom Wasser.«

Da beginnt es auch noch zu regnen. Riesige, harte Tropfen, die mit großer Kraft auf uns niederprasseln und da, wo sie auf den weißen Sand fallen, dunkle Flecken hinterlassen.

Frau Hammerkern gibt uns mit Handzeichen zu verstehen, dass wir uns beeilen sollen. Der Regenguss nimmt an Heftigkeit zu, bis wir in keine Richtung mehr weiter als über eine Armlänge hinaus blicken können. Es ist, als stünden wir unter einem prasselnden Wasserfall.

Was sich draußen auf dem Meer abspielt, ob die drei versuchen, zurück ans Land zu surfen oder sich an das halten, was Andre uns im theoretischen Unterricht beigebracht hat, wenn man beim Surfen von einem Gewitter überrascht wird, kann ich nicht erkennen. Es ist wichtig, sofort das Rigg ins Wasser fallen zu lassen, um so die Gefahr zu vermindern, vom Blitz getroffen zu werden, und dann sollte man bloß nicht das Brett verlassen, denn wenn man mit dem Wasser in Berührung kommt, kann es lebensgefährlich werden. Am besten ist es, sich mit geschlossenen Füßen auf das Surfbrett zu hocken und die Knie mit beiden Armen zu umfassen. Aber durch den sintflutartigen Regenguss hindurch kann ich einfach nichts erkennen. Eine klammernde Angst um Andre breitet sich in mir aus. Das Adrenalin peitscht mir so durch den Körper, dass ich kaum still sitzen kann. Die Sorge um Andre wird immer größer, ich muss einfach wissen, ob es ihm gut geht, ob er es an Land geschafft hat. Der Regen trommelt auf meinen Rücken, während ich mich atemlos dem Schuppen nähere und Pauli mich unter das Vordach dicht an ihre Seite zieht, wo die anderen bereits alle ziemlich gedrängt stehen.

»Pauli«, wimmere ich leise. »Andre, er ...«

Sie legt mir den Finger auf die regennassen Lippen. »Psst, Kim, sonst ...« Sie lässt den Satz unbeendet, aber ich verstehe auch so. Simon hat die Ohren gespitzt, ich spüre seine finsteren Blicke, obwohl ich mich von ihm abgewandt habe.

»Hoffentlich sind alle drei vom Wasser runter«, sagt Frau Hammerkern und starrt angestrengt Richtung Meer. Aber genau wie ich kann sie nichts erkennen. Der Regen strömt zu dicht.

»Warum, sind doch allesamt so supergeile *Profis*«, ätzt Simon und Jana lacht affig dazu.

Ich möchte sie anschreien, dass sie gefälligst ihre Klappen halten sollen. Das hier ist kein Spaß mehr, es ist bitterer Ernst, lebensgefährlich. Doch da spüre ich, wie mir die Tränen in die Augen steigen. Ich bin nicht in der Lage, sie wegzuzwinkern. Zeitgleich blitzt und donnert es so gewaltig überm Meer, dass mir ein Schrei entweicht.

Pauli umfasst meinen Unterarm, drückt ihn und sagt leise: »Bestimmt wird alles gut, Kim. Die drei sind doch Profis ...«

Das mag wohl stimmen, aber gegen so eine Naturgewalt sind auch Profis machtlos. Wie sollen sie sich auf dem Wasser in Sicherheit bringen? Es macht mich ganz verrückt, dass ich hier nur herumstehen kann, nichts sehen und nichts tun.

»Ich halte es nicht mehr aus«, zische ich Pauli zu und renne los.

In diesem Moment erhellt sich der Himmel und zeitgleich ertönt ein krachendes Donnern. Ich bleibe abrupt stehen und dann sehe ich im gleißenden Licht Andre direkt vor mir. »Andre«, wispere ich erleichtert. »Du hast es geschafft ...!«

Doch die Erleichterung weicht der Panik und alle Kraft schwindet aus meinem Körper, ganz so, als hätte jemand einen Schalter umgelegt, als ich sehe, dass Andres Augen vor Entsetzen geweitet sind. Etwas riecht verbrannt und augenblicklich begreife ich, dass es Andre ist. Einen kurzen Moment lang zögere ich noch, dann springe ich vorwärts und versuche ihn aufzufangen. Doch sein Körper ist zu schwer, er sinkt, ohne einen Laut von sich zu geben, in den nassen Sand und bleibt reglos liegen.

Ich kann nicht aufhören zu weinen. Die Tränen laufen mir still übers Gesicht, tropfen von meinem Kinn auf meine Hände, die ich vor der Brust ineinandergeschlungen habe.

Pauli hat den Arm um meine Schulter gelegt, redet beruhigend auf mich ein. Ich höre zwar ihre Stimme, aber nicht ihre Worte. Sie dringen nicht zu mir durch, weil ich wie in einem Kokon aus Angst und Verzweiflung stecke.

Inzwischen hat es aufgehört zu gewittern, der Sturm hat

so plötzlich nachgelassen, wie er aufgekommen ist. Der Regen ist vorbei. Die Möwen kreischen wieder, ich meine sogar ganz weit hinten am Horizont die Sonne durch die Wolken hindurchblitzen zu sehen.

Andre liegt vor mir im nassen Sand. Mit geschlossenen Augen und beängstigender Blässe unter seiner Bräune. Alfi und Mathis bemühen sich um ihn. Er atmet und ist bei Bewusstsein, wenn auch sehr schwach. Sie geben sich zuversichtlich.

»Ein kleiner Schwächeanfall«, meint Alfi. Doch ich sehe es in seinem Gesicht, dass er sich wie ich schrecklich um Andre sorgt.

»Es sah so aus, als hätte der Blitz ihn getroffen«, wispere ich. »Und-und … es hat auch so gerochen.«

Alfi holt tief Luft. »An der linken Schulter, ich weiß«, sagt er. »Der Notarzt ist schon unterwegs.« Er stockt, blickt mir für einen Moment nachdenklich ins Gesicht und fragt dann ganz leise, sodass die anderen, die sich in einiger Entfernung um uns aufgebaut haben, es nicht hören können: »Kim, seid Andre und du …?«

Ich schlucke, aber dann nicke ich. Was gibt es da noch zu leugnen?

Als kurz darauf die Sirenen des Krankenwagens erklingen, halte ich Andres Hand. Er öffnet blinzelnd die Augen, lächelt mich an. Seine Lippen beben leicht, versuchen Worte zu formen. Aber er ist zu schwach, ich kann ihn nicht verstehen.

Ich lege meine Hand an seine Wange. »Andre? Ich bin's, Kim, ich bin bei dir …«

Irgendwer schiebt mich grob zur Seite. »Mach bitte Platz!«, fährt mich der Sanitäter an und macht sich dann sofort daran, Andre anzusprechen und seine Lebenszeichen zu prüfen.

Ich springe zur Seite. Spüre, wie mir jemand den Arm um die Schulter legt. Mich wegführt und dabei beruhigend auf mich einredet.

Plötzlich werde ich von einem Schluchzer geschüttelt und mein Körper zittert. Meine Knie wollen nachgeben, als Andre auf eine Trage gelegt und zum Krankenwagen getragen wird. Türen knallen. Motoren werden angelassen. Zuckendes Blaulicht. Das heulende Geräusch der Sirene. Ich starre dem Krankenwagen hinterher und fasse es nicht, dass ich nicht bei Andre sein kann, jetzt wo er mich braucht. Und es darf niemand wissen, wie sehr ich ihn brauche.

»Kim?« Ich kenne die Stimme. Aber ich kriege sie einfach nicht zugeordnet. »Ich bin mir sicher, Herr Salm wird sich wieder erholen. Aber ich schätze, dass ihr uns dann so einiges erklären müsst.«

Ich spüre sie auf mir, die Blicke. Die anderen aus meinem Kurs – sie alle starren mich an. Verwirrt, erstaunt, erschrocken, auch Getuschel höre ich, hinter vorgehaltenen Händen.

Ich drehe mich langsam zu der Stimme um, die gerade mit mir gesprochen hat, und blicke in Frau Hammerkerns Gesicht. Ich sehe Sorge in ihren Augen, aber auch Erstaunen.

»Er kann nichts dafür …«, wispere ich und erinnere mich an Andres und meinen Pakt. »Er weiß es nicht einmal.«

Sie nimmt mich zur Seite. »Es ist jetzt vielleicht nicht der passende Moment, denn natürlich sind wir alle wegen der Ereignisse ziemlich durcheinander, aber Kim, deine Sorge um Herrn Salm, das war, das ist doch nicht … *normal?* Willst du mir das vielleicht erklären?«

Ich atme zitternd durch. Ich habe es Andre versprochen, ihm hoch und heilig geschworen. »Ich bin verliebt in ihn. Heimlich. Er weiß nichts davon«, sage ich die Unwahrheit.

Frau Hammerkern nickt verständnisvoll. »Ach, so ist das.«

Als ich mich wieder zu den anderen umwende und Paulis tröstende Schulter suche, versperrt mir Simon den Weg. Er starrt mich an, seine Augen sind kalt und voller Enttäuschung.

»Ach, so ist das«, wiederholt er Frau Hammerkerns Worte verächtlich. »Jetzt kapier ich es endlich, Kim. Endlich raffe ich es, ich ahnungsloser Depp. Du und der *tolle Referendar*. Herzlichen Glückwunsch!« Seine Stimme trieft vor Ironie und Verachtung.

Ehe ich etwas erwidern kann, dreht er sich um und stampft davon.

16

Herr Salm ist glücklicherweise wieder wohlauf, wird aber die Nacht zur Sicherheit im Krankenhaus verbringen und erst morgen gegen Mittag wieder hierher zurückkommen«, teilt uns Frau Hammerkern beim Abendessen mit.

»Frag sie ...« Ich verpasse Pauli einen unauffälligen Stoß und sie reagiert prompt.

»Frau Hammerkern, was genau hat er denn? Ich meine, hat ihn wirklich der Blitz getroffen?«

Frau Hammerkern schaut Pauli nachdenklich an, dann streift ihr Blick für den Bruchteil einer Sekunde mich, bevor sie mit sonderbarer Stimme verkündet: »Ja, so ist es. Ihn hat völlig unerwartet *der Blitz* getroffen.«

»Ist das nicht normalerweise tödlich?«, will Luca erfahren.

»Na ja, es kommt wohl auf die Schwere des Schlags an. Er hat richtig viel Glück gehabt, war lediglich einen Moment lang ohne Bewusstsein, aber das EKG und auch alle anderen Werte waren absolut unauffällig.«

»Krass ...«, murmelt Anna und die meisten stimmen ihr nickend zu. Nur Simon tut relativ unbeteiligt, auch wenn Jana und Alex neben ihm aufmerksam zuhören. Simon isst während Frau Hammerkerns Ansprache ungerührt weiter.

Ich halte mich zurück. Noch so ein Auftritt wie vorhin und dann kann ich bestimmt keinem mehr weismachen, dass ich einseitig in Andre verknallt bin. Anna und Lea haben auch schon ziemlich misstrauisch nachgefragt. Und als ich vorhin Jana im Flur begegnet bin, hat sie mich mit abfälliger Miene angeblafft: »Machst hier Stress ohne Ende, weil Simon und ich ein bisschen rumgeknutscht haben, aber in Wirklichkeit ist der Salm der Grund, weshalb du Simon abserviert hast. So was Dreistes hätte ich dir echt nicht zugetraut ...«

Einerseits hätten mich ihre Worte ärgern müssen. Doch andererseits sind sie nicht ganz aus der Luft gegriffen, denn Andre ist auf jeden Fall nicht komplett unschuldig an Simons und meiner Trennung – oder anders: Er war der »Tropfen«, der das eh schon ziemlich brodelnde Wasser im Fass zum Überlaufen gebracht hat.

Nach dem Abendessen zermartere ich mir das Hirn, ob es mir nicht irgendwie gelingen könnte, Andre im Krankenhaus zu besuchen. Doch als ich Pauli das unter vier Augen andeute, zeigt sie mir sofort einen Vogel.

»Kim, echt, mach bloß keinen Scheiß«, rät sie mir von meinem Vorhaben ab. »Wenn Frau Hammerkern davon was mitkriegt, dann ist hier die Hölle los. Die hat dich eben sowieso schon so misstrauisch angeglotzt. Wenn du Pech hast, dann nimmt sie die ganze Sache mit dir und Andre doch noch etwas genauer unter die Lupe.«

Ich bin geknickt, muss ihr aber leider recht geben und verspreche ihr, keine Dummheiten zu machen.

Sie tröstet mich: »Kimilein, noch vier Tage, dann geht es wieder nach Hause und ihr könnt euch treffen, wann immer ihr wollt.«

Ich nicke, ergänze aber murmelnd: »Na ja. So einfach wird das nicht, sondern nur heimlich …«

Pauli verdreht die Augen. »Sieh es doch mal so, heimlich hat auch seinen Reiz. Und außerdem ist es ja nicht für ewig. Im April hast du das Abi so gut wie in der Tasche und danach steht euch die Welt sowieso offen.« Ich drücke Pauli fest an mich, so gut tut es, ihre Zuversicht zu hören – die ich in mir gerade ganz und gar nicht verspüre.

Am nächsten Morgen klopft es an unserer Zimmertür, als wir gerade runter zum Frühstück gehen wollen. Ich habe kaum ein Auge zugemacht, unentwegt an Andre gedacht und fühle mich deshalb wie gerädert. Lea öffnet und dreht sich dann mit erhobener Augenbraue und fragendem Blick zu mir um. »Für dich, Kim.«

Ein warmer Schauer läuft mir über den Rücken, weil ich tatsächlich einen kurzen Moment hoffe, es könnte Andre sein. Doch als Lea einen Schritt zur Seite macht, entdecke ich Simon.

»Du?«, krächze ich.

Prompt gehen Simons Mundwinkel weiter runter. »Ja, ich. Ist klar, dass du lieber einen anderen sehen willst«, knurrt er mich an. »Hast du mal einen Moment?«, fragt er.

Alles in mir sträubt sich gegen *einen Moment* mit Simon. Dabei ist es doch nur Simon – mit dem ich mal zusammen war. Simon, der verstehen soll, dass das mit Andre und mir nichts mit dem Ende unserer Beziehung zu tun hat. Zumindest nicht so viel, wie er nun vermutlich denkt.

Pauli murmelt irgendetwas Unverständliches, und als sie an Simon vorbeischlendert, wirft sie ihm einen warnenden

Blick zu. Lea, Anna und Michelle sehen auch nicht sonderlich begeistert aus, verschwinden aber nach unten zum Frühstück.

Simon steht unschlüssig im Türrahmen.

»Willst du nicht reinkommen?!«, fordere ich ihn auf.

Er nickt und setzt sich auf den runden Holztisch vorm Fenster. Ich schließe die Tür, bleibe aber mit dem Rücken dagegengelehnt stehen, damit möglichst viel Platz zwischen uns ist.

»Hast du Angst vor mir?« Sein Blick ist abschätzend, seine Stimme trieft vor Spott.

Ich verschränke die Arme vor der Brust. »Nein, warum sollte ich? Ich bin nur nicht besonders scharf darauf, dir zu nahe zu kommen.«

Er lacht freudlos auf. »Das musst du auch nicht. Ich habe dich auch so durchschaut.«

Ich ziehe erstaunt die Augenbrauen hoch, während eine dunkle Vorahnung über mich hereinbricht: Simon und seine Eifersucht ...

Dennoch versuche ich, meine Stimme so ruhig wie möglich klingen zu lassen. »Inwiefern durchschaut?«

Er reckt das Kinn und stößt hervor: »Dieser Salm und du. Ich hab die ganze Zeit schon geahnt, dass da zwischen euch was läuft. Aber ich bin mir sicher, dem Typ fehlen die Eier, um das offen zuzugeben.«

Er will mich provozieren. Aber den Gefallen tue ich ihm nicht. »Keine Ahnung, ob ihm ›die Eier fehlen‹, und ich weiß echt nicht, was du dir einbildest, was da zwischen dem Salm und mir laufen soll«, gebe ich kühl zurück.

»Klar weißt du von nix, Kim, aber ich bin doch nicht blöd. Du hältst die Klappe, weil dein neuer Lover sonst Ärger kriegt mit der Schule und seiner Karriere. Ist mir schon klar.« Simons sonst so strahlendes Sonnyboy-Gesicht ist vor Wut verzogen und ich erkenne ihn und seine eiskalte Stimme kaum wieder.

»Simon«, versuche ich es auf die sanfte, verständnisvolle Tour. »Es führt doch zu nichts, wenn du mich beschimpfst. Wir wissen doch beide, dass es zwischen uns nicht mehr funktioniert hat. Sonst wärst du nicht mit Jana in den Dünen gelandet – und meine Gefühle gehören eben auch einem anderen. Doch ich kann dir versichern, Herr Salm ahnt davon nichts und ...«

Er hebt die Hand und schreit beinahe: »Hör auf mit deinen Lügen, Kim! Ich hab dich doch gesehen, wie du am Strand geheult und seine Hand gehalten hast und wie der dich angeglotzt hat. Meinst du, ich bin bescheuert?« Er lacht bitter auf. »Eins kannst du mir echt nicht verkaufen, dass zwischen euch noch nichts läuft. Du bist nicht diejenige, die auf einen Typen zugeht, dafür bist du viel zu verklemmt. Bei uns war es doch auch so, dass ich den ersten Schritt machen musste. Boah, wie mich dein Getue ankotzt, deine Lügen – und das alles für einen Kerl, der nicht einmal den Mumm hat, zu dir zu stehen. Ich könnte kotzen, im Strahl!«

Ich zucke unmerklich zusammen und beiße mir auf die Unterlippe. Es ist so verletzend, was er zu mir sagt, und ich spüre, wie mich nach allem, was passiert ist und was mal zwischen uns war, eine unendliche Wut und Trauer packt. Warum muss das so zwischen uns enden? Warum ist da jetzt nur noch Hass und Wut, kein gutes Wort mehr füreinander, kein guter Gedanke ...?

Mit einem süffisanten Lächeln erhebt sich Simon nun

vom Tisch und kommt auf mich zugeschlendert. Er kommt mir so nah, dass ich seinen Atem auf meinem Gesicht spüren kann, dann bleibt er vor mir stehen.

»Weißt du, was ich schon immer gehasst habe«, sagt er mit hasserfülltem Blick. »Zu verlieren!« Er lacht kurz auf, bevor er fortfährt: »Ich hab es von der ersten Sekunde an gewusst, das mit euch. Der Arsch steht auf dich und du auf ihn. Hab's kapiert, als die Flachpfeife am Bus meinte, er müsste sich als großer Lehrer aufspielen.«

Ich will seine Gehässigkeiten nicht mehr hören, will ihm nicht so nahe sein. Doch da ist etwas in Simons Blick, etwas ganz und gar Bedrohliches, das mich wie angewurzelt festhält.

Ich vermute, das, was Simon mir wirklich sagen will, das kommt erst noch. »Was willst du, Simon?«, krächze ich daher, um es hinter uns zu bringen.

Er stützt seine Hände links und rechts neben meinem Kopf an der Tür ab. »Rache.«

Ich blicke ihn erschrocken an.

Simon lacht böse. »Niemand spannt mir ungestraft die Frau aus. Niemand!«

»Aber ...« Er legt mir den Finger auf den Mund, gar nicht sanft, eher sehr grob und unbeherrscht. Was soll das? Was hat er vor?

»Kim«, flüstert er wütend. »Eigentlich wollte ich nur seine Karriere als Lehrer verhindern, indem ich an entsprechender Stelle erwähne, was zwischen euch läuft. Aber dann hab ich ein bisschen recherchiert und sehr schnell kapiert, dass dein neuer Lover noch viel *schmutzigeren* Dreck mit sich herumschleppt. Tja, du kennst mich, das hat natürlich meinen Ehrgeiz erst so richtig geweckt. Und dass ich über die besten Kontakte verfüge, das sollte dir ja bekannt sein.« Erneut lacht er auf. »Weißt du eigentlich, dass dein Lover das erste Mal seit über sechs Jahren wieder hier auf Sylt ist – und das aus gutem Grund?«

Ich versuche, mich von ihm freizuwinden, ich will nur noch weg und mir seine miesen Drohungen nicht länger anhören. Aber Simon umfasst mit der anderen Hand meinen Oberarm und nun sitze ich in der Falle. »Du hörst dir gefälligst an, was ich zu sagen habe!«

Plötzlich drückt jemand von außen den Türgriff herunter und versucht, sie aufzuschieben. »Kim? Bist du da noch drin?«, höre ich Paulis Stimme. »Hey, was soll das? Simon? Lass sie in Ruhe und mach gefälligst die Tür auf!«

»Ja, Pauli, ich bin hier, hilf mir!«, rufe ich und stoße Simon diesmal mit aller Kraft von mir. Im selben Moment wirft sich Pauli von außen gegen die Tür und Simon taumelt einen Schritt von mir zurück. Die auffliegende Tür verpasst mir einen heftigen Stoß in den Rücken, sodass ich der Länge nach vornüber auf den Boden stürze.

»Was ist denn hier los?«, schreit Pauli entsetzt und hilft mir sofort auf die Beine. Fassungslos starrt sie zwischen Simon, der am Fenster steht und sich die Haare rauft, und mir hin und her.

»Hat das Arschloch dir was getan?«, keucht sie.

Ich schüttele den Kopf. Doch das interessiert Pauli nicht. Sie hat sich längst ihr eigenes Urteil gebildet. So schlank und zart sie auch wirkt, die Wut verleiht ihr offensichtlich Bärenkräfte. Mit einem sonderbaren Knurren in der Kehle läuft sie quer durchs Zimmer, kriegt Simon am Halsausschnitt seines T-Shirts zu packen und zerrt ihn daran zur Tür.

»Verpiss dich!«, keift sie ihn an. »Und wag es nie wieder, nie wieder, Kim anzufassen, sie zu bedrohen oder auch nur mit ihr zu sprechen!« Dann verpasst sie dem völlig verdutzt guckenden Simon einen heftigen Schubs, sodass er auf den Gang hinausstolpert.

Bevor sie die Tür hinter ihm zuschlagen kann, ruft er ins Zimmer: »Kim, du solltest heute Morgen die Sylter Zeitung lesen! Könnte was Interessantes à la Fake News drinstehen. Die bieten sich perfekt an, wenn man jemanden so richtig fertigmachen will!«

»Halt den Mund und red nicht ein einziges Wort mehr mit uns!«, brüllt Pauli, dann knallt die Tür ins Schloss.

Ich sinke rücklings auf mein Bett und bleibe einen Moment regungslos so liegen. Mein Herz rast. Mein Kopf schwirrt. Simon hat mir gedroht, versucht, mich fertigzumachen.

»Was ist passiert, Kim?«, flüstert Pauli und lässt sich neben mich aufs Bett fallen. Sie klingt besorgt, ängstlich und gleichzeitig wütend. »Was hat er …?«

Ich schüttele den Kopf. »Er hat mir gedroht, Pauli, aber mir geht es gut«, versichere ich ihr mit dünner Stimme. »Aber ich hätte nie gedacht, dass ich mal solche Angst vor Simon haben würde. Keine Ahnung, was ihn geritten hat …« Ich schlucke.

Pauli und ich legen uns auf den Rücken und starren auf den Lattenrost des Bettes über uns. Eine ganze Weile lang bleiben wir so liegen, bis ich schließlich leise sage: »Er will Andre fertigmachen. Und mich. Er ist so voller Hass und Wut, ich fürchte, seine Rache wird richtig schlimm.«

Pauli umfasst meine Hand und drückt sie. »Er hat gesagt, wir sollen die Zeitung lesen …«, murmelt sie nachdenklich. »Fake News …?«

Wie elektrisiert schieße ich hoch. »Verdammt!«, keuche ich. »Vielleicht steht da ein Artikel über Andre und mich drin? So nach dem Motto: Sodom und Gomorrha in der Jugendherberge. Referendar knutscht mit Schülerin herum!«

Pauli richtet sich ebenfalls auf, schüttelt aber den Kopf. »Das kann ich mir nicht vorstellen. Ich meine, welche Zeitung sollte so etwas bringen? Davon mal ganz abgesehen, dass er dafür doch überhaupt keine Beweise hat.«

Ich nicke, räume dann aber ein: »Er hat gemeint, dass er es uns schon am Bus *angesehen* hätte. Na ja, und nach dem Unfall war ihm halt alles klar. Er kennt mich so gut – er weiß einfach, dass da was zwischen mir und Andre läuft. Dass das nicht einseitig ist.«

Pauli presst kurz die Lippen zusammen. »Tja, das kaufe ich ihm sogar ab. Schließlich ist mir auch sofort ein Lichtlein aufgegangen, als ich die Blicke zwischen euch mitbekommen habe.«

Ich stöhne vor Ärger über mich auf. »Und nun? Was soll ich nun tun?«

Pauli erhebt sich vom Bett und sie sieht mal wieder so aus, als hätte sie bereits einen ziemlich ausgefeilten Pauli-Plan. »Zunächst melde ich uns heute Morgen wegen heftiger Magen- und Darmgrippe vom Surfunterricht bei Frau Hammerkern ab. Und dann besorgen wir uns schnellstmöglich diese Sylter Zeitung. Ich schätze aber, er hat nur einen auf dicke Hose gemacht, um dich zu schocken.«

Ich atme tief durch. »Das hoffe ich wirklich sehr«, sage ich leise. Und gleichzeitig bezweifle ich, dass Simon seine Drohung nicht wahrmacht. Anscheinend sind ihm beim Anblick von Andre und mir am Strand sämtliche Sicherungen durchgebrannt und ich muss mich wohl auf das Schlimmste gefasst machen.

Verdammt. Der Gedanke, dass ich Andre in meinen ungeklärten Ex-Beziehungsstress mit Simon reingezogen habe, macht mich fertig, lässt mein Gehirn unentwegt rattern und mein Herz rasen.

17

Wir brauchen die Jugendherberge nicht heimlich zu verlassen, um uns die Sylter Zeitung zu besorgen, das Blatt liegt unübersehbar unten auf dem kleinen Empfangstresen neben der Eingangstür.

Doch dahinter steht Hannes und mustert mich mit einem sonderbaren Blick. Sofort verirren sich meine Gedanken zu Andre, der im Krankenhaus liegt und nach dem ich mich so sehr sehne. Und den ich durch meine unvorsichtige Aktion, durch mein Show am Strand, mein Geheule, meine für alle sichtbare Sorge womöglich in eine richtig doofe Situation gebracht habe.

»Andre geht es schon viel besser«, sagte er mit ernster Stimme. Mit wenigen Schritten ist er um den Tresen herumgekommen und legt mir kurz die Hand auf die Schulter, dieser große, bärtige Mann. »Er ist ein guter Freund, ein richtig guter Typ.«

Bevor ich etwas erwidern kann, hat er die Empfangshalle verlassen. Ich stehe da und starre ihm perplex hinterher.

Pauli geht es nicht viel anders. »Er weiß es«, murmelt sie. Doch dann schnappt sie sich die Zeitung vom Tresen und zieht mich mit sich raus vor die Tür. Während mir das kurze Zusammentreffen mit Hannes noch immer durch den Kopf schwirrt, verschwinden wir nach rechts ums Gebäude herum, gehen ein paar Schritte die Hauptstraße entlang und lassen uns dann auf eine weiß lackierte Holzbank sinken.

Ich atme tief durch. Hannes' Worte haben mich ziemlich aufgewühlt. Es kam mir so vor, als wollte er noch mehr zu mir sagen. Vielleicht Vorwürfe machen, weil ich seinen guten Freund Andre in so eine bescheuerte Lage gebracht habe.

Oder täusche ich mich? Sehe ich inzwischen Gespenster? Überall. Selbst in jedem Auto, das an uns vorbeifährt, fürchte ich, jemanden auszumachen, der mich anstarrt. Vorwurfsvoll. Anklagend. Mann, Mädel, warum konntest du nicht deine Klappe halten! Jetzt weiß jeder, dass zwischen euch was läuft.

Blödsinn! Erstens hat nur Simon eine leise Ahnung und zweitens interessieren sich die Sylter und erst recht die Urlauber bestimmt nicht für Andre und mich. Verdammt, ich bin schon so durch mit den Nerven, dass ich unter Halluzinationen leide.

»Auf der Titelseite steht schon mal nichts«, stellt Pauli fest. »Und wenn es nicht zur Schlagzeile taugt, dann kann es auch nichts Dramatisches sein ... also, falls es überhaupt stimmt und Simon nicht einfach nur Blech gelabert hat, wovon ich ja eh ausgehe.«

Nach zweimaligem Durchblättern teile ich Paulis Vermutung. Simon wollte sich einfach nur wichtigmachen. Ich hätte es mir doch eigentlich denken können.

»Zur Sicherheit werfen wir morgen noch mal einen Blick in die Zeitung«, schlägt Pauli vor. »Aber ich gehe schwer davon aus, dass auch dann nichts drinnen stehen wird, was Andre und dich in irgendeiner Weise tangieren sollte.«

Ich lege Pauli die Hand auf den Unterarm. »Danke, Pauli, für alles. Ich weiß echt nicht, was ich in den letzten Tagen ohne dich gemacht hätte – wahrscheinlich wäre ich durchgedreht.«

Sie schaut mir in die Augen, dann sagt sie: »Nein, ich habe zu danken – für dein Vertrauen. Gerade in so einer heftigen Krise, ich finde, du bist unglaublich mutig – und ich hoffe echt, dass alles mit euch gut werden wird.« Sie zwinkert mir zu, so wie eben nur Pauli zwinkert. »Und ich bin froh, dass wir uns enger angefreundet haben. Ich fand es schon immer schade, dass wir uns nur so flüchtig kennen.«

»Mir ging es genauso!«, staune ich. »Du warst immer so ... mit so vielen Leuten befreundet, aber finde es jetzt auch schön, dass uns meine Krise auf Sylt näher zusammengebracht hat. Du bist eine echte Freundin, Pauli.«

Pauli verzieht den Mund zur Schnute. »Ging ja auch vorher nicht. Simon hat ja eh die Welt um dich herum abgeschirmt.«

»Simon«, murmele ich gedankenverloren und habe auf einmal einen ganz bitteren Geschmack im Mund. »Ich war am Anfang sooo verknallt in ihn. Aber irgendwie ist das plötzlich komplett weg.« Ich stocke, atme tief durch, bevor ich leise hinzufüge: »Ich hatte richtig Angst vor ihm. Er war mir so fremd.« Ich schüttele mich leicht, um den eiskalten Schauer loszuwerden, der mir über den Rücken läuft.

Pauli nickt verständnisvoll und sagt nach einer kurzen Pause: »Simon kann einem eigentlich nur leidtun – und er verdient es nicht mal, dass wir noch über ihn reden.« Darauf geben Pauli und ich uns die Hand.

Als wir kurz darauf zur Jugendherberge zurückkehren und uns eigentlich unauffällig ins Gebäude und dann schnurstracks in unser Zimmer verziehen wollen, fährt gerade Katjas silberner Kombi vor. Sie parkt ihr Auto auf dem kleinen Parkplatz und steigt dann aus. Als sie Pauli und mich sieht, schüttelt sie kurz den Kopf.

»Die guckt ja böse«, spricht Pauli meine Gedanken aus. »So kenne ich die gar nicht. Sie ist doch eigentlich immer total locker und gut drauf. Ein richtiger Sonnenschein-Mensch.«

Bevor ich ihr zustimmen kann, hat Pauli die Hand gehoben und winkt Katja zu. Ich folge ihrem Beispiel – und bleibe abrupt stehen.

Andre! Er steigt aus der Beifahrertür. Prompt verwandelt sich mein Herz in eine hyperaktive Trommel, ich balle die Hände, muss mich beherrschen, nicht zu ihm rüberzulaufen, ihm um den Hals zu fallen, ihn zu küssen ...

Doch dann schaut er zu mir und sein Blick ist leer, enttäuscht – enttäuscht von mir?

Weil er inzwischen mitbekommen hat, was für eine Show ich gestern am Strand veranstaltet habe? Dass ich heulend hinter dem Krankenwagen hergerannt bin?

Womöglich war Frau Hammerkern bereits bei ihm im Krankenhaus und hat ihm klargemacht, dass sie mir kein Wort glaubt und dass er mit Konsequenzen zu rechnen hat. Ist es so?

Ich fühle mich schrecklich, schrecklich schuldig.

»Irgendetwas ist passiert«, raunt Pauli mir zu. »Auf jeden Fall gucken beide so, als würden sie gerade von 'ner Trauerfeier kommen.«

Und dann, ich fasse es nicht, geht er einfach an uns vorbei. Kein Wort, kein Lächeln, nur ein verbissener Gesichtsausdruck.

Die Tür fällt hinter den beiden zu und ich stehe wie erstarrt da. »Was ...«, wispere ich nur.

Pauli legt mir tröstend den Arm um die Schulter. »Kein Plan. Auf jeden Fall scheint er sauer zu sein. Und zwar so richtig.«

Heiße Tränen brennen mir in den Augen. Ich zwinkere sie verzweifelt weg. Heulen ist jetzt echt das Allerletzte. Ich hab mich eh schon wie ein Kleinkind aufgeführt – und Andre damit scheinbar richtig gegen mich aufgebracht. Wobei, nein, er sah nicht wütend aus, eher schrecklich verletzt.

»Lass uns erst mal hoch ins Zimmer gehen«, schlägt Pauli mit ebenso geknickter Stimme vor, wie ich mich fühle. »Vielleicht kann ich später Katja unauffällig ausquetschen?«

Doch wir müssen nicht auf *später* hoffen. Gerade als wir uns in Richtung Tür bewegen, wird sie schwungvoll aufgeschoben und Katja erscheint im Türrahmen. Ihr Blick ist noch immer eisig, ihre Stimme schroff, als sie sagt: »Kim, hast du mal eine Minute?«

Automatisch nicke ich und folge ihr dann, als sie sich ein paar Meter von Pauli und mir entfernt.

Da es ziemlich eindeutig war, dass sie alleine mit mir reden will, ist Pauli vorm Eingang stehen geblieben.

Mein Herz rast wie verrückt, während ich Katja leise frage: »Worum geht es denn?« Natürlich um Andre, beantworte ich mir in Gedanken meine Frage gleich selbst.

»Kannst du mir bitte mal erklären, was du dir dabei gedacht hast, hä?«, fährt mich Katja dermaßen harsch an, dass ich einen unsicheren Schritt zurück mache.

»Ich-ich ... wollte das doch gar nicht«, stammele ich hilflos. »Ich war nur so geschockt, als er da auf dem Boden lag und ... ich hatte einfach schreckliche Angst um ihn.«

Einen Moment lang habe ich das Gefühl, dass sich Katjas Züge ein wenig lockern, weicher werden, verständnisvoller. Doch dann strafft sie die Schultern und erklärt: »Andre hat bereits seiner Kollegin heute Morgen am Telefon von dem Flirt mit dir erzählt und wird auch sofort nach seiner Rückkehr das Gespräch mit dem Schulleiter suchen. Er hofft, dass er an einer anderen Schule sein Referendariat machen kann.«

»Flirt?«, wispere ich, kaum noch in der Lage, zu atmen. »Das mit uns ist nicht mehr für ihn als ein Flirt?«

Katja zieht die Luft scharf zwischen den Zähnen ein. »Inzwischen ist ihm auch klar, dass er das mit der Heimlichtuerei nicht von dir verlangen durfte. Es ist ihm wohl schon in dem Moment klar geworden, als er dich darum gebeten hat. Er bereut es zutiefst und versteht auch, dass du deshalb enttäuscht von ihm bist. Es spricht ja nicht gerade für ihn, dass er dich einerseits küsst, dass er unbedingt mit dir zusammen sein will, aber dann zu feige ist, dazu zu stehen und notfalls eben auch mit den Konsequenzen klarzukommen.«

Katja hält kurz inne und ich nutze die Chance, um sie zu fragen: »Und warum sagt er mir das nicht selbst? Warum schickt er dich vor?«

Sie schüttelt den Kopf. »Er schickt mich nicht vor. Er weiß nicht einmal, dass ich mit dir rede.«

»Aber ...« Ich komme nicht weiter. Sie hebt die Hand und fällt mir einfach ins Wort. »Warum musstest du in seiner Vergangenheit wühlen? Warum musstest du all das wieder aufrollen? Ausgerechnet hier auf Sylt, ausgerechnet jetzt, wo er das erste Mal wieder die Kraft hatte, zurückzukommen?«

Ich schnappe atemlos nach Luft. »Was redest du da? Was soll ich aufgerollt haben und was meinst du damit, dass ich in seiner Vergangenheit gewühlt hätte? Wie kommst du bloß darauf?«

Katja starrt mich finster an. »Mein Güte, er muss dich ja wirklich schrecklich verletzt haben, dass du es jetzt noch nicht einmal zugeben kannst. Dass du einfach mit deinen Lügen weitermachst. Aber weißt du was, glauben tut das eh keiner!«

Damit wendet sie sich um und lässt mich stehen – mit Chaos im Kopf und schrecklichen Schmerzen in der Brust.

***

Ich stürme ins Zimmer, werfe mich auf mein Bett und schluchze verzweifelt ins Kissen. Allerdings nicht allzu lange, dann überkommt mich plötzlich eine unglaubliche Wut. Das kann doch alles nicht wahr sein! Diese Katja hat doch wohl echt den Schuss nicht mehr gehört! Was gibt die bloß für einen Schwachsinn von sich? Ich habe nicht in Andres Vergangenheit gewühlt – nichts davon stimmt!

Entschlossen wische ich mir die Tränen vom Gesicht, erhebe mich vom Bett und bin festen Willens, auf direktem Weg zu Andre zu marschieren und ihm von dieser Ungeheuerlichkeit, die mir Katja da gerade unterstellt hat, zu erzählen. Ich bin mir sicher, er wird aus allen Wolken fallen und Katja empört zur Rede stellen.

Doch als ich schwungvoll die Zimmertür aufziehe, steht

da Pauli. »Was war das denn eben? Warum hat Katja dich einfach stehen gelassen und warum bist du wie angestochen an mir vorbeigerannt?«

In kurzen Sätzen schildere ich meiner Freundin, was Katja mir gerade unterstellt hat und dass ich nun vorhabe, zu Andre zu gehen und die Sache mit ihm zu klären.

Doch Pauli hält mich am Arm fest. »Warte. Und wenn wir etwas übersehen haben?«

»Wie meinst du das?«

»Denk an Simons Drohung. Fake News. Wir sollten uns die Zeitung vielleicht noch mal ganz genau durchlesen.«

»Hast du sie denn noch?«

Pauli hält mir das Blatt direkt vor die Nase. »Ja, irgendwie habe ich wohl geahnt, dass wir sie noch brauchen werden.«

Ich reiße sie ihr regelrecht aus der Hand und renne damit zu der kleinen Holztischgruppe rüber. Fieberhaft durchforste ich jede Seite. Hoch und runter, jede noch so kleine Nachricht lese ich zwei-, dreimal durch, in der Hoffnung auf einen Hinweis. Doch da ist einfach nichts – in dieser Zeitung steht nichts, was ich auch nur im Ansatz mit Andre in Verbindung bringen würde.

»Es ist hoffnungslos«, seufze ich enttäuscht und lasse mich auf mein Bett sinken.

Pauli blättert weiter. Ich höre es am Knistern der Blätter. »Da steht einfach nichts! Absolut gar nichts! Ich verstehe es nicht«, murmelt sie. »Aber warum ...«

Mitten in ihren Satz hinein klopft es an unserer Zimmertür.

Bevor ich hochspringen kann, in der Hoffnung Andre vor mir zu haben, ist Pauli bei der Tür. »Katja, oh ...«

»Darf ich reinkommen?«, fragt sie und hört sich nun wieder ein kleines bisschen nach der normalen Katja an.

»Klar doch. Ich meine, das hier ist schließlich deine Jugendherberge«, erwidert Pauli und gibt ihr die Tür frei.

Ich stehe mitten im Zimmer und mache mich auf die nächste Standpauke von ihr gefasst. Doch zu meiner Überraschung nimmt sie meine Hand und blickt mir fest in die Augen. »Ich frage dich das nur ein Mal, weil du mir eben tatsächlich irgendwie ahnungslos vorgekommen bist: Hast du eine E-Mail an Janne Norder geschickt?«

Ich starre sie an, kapiere nichts und schüttele schließlich hilflos den Kopf. »Wer ist Janne Norder? Ich kenne niemanden, der so heißt.«

Katja atmet tief durch. »Also habe ich mich eben nicht getäuscht. Du bist tatsächlich ahnungslos und hast Janne Norder diese Information nicht zugespielt.«

»Nein!«, betone ich noch einmal. »Ich weiß ja nicht mal, wer dieser Janne Norder überhaupt ist!«

»Er ist freier Journalist und hat die heutige Titelstory für die Sylter Zeitung verfasst.«

»Okay«, krächze ich und hebe hilflos die Hände, um sie gleich wieder fallen zu lassen. »Und was habe ich mit ihm und seiner Titelstory zu tun?«

Katja lässt meine Hand los und schlägt vor, dass wir uns setzen.

»Darf ich diesmal bleiben?«, fragt Pauli fast schon schüchtern.

Katja nickt. »Wenn das für Kim okay ist?«

»Natürlich!«, beeile ich mich zu sagen. Ich möchte nicht noch mal mit Katja alleine sein. Wer weiß, was sie mir sonst wieder so alles unterstellt.

Nachdem wir uns gesetzt haben, beginnt sie dann auch sofort zu erzählen. »Ich muss etwas ausholen, damit euch das Ausmaß dieses Zeitungsartikels auch wirklich bewusst wird – oder anders, die Tragödie, die sich dahinter verbirgt.« Sie streicht sich eine lange Haarsträhne aus dem Gesicht und klemmt sie sich hinters Ohr, bevor sie fortfährt.

»Andres Familie hat bis vor sechs Jahren hier auf Sylt gewohnt. Sein Vater ist ein sehr erfolgreicher Bauunternehmer und sein ältester Sohn ist in seine Fußstapfen getreten. Sie haben in Keitum direkt neben uns gewohnt, allerdings nicht wie ich mit meiner Familie in einem kleinen Reetdach-Haus, sondern in einer riesigen Villa mit allem Schnickschnack, eben so richtig Luxus pur. Aber dabei sind sie keinen Tag arrogant oder eingebildet gewesen, nein, die Familie hat sich jederzeit für ihre Insel starkgemacht, viele Projekte hier unterstützt und durch ihr Vermögen im Grunde überhaupt erst möglich gemacht.« Erneut legt Katja eine kleine Pause ein, in der sie versonnen lächelt, als erinnere sie sich gerade an ihre Kindheit, an eine schöne und unbeschwerte Zeit.

»Andres großer Bruder hat dann wie gesagt das Bauunternehmen der Salms größtenteils übernommen. Die Eltern wollten langsam etwas kürzertreten. Er hat dann auch gleich ein richtig großes Projekt in Keitum direkt unten am Keitumer Kliff in Angriff genommen. Dort sollte eine riesige Wellness-Oase entstehen, mit diversen Außenpools, von denen man direkt runter aufs Meer gucken kann, zusätzlichen Wohnungen und einer kleinen Einkaufspassage. Ich weiß noch genau, dass sich einige Keitumer darüber geärgert haben. Marco ist ganz schön unter Beschuss geraten. Auch Andre war alles andere als begeistert von den Plänen seines Bruders. Aber da er nie vorhatte, in die Firma einzusteigen, und auch noch viel zu jung war, hat er zwar immer wieder versucht, Marco ins Gewissen zu reden, aber eben erfolglos. Zumal dann auch nach und nach die Leute im Ort die Chance gewittert haben, dass durch so eine tolle Anlage noch mehr Leute in den Ort kommen würden, und da hier die meisten vom Tourismus leben, ist am Ende dann die entscheidende Mehrzahl dafür gewesen.

Doch mitten in der Bauphase, gerade als der Rohbau fertiggestellt war, ist dann einer der größten und wichtigsten Investoren plötzlich abgesprungen und hat sich aus dem Projekt zurückgezogen. Marco ist stark unter Druck geraten. Es hat viel Streit in der Familie gegeben. Andre hat mir immer wieder davon erzählt. Teilweise war es bei ihm zu Hause wohl kaum noch zum Aushalten. Nach einem heftigen Streit zwischen Marco und seinem Vater ist dann das Unfassbare passiert. Marcos Mercedes ist auf komplett gerader Strecke frontal gegen einen Baum gerast. Er war auf der Stelle tot. Auf dem Beifahrersitz saß Andre, der wie sein Bruder bei dem gewaltigen Aufprall aus dem Auto geschleudert wurde, aber im Gegensatz zu ihm schwer verletzt überlebt hat.«

»Das ist ja schrecklich«, flüstere ich und empfinde großes Mitleid mit Andre und seiner Familie.

Pauli nickt. »Ja, ganz, ganz schrecklich.«

Katja kämpft mit den Tränen. Man sieht es ihr an. Die Familie Salm muss ihr sehr nahestehen. Andre ... »Ja, das war es. Ganz besonders für Andre, denn damals hat es tatsächlich geheißen, er sei gefahren und nicht sein Bruder Marco.«

»Was? Das ist ja ...« Mir fehlen die Worte.

Pauli nicht. »Das Ganze ist schrecklich, total, aber ich verstehe nicht, was Kim damit zu tun hat?«, fragt sie Katja.

»Sie hat angeblich die Informationen an den Journalisten gemailt.« Während Pauli und ich sie ungläubig anstarren, deutet sie auf die Schlagzeile der Sylter Zeitung: *Geständnis nach fast sieben Jahren!*

»Wer hat was gestanden?«, wispere ich.

»Andre soll einer guten Freundin anvertraut haben, dass er damals gefahren ist, weil sein Bruder etwas getrunken hätte. Er soll zugegeben haben, den Wagen seines großen Bruders bewusst gegen den Baum gelenkt zu haben, um nicht länger der Schmach des bevorstehenden Konkurses ausgesetzt zu sein.«

»Ich?«, wispere ich entsetzt. »Bin ich etwa die gute Freundin?«

Katja hebt die Schultern. »Zumindest behauptet das der Journalist, den ich natürlich kenne und sofort angerufen haben, nachdem wir heute Morgen den Bericht in der Zeitung gelesen haben. Er meinte, eine gewisse Kim Habermann hätte ihm eine Mail geschickt, in der sie schreibt, dass Andre ihr *die Tat* gestanden hätte und sie nun einfach das Geheimnis nicht länger für sich behalten könnte.«

Ich sacke in mich zusammen wie ein Luftballon, in den man hineingestochen hat und aus dem nun die Luft herausströmt. »Und Andre hat das geglaubt ...«, hauche ich.

Erneut hebt Katja die Schultern. *»Ich* habe es geglaubt und es Andre so geschildert, als ich ihn vorhin vom Krankenhaus abgeholt habe. Er selbst ... nun ja, er hat gemeint ... nein, wenn ich ehrlich bin, dann hat er es nicht geglaubt.«

»Und damit liegt er völlig richtig!«, rufe ich aus. »Wie kann ich etwas an diesen Journalist mailen, wenn ich nicht einmal von dem Unfall wusste? Andre hat mir kein Wort davon erzählt.« Ich wende mich an Pauli. »Pauli, du weißt doch auch, jedes Mal wenn wir Andre gefragt haben, wo genau er auf Sylt gewohnt hat, haben wir keine Antwort bekommen. Ich wusste nicht einmal, dass er einen Bruder hat ... hatte.«

Ich bin völlig aufgelöst, kaum in der Lage, einen klaren Gedanken zu fassen.

»Simon«, sagt Pauli bitter. »Das ist der Artikel, den Simon meinte. Fake News, der neue Weg, jemanden fertigzumachen ...«

Ich fasse mir an den Hals, bin komplett erschüttert, schüttele langsam den Kopf. »Nein, das traue ich Simon nicht zu.«

»Kennt er dein E-Mail-Passwort?«, fragt Katja.

Ich nicke. »Ja, schon möglich. Bestimmt sogar, schließlich habe ich hin und wieder auf seinem PC meine Mails abgerufen und dabei hat er mir auch das ein oder andere Mal zugeschaut.«

»Damit wäre der Fall dann wohl klar«, findet Pauli. »Was für ein Drecksack!«

Ich zweifele trotzdem. So etwas Widerliches, so etwas Abgrundtiefböses mag ich mir von ihm nicht vorstellen. Selbst wenn er enttäuscht von mir ist, selbst wenn er wütend auf Andre ist, das kann nicht sein. So weit würde nicht einmal Simon gehen.

Pauli sieht mir meinen Zweifel an. »Kim, hör zu, es ist doch ganz einfach, wenn du die Mail nicht an diesen Journalisten geschickt hast, dann bleibt nur Simon? Oder gibt es noch mehr Leute, die deine E-Mail-Zugangsdaten kennen?«

Ich denke nach, sogar kurz an Jana, doch letztendlich kann ich nur verneinen. »Nur Simon und ich ...«

Pauli sieht mich prüfend an. »Noch Zweifel?«

»Nein«, wispere ich.

Einen Moment lang sagt keine von uns dreien etwas. »Was soll ich jetzt tun?«, wispere ich schließlich.

Katja steht auf, geht zu Tür und nickt mir aufmunternd zu. »Andre suchen und ihm die Wahrheit sagen.«

18

Ach Kim, geht es dir wieder besser?« Frau Hammerkern mustert mich besorgt.

Ich nicke, dann schüttele ich den Kopf. »Ein bisschen besser, aber auch noch nicht wieder ganz okay.«

Frau Hammerkern seufzt tief. »Meine Güte, diese Surffreizeit scheint irgendwie verhext zu sein. Erst fällt Herr Grubert aus und jetzt noch die Sache mit Herrn Salm.«

»Er ist nicht mehr im Krankenhaus, vorhin war er schon wieder da«, kläre ich sie auf und erzähle auf ihre Nachfrage, dass ich leider auch nicht mehr weiß. Ich will mich gerade zum Gehen wenden, da sieht sie mich kopfschüttelnd an und erklärt: »Ja, es geht ihm zum Glück wieder besser. Der Arme ist vorhin aber dennoch vorzeitig abgereist. Das ist sicher auch vernünftiger, als hier nach seinem Unfall noch auszuharren. Mathis springt netterweise für die letzten Tage als Aufsichtsperson ein.«

»Abgereist?«, hauche ich.

Sie blickt mir prüfend in die Augen. »Ja, Kim, ich denke, der Grund dafür sollte dir nicht ganz unbekannt sein. Er hat ja wohl heute Morgen sogar in der Zeitung gestanden ...«

Alles in mir verkrampft sich. Ohne ein weiteres Wort gehe ich mit steifen Schritten zurück ins Haupthaus. Pauli ist noch immer oben in unserem Zimmer. Sie blickt mir fragend entgegen.

»Und? Hast du ihn gefunden?«

Ich schüttele den Kopf. »Er ist abgereist ...«, wispere ich.

»Was?«

Ich fahre mir mit den Händen übers Gesicht. Meine Finger zittern leicht.

Pauli schaut mich sorgenvoll an. Doch dann nimmt sie ihr Handy vom Tisch und wählt eine Nummer. »Ich habe eine Idee«, murmelt sie.

»Er geht nicht an sein Handy«, erkläre ich matt. »Das habe ich selbst schon zigmal versucht.«

Pauli schüttelt den Kopf. »Ich rufe Alfi an. Vielleicht kann der uns schnell nach Westerland fahren. Ich meine, wenn du Glück hast, dann triffst du ihn noch am Bahnhof an.«

»Alfi?«

Pauli nickt und grinst dann etwas verschämt. »Na ja, ich habe halt einen guten Draht zu ihm und außerdem ist er ein echt guter Kumpel von Andre. Oder möchtest du lieber Katja bitten?«

Ich schüttele den Kopf. »Nein, das möchte ich nicht.« Und so ist es auch. Sie hat mir zwar letztendlich versichert, dass sie inzwischen auch von der Simon-Fake-News-Theorie ausgeht, aber dennoch möchte ich sie nicht dabeihaben, wenn ich auf Andre treffe und die Sache klarstelle. Ich kann nicht in Worte fassen, warum, es ist einfach nur ein Gefühl ...

Während Pauli mit Alfi spricht, lässt sie mich nicht aus den Augen. Schließlich sagt sie: »Okay, wir sind pünktlich da. Bis gleich«, und beendet das Telefonat.

Dann grinst sie mich schief an und sagt: »Volltreffer! Alfi hat Andre gerade eben nach Hause gefahren ...«

Ich schaue sie nur an und begreife irgendwie nicht, warum das zum Grinsen ist. Schließlich habe ich ihn verpasst.

»Kim? Hast du mir zugehört?«

Ich nicke.

»Okay, deine Freude hält sich überraschend in Grenzen«, findet Pauli.

»Worüber soll ich mich freuen? Dass Andre zurück nach Hause gefahren ist und ich nicht vor Donnerstag mit ihm reden kann, ihm alles erklären kann …«

Pauli ruft: »Er ist in sein *altes Zuhause* gefahren. Nach Keitum!«

Ich starre sie mit offenem Mund an, dann springe ich auf.

»Pass auf, dass du keine Fliege verschluckst«, sagte Pauli und lacht. »Und sieh zu, dass du dir was Nettes anziehst. Alfi kommt gleich und holt uns ab.«

Ich merke, wie meine Unterlippe zittert. »Er ist wirklich noch hier auf der Insel?«

»Blitzmerker! Und nun zack, zack, oder hast du nicht ein wichtiges Date in Keitum?«

»Ich …« Ich schnappe nach Luft und renne schließlich ins Badezimmer, um mir eine Portion kaltes Wasser ins Gesicht zu werfen. Das muss reichen, denn ich habe es so eilig wie noch nie in meinem Leben. »Komm, lass uns gehen. Ich bin fertig.«

An einem wackeligen Bretterzaun, der die großflächige Bauruine dahinter vor neugierigen Blicken schützen soll, hängt ein altes Bauschild. Oben drüber steht in dicken schwarzen Buchstaben: *Firma Holger Salm und Sohn GmbH.*

Alfi erzählt uns, dass sich hier seit fast sieben Jahren

an dem geplanten Prachtbau nichts verändert habe – außer eben, dass der Zaun von Jahr zu Jahr wackeliger geworden sei. Er war sich sicher, dass wir Andre hier finden würden, nachdem wir ihn nicht im verwaisten Haus seiner Eltern angetroffen haben. Doch leider ist von Andre hier nichts zu sehen.

»Tja, dann bleibt wohl nur der Friedhof«, murmelt er und geht zu seinem grünen VW-Bus zurück.

Wir folgen ihm, obwohl mir bei dem Gedanken, Andre auf dem Friedhof gegenüberzutreten, alles andere als wohl zumute ist. Kein guter Ort für ein Gespräch, sondern ein Ort schwerer Erinnerungen für ihn.

Als wir uns schließlich wieder neben Alfi auf die Vorderbank gequetscht haben und er den Motor startet, fragt Pauli ihn: »Denkst du, dass er am Grab seines Bruders ist?«

Alfi verzieht das Gesicht. »Am Grab seiner Familie. Sein Vater liegt direkt daneben. Er hat nur wenige Wochen nach Marcos Tod einen Herzinfarkt gehabt und ist ein paar Tage später daran verstorben.«

»Oh mein Gott«, keuche ich. »Das ist ja schrecklich. Der arme Andre. Er war doch damals gerade mal siebzehn, nicht wahr?«

Alfi nickt und biegt nach rechts ab und wir fahren aus Keitum heraus. »Und mitten im Abi. Seine Mutter hat dann noch bei der Beerdigung einen Nervenzusammenbruch erlitten. Sie ist lange Zeit in Hamburg in einer Spezialklinik gewesen und letztes Jahr zu ihrer Schwester nach Kanada ausgewandert. Nach Sylt ist sie nie zurückgekehrt.«

»Kennt ihr euch schon lange?«, fragt Pauli weiter.

Alfi nickt noch einmal. »Fast unser ganzes Leben. Genauso wie Katja. Wir waren früher immer das fürchterliche

Trio.« Er grinst, bevor er wieder ernst wird. »Aber ich habe ihn eine halbe Ewigkeit nicht gesehen. Er wollte alles, was mit Sylt zu tun hatte, hinter sich lassen, und deshalb waren wir auch völlig von der Rolle, als wir gehört haben, dass er zurückkommt – nach so vielen Jahren. Tja, und dann hat so ein Arschloch von Journalist nichts Besseres zu tun, als Fake News zu verbreiten.« Jetzt klingt Alfis Stimme richtig wütend und ich fühle mich irgendwie mitschuldig. Schließlich ist Simon mein Exfreund und alles, was auf Sylt mit mir und Andre passiert ist, hat ihn provoziert, die Vergangenheit aufzuwühlen.

»Und wer ist damals gefahren?«, höre ich Pauli fragen.

Alfi guckt sie kurz an, dann wieder nach vorne auf die Straße. »Marco. Aber zwei Sachen stimmen, er war stockbesoffen und für Andre war es eine verdammt harte Zeit.«

»Wie schrecklich«, flüstere ich. »Und jetzt muss er meinetwegen das alles noch mal durchmachen.«

Alfi brummt irgendetwas Unverständliches und Pauli meint: »Du kannst nichts für die Doofheit deines Ex, Kim.«

Auf dem kleinen Friedhof ist ebenfalls keine Spur von Andre. Alfi hat zunächst alleine nachgeschaut, um Andre nicht gleich mit Pauli und mir zu »überfallen«, und schlägt nun vor, ihn vielleicht doch noch mal anzurufen. Vielleicht hätten wir das schon eher erneut versuchen sollen. Aber irgendwie habe ich mich wohl insgeheim dagegen versperrt, weil ich auf die Überraschungstaktik gesetzt habe. Gut möglich, dass er am Telefon klipp und klar erklärt, dass er mich nicht sehen will – und das könnte ich kaum ertragen.

Doch die Sache mit dem Handy stellt sich als sinnlos heraus, denn Alfi erreicht nur Andres Mailbox. Nach dem vierten Versuch gibt er es schließlich auf. Ratlos zuckt er mit den Schultern und auch ich bin am Ende meiner Ideen und verzweifele zunehmend. »Tja, dann hat er es hier wohl doch nicht ausgehalten, sich in den nächsten Bus nach Westerland gesetzt und ist vielleicht doch schon auf dem Weg zurück aufs Festland.«

Da kommt mir eine Idee. Natürlich, ich weiß, wo Andre steckt!

»Wie weit ist es von hier bis zum Grünen Kliff?«, frage ich Alfi.

Er sieht mich erstaunt an. »Vielleicht 500 Meter da entlang.« Er deutet nach links in eine schmale Dorfstraße. »Warum fragst du?«

Ich öffne die Beifahrertür. »Weil ich weiß, wo er ist«, erkläre ich und steige aus.

Ich finde Andre bei dem uralten Baum. Er sitzt auf einem der tief herabhängenden Äste. Sein Blick ist aufs Meer gerichtet und er ist so in Gedanken versunken, dass er mich erst bemerkt, als ich mit klopfendem Herzen sage: »Und? Kannst du Dänemark erkennen?«

Langsam dreht er sich zu mir um. Kein Lächeln im Gesicht, nur ein abweisender Blick. »Was willst du hier?«

Ich muss schwer schlucken und mein Magen verkrampft sich vor Enttäuschung. Es tut weh, so hart von ihm zurückgewiesen zu werden. Dennoch wage ich einen zweiten Versuch. Er soll mir einfach nur zuhören.

»Simon hat die Mail an diesen Journalisten geschickt. Er hat es mir sogar angekündigt, mir damit gedroht ...« Ich halte inne, weil sich noch nichts in Andres Gesicht rührt. »Hast du mir zugehört?«, wispere ich. »Ich war das nicht. Ich würde dir das niemals antun.«

Er flucht leise, greift sich mit beiden Händen in die Haare und dreht mir den Rücken zu.

Ich stehe da und kein klarer Gedanke formt sich in mir, so sehr hoffe ich, dass er einfach nur mit mir spricht.

Da höre ich seine Stimme. »Ich bin ein durch und durch hoffnungsloser Fall und nicht in der Lage, irgendjemandem zu trauen. Nicht mal in der Lage, an das Gute zu glauben.«

Trotz seiner bitteren Worte schwingt in seiner Stimme etwas mit, was eine Mischung aus Hoffnung und Erleichterung in mir heraufbeschwört.

»Ich bin auch ein hoffnungsloser Fall. Weil ich so hoffnungslos in dich verliebt bin«, flüstere ich.

Er hebt abwehrend die Hände. »Nicht, Kim.«

Ich schüttele den Kopf. »Aber ...«

Plötzlich wird er wütend und dreht sich zu mir um. Sein Gesicht scheint wie schmerzverzerrt, als er weiterspricht: »Verdammt noch mal, verstehst du denn nicht? Das mit uns soll nicht sein.« Er blickt nach oben, lacht bitter auf und sagt: »Das Schicksal hat sich uns zusammen einfach nicht gedacht.«

Ich zucke zusammen, getroffen von der Endgültigkeit seiner Worte. Und dann explodiert etwas in mir. Als ob ein riesiger Knoten zerplatzt – erst in meinem Herzen, dann in meinem Kopf.

»Ja, mach es dir ruhig leicht und schieb alles auf das Schicksal. Aber weißt du was, jeder hat sein Schicksal in der Hand und kann es auch beeinflussen, davon bin ich überzeugt. Ich kann nichts dafür, dass Simon so am Rad gedreht hat, dass er meinte, in deiner Vergangenheit wühlen zu müssen und daraus diese schlimmen Fake News zu stricken. Ich kann auch nichts dafür, dass du ausgerechnet dein Referendariat an meiner Schule machst, aber ... Sylt ist meine, nein *unsere* Schicksalsinsel – auch im guten Sinne.« Ich halte inne, zittere am ganzen Körper. »Ich möchte dich näher kennenlernen, ich möchte mit dir zusammen sein, gegen alle Widerstände, weil ich vom ersten Augenblick an wusste, dass *du* mein Schicksal bist.«

Andre sieht mich an, die Mundwinkel deuten nach unten, er hat kein Lächeln im Gesicht. Ich will nicht weinen. Doch die Tränen kullern mir einfach aus den Augen, noch bevor ich es verhindern kann. Ich wende mich zum Gehen, da beugt Andre sich vor und hält mich an der Hand zurück. »Bleib bitte.«

Und ich bleibe.

Wir sitzen Hand in Hand auf dem dicken Ast des uralten Baums. Und wenn man ihn im Ganzen betrachtet, sieht unser Schicksalsbaum wie ein großes Herz aus.

Epilog

Fast ein Jahr später

Ausgelassen zieht mich Jack zum Strand runter, die Mövenschar am Wasser fest im Blick. Doch sie flattern kreischend davon, kaum dass sie uns entdeckt haben.

Ich bleibe stehen, atme die frische, salzige Nordseeluft ein und lasse meinen Blick über das Meer schweifen. In der Ferne entdecke ich die Segel der Windsurfer und weit oben am Himmel die Drachen einiger Kiter.

Ich lege die Hand an die Stirn und schaue zu ihnen rüber, aber Andre kann ich nicht unter ihnen ausmachen. Na ja, sie sind wirklich zu weit draußen.

Ich beuge mich zu Jack hinunter, tätschele seinen wuscheligen Kopf, bevor ich ihn von der Leine lasse. Dann ziehe ich meine Schuhe aus und setze mich in den weichen Sand. Eine Weile schau ich noch den Segeln und Drachen in der Ferne zu, doch irgendwann verliert sich mein Blick in der Weite und ich versinke tief in meinen Gedanken.

Ich male mir aus, wie es wohl sein wird, wenn ich demnächst mit dem Studium beginne, jetzt wo ich das Abi in der Tasche habe. Und ich denke auch daran, wie es vor fast einem Jahr gewesen ist, als ich das erste Mal hier war. Wie ich Sylt damals kennengelernt, hin und her gerissen von der Insel war, mich aber letztendlich schwer in sie verliebt habe, in meine schicksalhafte Insel. Andres und meine schicksalhafte Insel.

Verrückterweise ist sie auch zu Paulis Insel geworden, denn sie hat sich tatsächlich unsterblich in Alfi verknallt und plant, gegen alle Widerstände ihrer Eltern, zu ihm zu ziehen oder er zu ihr oder eben abwechselnd. Na ja, das letzte Wort scheint da noch nicht gesprochen zu sein, bei meiner verrückten Freundin Pauli und ihrem charmanten Surferboy Alfi.

Simon ist seit einigen Monaten im Ausland. Er will etwas von der Welt sehen, habe ich von Alex gehört, der sich tatsächlich bei mir für Simons bescheuertes Benehmen entschuldigt hat. Keine Ahnung, warum. Vielleicht weil er sich für seinen Kumpel schämt – oder Simon ihn darum gebeten hat. Ich weiß es nicht. Und es ist mir auch egal. All das liegt hinter mir. Genauso wie meine oberflächliche Freundschaft zu Jana, die inzwischen irgendwo in Süddeutschland ein duales Studium angefangen hat.

Meine Gedanken wandern zu Andre zurück und zu der Zeit, die vor uns liegt.

Ein glückliches Seufzen entweicht mir, da vernehme ich hinter mir eine Bewegung.

Bevor ich mich umdrehen kann, haben sich wassernasse Arme um mich gelegt und Andre küsst mich auf die linke Schläfe.

»Ich-ich dachte, du bist noch draußen auf dem Meer«, stammele ich überrascht.

Er deutet auf das Segel samt Board, das nur wenige Schritte von uns entfernt am Strand liegt. »Du hast echt mit offenen Augen geschlafen, was? Ich bin gerade vom Brett runter.«

Er sieht so glücklich und befreit aus, so im Reinen mit sich und seiner Vergangenheit, dabei weiß ich, wie schwer es ihm noch immer fällt, zurück nach Hause zu kommen und dann an all das erinnert zu werden.

»Oh, das habe ich tatsächlich nicht mitbekommen«, gestehe ich. »Muss wohl von dir taggeträumt haben, dass ich so weggetreten war.« Ich lächele ihn an.

Andre lacht. »Na, dann komme ich ja gerade richtig.«

»Und bleibst du noch ein bisschen, bevor du wieder raussurfst?«

Er zieht mich an sich und flüstert: »Ja. Wenn du willst, für immer.«

Antje Szillat

Brandungsflimmern

Flora kann ihr Glück kaum fassen: Jan kommt mit nach Rügen! Schon lange ist sie in den besten Freund ihres Bruders verliebt und diesen Sommer muss es mit ihnen endlich klappen. Jan jedoch sieht in ihr nur eine Art kleine Schwester und flirtet hemmungslos mit anderen Mädchen. Flora beschließt, ihn nach allen Regeln der Kunst eifersüchtig zu machen. Da kommt ihr Philipp gerade recht. Leider verwirrt der leidenschaftliche Taucher ihre Gefühle nur noch zusätzlich. Und als dann an der Steilküste ein brenzliger Unfall passiert, geht es für Flora plötzlich um sehr viel mehr als ein gebrochenes Herz.

Gabriella Engelmann

Sturmgeflüster

Für Tinka sollte es der coolste Sommer ever werden. Doch wenn einen die beste Freundin versetzt, sind Ferien auf Sylt einfach nur noch langweilig. Bis Tinka Kitesurfer Sven kennenlernt, der sie in seine Clique aufnimmt und mit seinem durchdringenden Blick ihr Herz sofort zum Kentern bringt. Bald aber merkt Tinka, dass er und die anderen ihr etwas verschweigen. Es ist fast zu spät, als Tinka begreift, dass sie selbst die dunkle Vergangenheit wieder heraufbeschworen hat.